Ma vie selon Moi

Sylvaine Jaoui
Illustrations de Colonel Moutarde

Ma vie selon Moi

Ensemble, enfin !

RAGEOT

Cet ouvrage a été imprimé sur un papier
issu de forêts gérées durablement,
de sources contrôlées.

Notes et articles de Sylvaine Jaoui.
Conception graphique intérieure : Anaïs Louvet.

ISBN : 978-2-7002-4291-1

À la vie,
pour qu'elle continue à me surprendre
encore et toujours.

LE CASTING

Le club des CIK (lire cinq ou « c'est un cas » au choix) **+ 3**

Justine : dix-sept ans. Un mètre soixante-dix pour cinquante kilos. Toujours en jean et en Converse. Fleur bleue, gaffeuse et rêveuse. Aime les films et les chansons d'amour. Vit avec ses amis en colocation à la maison rose. A obtenu son bac S et est inscrite en médecine. Meilleure amie : Léa (et aussi Patou, la girafe du zoo).

Léa : dix-huit ans. Petite et plutôt ronde. Porte de la dentelle noire, des Doc et de gros bijoux d'argent. Surnommée la sorcière, elle s'intéresse à la voyance et au paranormal. Vit avec ses amis en colocation. Elle a réussi son bac L de justesse grâce à une excellente note en littérature et s'est inscrite en fac de lettres.

Nicolas : dix-huit ans. Dom Juan. A un langage de charretier. Adore tout ce qui est informatique et bricolage. Cousin de Justine et meilleur ami de Jim. Vit avec ses amis en colocation. Après avoir obtenu son bac STI, il a choisi une école d'informatique proche de la fac de Léa.

Jim : bientôt dix-neuf ans. Brun musclé. Vrai gentil qui a toujours des attentions pour chacun mais grand nerveux. Il travaille dans un nouveau club de sport en attendant de passer son monitorat de judo. A traversé une période difficile (fugues nombreuses) et a avec son père une relation exécrable. Son bac (préparé en candidat libre) avec mention bien en poche, il s'est inscrit en fac de droit.

Ingrid : dix-huit ans. Bimbo du groupe. Passe son temps à tester son pouvoir de séduction sur tous les garçons ce qui a le don d'agacer toutes les filles. Enfant unique d'un couple âgé. Préoccupée par la mode, les vêtements et les chanteuses à succès. Est sortie avec Jim et Nicolas, il y a longtemps. A obtenu son bac ES avec mention assez bien et s'est orientée vers une école de communication.

LE CASTING

Thibault : dix-neuf ans. Beau garçon châtain, élégant et énigmatique. Il a un père ambassadeur. Repêché lors de l'oral de rattrapage du bac S, il a choisi de partir un an aux États-Unis avant d'intégrer une classe prépa.

Ambre : jeune avocate stagiaire inscrite au *Paradisio*. Jolie brunette, mince, sans chichis.

Jean-Baptiste : garçon sympa et décontracté, passionné par l'Afrique. A obtenu son bac S et va faire une prépa dans son lycée.

Quelques autres personnages...

Adam : étudiant en lettres. Très attiré par Léa.

Peter : prof d'art dramatique de Léa. Joue avec son cœur.

Patou : la girafe du zoo, animal fétiche de Justine.

Claire : mère de Léa.

Eugénie : grand-mère infernale et géniale de Léa.

Laurent et Sophie : parents de Justine.

Théo : petit frère surdoué de Justine.

Un amour de vide-greniers

Nicolas – Mais Justine, regarde, tu en mets partout !

J'ai sursauté façon kangourou hyperactif.

Justine – Ça va ! Ne me crie pas dessus comme ça. Je fais de mon mieux.

Léa a fixé en grimaçant la traînée de peinture blanche laissée par mon pinceau sur le parquet.

Justine – Je ne l'ai pas fait exprès, pas la peine de me regarder comme si j'étais une racaille prête à tout vandaliser. Je vais nettoyer.

Jim m'a souri. Et prévenant comme toujours, il est venu réparer les dégâts.

Jim – C'est rien. Ça arrive à tout le monde !

Nicolas – Ça arrive surtout à ceux qui ne font pas attention.

Léa – OK Nicolas, on a compris. Tout va bien maintenant !

Vexé d'être sermonné par Léa, Nicolas m'a fixée d'un air mauvais.

Nicolas – Désolé, Votre Majesté, je n'aurais jamais dû oser m'adresser à vous de cette manière. J'avais oublié que vous êtes intouchable. Vos sujets sont toujours prêts à vous défendre même quand vous peignez n'importe comment les plinthes de cette chambre de bonne. Chambre de bonne dont nous avons enduit les murs, poncé et verni le parquet, pendant que vous vous doriez au soleil ! Chambre de bonne qui va servir de bureau à Votre Majesté pour réviser son concours de médecine...

Justine – Si c'est pour me le faire payer au centuple, ce n'était pas la peine.

Cette fois-ci, c'est moi que Léa a sermonnée.

Léa – N'en rajoute pas Justine. Les garçons ont travaillé comme des fous pour que la chambre soit prête à temps. Je pense que tu peux les remercier.

Il est vrai que Jim et Nicolas avaient été formidables. À peine revenus de leur colonie dans le Limousin, ils s'étaient occupés de notre déménagement à la maison rose. Aidés par mon père et mon oncle, ils avaient transporté nos lits et une partie de nos affaires. Coachés par Enzo et Manu, ils avaient entièrement retapé la chambre de bonne.

Et lorsque nous étions arrivées hier à quatre heures du matin à l'aéroport après notre si long voyage au bout du monde, ils nous attendaient les yeux pleins de sommeil et d'amour. Ils nous avaient écoutées raconter notre mini-tour du monde dans les heures qui avaient suivi.

L'abécédaire de notre mini-tour du monde
(dans le désordre)
by Léa
annoté par Justine

A comme Avion, Aventure, Australie, c'est le départ !!!

A comme Au revoir, j'ai la trouille de partir pour ce long et grand voyage.

B comme Beauté du monde sous nos yeux : Bondi Beach ou Blue Montains.

Oh la Bondi Beach, le rêve absolu... Depuis que je suis rentrée, quand je veux m'endormir je rêve que j'y suis avec Thibault et qu'on s'embrasse.

C comme Charme incroyable des beaux surfers bronzés. Aïe aïe aïe, c'est dur la fidélité ☺.

Il faut avouer que si le grand blond avec les abdos tablette de chocolat et un sourire craquant avait un peu insisté, je n'aurais pas dit non. Pas un mot à Thibault.

D comme Dauphins de Port Stephens et Justine qui voulait en ramener un pour Théo.

Oh oui !!! Ils étaient tellement mignons ! J'ai proposé à Léa d'en adopter un et de partager notre baignoire avec lui, elle a refusé.

E comme Émerveillement devant le paysage paradisiaque de Milford Sound.

Euh là, je sais que je vais paraître rabat-joie mais je me suis un peu ennuyée. D'accord c'est beau... de là à rester deux heures à prendre des photos...

F comme Fort Denison et son histoire aborigène. Enfin je rencontre cette culture en vrai ! Un de mes rêves réalisé !

Depuis le temps que Léa me parle de la culture aborigène. J'ai adoré les Mimi gravés sur les coquillages ! Ce sont de petites créatures mythologiques si légères qu'elles ne sortent pas les jours de vent, sous peine de s'envoler comme des feuilles !

G comme Good so Good chanté à tue-tête par Justine !!!
Oh yes, it was so good !!!

H comme Hot Water Beach, luxe, calme et volupté.
Là, Léa a un peu oublié ses monstrueux coups de soleil et sa journée passée au lit avec de la fièvre. Je ne parle pas des cloques dans les jours qui ont suivi.

I comme Impossible d'avoir peur d'être enfermée quand on voit comme le monde est vaste.
À tel point que ça fait parfois très peur. Mais vu que la terre est ronde, il y a bien un moment où tu repasses devant ta maison.

J comme Je Tu Il, tant de gens différents à rencontrer et à aimer.
Bon, ça c'est le côté « I love tout le monde » de Léa, moi perso, je vais me limiter à quelques proches ☺.
Oh ça va, c'est pour rigoler, moi aussi je suis citoyenne du monde.

K comme kamishibai à Tokyo (pour moi) ou les baleines à Kaikoura (pour Justine).
Ça, je n'oublierai jamais. Les baleines, c'est juste incroyable. Comme dans un film.

Liberté, j'écris ton nom.
Où ça, t'écris son nom ??? C'est bon, respire, Léa, je sais que c'est un poème d'Éluard que tu adores, tu me le récites depuis des années.

M comme Maori. « Kia ora », voilà comment dire bonjour en maori.

Perso, j'ai plutôt appris comment dire manger et boire : « kai » et « inu ». C'est très utile ☺.

N comme Narita Tokyo Airport, nous voilà !!!

Oui, nous voilà avec une envie terrible de faire pipi alors qu'on devait passer la douane. Oui, je sais mes souvenirs ne sont pas toujours glamour mais je vous assure que même lors de grands voyages merveilleux, on est rattrapé par des contingences bassement matérielles !

O comme Ocean World et ses requins.

Ils ont une très sale tête ces poissons-là. Rien à voir avec les dauphins. Léa prétend que c'est à cause des films d'horreur dans lesquels les gens se font déchiqueter qu'on n'aime pas les squales mais qu'en réalité ce sont des êtres superbes. Ça c'est parce qu'elle ne s'est jamais retrouvée nez à nez avec l'un d'entre eux, un jour de baignade.

P comme Pourquoi ne puis-je pas partager toutes ces merveilles avec mon père ?

Qui te dit qu'il n'est pas là, avec toi ? Est-ce que ce n'est pas toi qui m'as appris que les gens qu'on aime ne meurent jamais et qu'il faut savoir regarder au-delà de la réalité ?

Q comme Question : « Comment va-t-on faire pour retourner dans nos vies ? La maison rose, la fac, les obligations, le trajet en bus ? »

Je propose qu'on n'y retourne pas ☺. On fugue comme le poète que tu aimes bien, tu sais celui qui a écrit presque toute son œuvre entre dix-sept et vingt ans. Le beau gosse qui a fini par vendre des armes ! T'as vu, à force de traîner avec toi, j'ai des super références...

R comme Russie, Rouble, Romans.

Russes comme Léon et Fedor, les prénoms des enfants de Fred, le nouvel amoureux de Claire ! Ah mince, on avait dit qu'on ne parlait pas des sujets qui fâchent.

S comme Sidney Harbour et sa baie de rêve.

Oui, j'ai râlé quand Léa a voulu qu'on reste jusqu'au soir pour voir le coucher de soleil sur la mer. Je trouvais ça nul d'attendre alors qu'il y avait encore des tas de choses à visiter. Mais je n'ai pas regretté ! Un vrai décor de carte postale.

T comme Tokyo, ville magique dans laquelle j'aimerais rester une année entière pour m'initier au théâtre nô.

Dans ce cas, tu me préviens, je m'achète une collec entière de mangas et je t'attends dans le fameux Starbucks Coffee imaginé par l'architecte Kengo Kuma. Une merveille !

U comme Urgence : Vivre, vivre, vivre !!!

Moi, « urgence » ça me fait penser à hôpital et hôpital, ça m'évoque la rentrée et mon prochain concours... Alors si tu pouvais trouver un autre mot qui commence par U.

V comme Végétation incroyable. La luxuriance, la beauté. S'en souvenir quand on arrosera nos pauvres géraniums en pots ☺.

On n'a pas de géraniums !!! Ça c'est juste pour nous mettre la pression.

W comme Wolgan Valley et ses forêts d'eucalyptus.

Faut-il vraiment qu'on en parle ? On avait loué des vélos pour se balader dans la forêt. Léa a tenu une heure ! Et quand je dis une heure, je suis sympa.

X comme XXL, le monde est XXL et il n'est pas fermé à clé ! Je peux aller où mes pas me portent. S'en souvenir !!!

On a intérêt à se faire un mémo pour cette phrase, parce qu'à mon avis, en janvier, quand on sera enfermées dans nos chambres à réviser nos partiels comme des pauvrettes, on aura du mal à y croire.

Y comme Youpi ! Ce voyage est le plus beau de toute ma vie parce qu'il est le premier d'une très longue liste ! Je le sais.

Et tu m'emmèneras, dis ? Je te promets que je ne râlerai pas quand tu voudras qu'on visite des vieux trucs pourris au lieu de rester sur la plage à regarder les surfers !

Z comme Za-Koenji, un théâtre public à l'architecture incroyable. Je me fais le serment d'y revenir avec une pièce de théâtre que j'aurai écrite.

Z comme Zut, c'est déjà la fin !!!

Je me suis soudain sentie très ingrate. J'ai murmuré :

Justine – Merci les garçons pour tout votre travail. Je suis désolée d'être un si mauvais peintre en bâtiment et d'une humeur si massacrante. C'est le décalage horaire.

Jim – Ne t'inquiète pas ! D'ici deux trois jours, ça ira mieux.

Ma meilleure amie m'a souri, complice. Elle savait, elle, que le décalage horaire n'y était pour rien. J'ai repris mon pinceau et j'ai essayé de travailler avec application.

Mais dans la vie, il y a ce qu'on veut et puis il y a ce qu'on peut. Et dans ma situation, je ne pouvais pas grand-chose. J'ai de nouveau laissé couler un long filet de peinture sur le parquet. Lorsque je m'en suis aperçue, au lieu de prendre le chiffon imbibé de térébenthine et de l'essuyer, je me suis mise à pleurer.

Nicolas a nettoyé sans dire un mot. Il m'a embrassée sur les cheveux comme quand j'étais petite et que je me faisais mal. Il m'affirmait alors que mes cheveux étaient des rayons laser qui envoyaient des ordres directement à mon cerveau. Moi, je le croyais et la douleur disparaissait. Seulement, depuis, j'ai grandi... Et le plus dur quand on grandit, c'est de ne plus croire à la magie des baisers-cheveux-qui-guérissent.

Mes pleurs ont redoublé.

Léa m'a proposé de sortir un moment dans le jardin. J'ai accepté. J'avais la sensation d'étouffer dans la chambre.

Elle a attendu qu'on soit assises dans l'herbe sous le soleil pour me parler.

Léa – Je sais que ce retour est difficile pour toi, Justine. Tu réalises vraiment que Thibault n'est plus là et il doit te manquer horriblement.

Nicolas

Pour Justine, ma chouette cousine (il y a un jeu de mots !), regarde ce que j'ai trouvé sur le Net ! Cela ne t'aidera pas à dormir la nuit mais au moins tu auras de quoi lire durant tes insomnies…

« Qu'est-ce qui cause le jet lag ?

Le corps fonctionne sur une horloge interne de 24 heures et est sensible aux stimuli externes, par exemple la lumière du jour et les heures de repas. Parce qu'ils modifient le rythme circadien (jour-nuit), les vols aériens longs perturbent l'horloge interne de l'organisme, le cerveau recevant de multiples signaux contradictoires, à la fois diurnes et nocturnes. Les voyages, surtout transméridiens, mettent le corps à rude épreuve.

Dans le langage commun, ces modifications de la biochronologie sont appelées jet lag. Trois voyageurs sur quatre subissent les conséquences de ce décalage horaire. »

Aujourd'hui, 17h38 · 2 personnes aiment ça · Commenter

Justine Merci mon cousin ! Merci aussi pour ma chambre-bureau… Vous avez super bien bossé, Jim et toi.

Aujourd'hui, 18h03 · 2 personnes aiment ça

Jim Je vous rappelle qu'on vit dans le même appart, on peut se parler en face to face maintenant !

Aujourd'hui, 18h06 · J'aime

Léa C'est vrai…

Aujourd'hui, 18h22 · 1 personne aime ça

Nicolas Absolument !

Aujourd'hui, 20h40 · J'aime

Jim Rendez-vous au salon dans trente secondes :)

Aujourd'hui, 21h08 · J'aime

À la simple évocation de mon prince, mon cœur s'est disloqué. Ma meilleure amie m'a prise dans ses bras. J'ai laissé s'exprimer tout le chagrin qui était en moi.

Justine – C'est trop long un an, je n'y arriverai pas.

Léa – Ne pense pas au temps qu'il reste avant de le revoir. Vis chaque jour l'un après l'autre.

Justine – Même un jour, je n'y arriverai pas ! Tant qu'on était en vacances, qu'on bougeait, ça allait. Mais rentrer à la maison bleue, voir les volets fermés, venir ici et commencer une nouvelle vie sans lui, c'est impossible.

Léa – Pourtant, il va falloir.

Justine – Comment tu faisais, toi, lorsque Peter disparaissait les mois d'été et qu'il ne te donnait aucune nouvelle ?

Léa – Au début, j'avais du mal à respirer. Je luttais contre le manque. J'étais dans le désir de le voir là, tout de suite. Alors évidemment, oui, c'était insupportable. Et puis, un jour que son absence me rendait dingue, j'ai décidé de faire comme pour mon père. Continuer la relation seule, sans avoir de retour. Je lui parlais sans qu'il m'entende, je lui écrivais sans qu'il me lise, je l'aimais sans qu'il me donne le moindre signe.

Justine – Et alors ?

Léa – J'ai continué à souffrir mais moins. Je n'attendais plus. C'est l'attente qui tue. On n'avance plus vers sa vie, on décompte le temps jusqu'au moment des retrouvailles. On ne voit plus rien de ce qui est autour. Les choses n'ont plus de goût, les couleurs sont délavées, le visage de l'autre est en surimpression sur les gens que l'on croise. Sa voix devient la bande sonore de ta vie.

Justine – Tu ne m'en as jamais parlé avant…

Léa – Parce qu'à l'époque tu ne pouvais pas entendre. Aujourd'hui, si !

Justine – Tu crois que j'arriverai, moi, à l'aimer sans attendre ?

Léa – Oui ! D'autant plus qu'il y a Internet, Skype, les portables. Vous pouvez vous joindre quand vous le désirez, ce n'est pas une vraie absence.

Justine – Ça me fait comme un trou au milieu de l'estomac.

Léa – Je sais. Mais Thibault reviendra.

Justine – Il aura changé. Un an de liberté, sans études, sans contraintes, il ne sera plus le même.

Léa – Toi non plus tu ne seras plus la même. Pour l'instant, tu n'imagines l'avenir qu'en fonction de ce que tu es aujourd'hui mais la future Justine du mois de décembre, celle du mois de mars et celle du mois d'août seront différentes.

Justine – Je serai toujours amoureuse de Thibault et malheureuse comme les pierres parce qu'il n'est pas là.

Léa – C'est possible. À moins que la vie ait décidé d'une nouvelle surprise…

Les garçons sont arrivés au moment où je m'apprêtais à demander à Léa si elle avait vu quelque chose dans ses tarots.

Jim – Il est midi, on a fini la première couche de peinture. On doit attendre que ça sèche. Si on allait manger un sandwich au petit café en face ?

Léa – Bonne idée ! Je meurs de faim.

Nicolas – Alors, c'est parti !

Léa – Vous ne vous changez pas ?

Nicolas – Pourquoi ? Tu as honte de sortir avec un type couvert de peinture ?

Léa – Non, s'il m'embrasse sans tacher ma robe.

Nicolas – Je te montre tout de suite que c'est réalisable.

Et attrapant Léa par la taille, mon cousin l'a embrassée fougueusement. Je les ai regardés avec envie. C'est tellement bon d'être dans les bras de celui qu'on aime.

J'ai senti une main sur mon épaule. Jim...

Jim – Allez viens ! Je t'emmène. Tu n'es pas seule au monde, je suis là moi !

Justine – Tu m'emmènes où ?

Jim – Au café, manger un sandwich. Pourquoi ? Tu voudrais que je t'emmène où ?

Justine – Nulle part... Je ne sais pas... Je croyais que...

Jim a soudain eu l'air gêné. Je me suis senti rougir jusqu'aux oreilles. J'ai vraiment le don pour mettre de la confusion là où tout est clair. Heureusement, Léa ne faisant pas concurrence à un bon camembert beurre, Nicolas a hurlé un tonitruant : « Putain, je crève la dalle, on se bouge ? » qui m'a sauvé la mise.

Sur le chemin, Jim continuait de me fixer avec des points d'interrogation dans les yeux. J'ai évité son regard.

Lorsque nous sommes entrés dans le café, le patron, un jeune type souriant et sexy, a accueilli les garçons comme s'ils habitaient le quartier depuis leur plus tendre enfance.

Le patron du café – Salut Jim ! Salut Nicolas ! Mesdemoiselles, bonjour...

Les garçons (ensemble) – Salut Hérold !

Léa et moi (ensemble) – Bonjour.

Hérold nous a regardées avec bienveillance.

Hérold – Voilà donc vos voyageuses...

Nicolas – Ouais, ça y est, on les a récupérées. C'était pas trop tôt !

Jim a fait les présentations.

Jim – La belle brune avec la robe rouge, c'est Léa, l'autre beauté en jean, c'est Justine. Il manque Ingrid pour compléter la bande. Tu la verras bientôt, elle est encore au Burkina. Les filles, je vous présente Hérold, le patron du café *L'entracte*.

Léa et moi (ensemble) – Enchantée Hérold !

Hérold – Tout le plaisir est pour moi, mesdemoiselles !

Puis s'adressant aux garçons :

Hérold – Vous en êtes où de la peinture ?

Nicolas – On a passé la première couche, on attend qu'elle sèche. Léa et Justine se sont occupées des plinthes et des deux radiateurs.

Hérold – Vous aurez fini cet après-midi ?

Nicolas – À condition que tu nous files un truc à bouffer avant ! On crève de faim.

Hérold – Sandwich ? Croque ? Hot-dog ?

Nicolas – Pour moi sandwich rillettes.

Hérold – Dans mon café, on sert d'abord les demoiselles !

Léa a éclaté de rire.

Léa – Si vous comptez éduquer Nicolas, prévoyez quelques années.

Hérold – Je pense que vous y arriverez beaucoup mieux que moi, Léa. L'amour fait des miracles et a permis de dompter plus d'un sauvageon. Alors qu'est-ce que je vous sers ?

Léa – Un sandwich crudités avec un Coca light, c'est possible ?

Hérold – C'est possible. Surtout si tu me tutoies ! Et toi Justine ?

Justine – La même chose.

Hérold a noté la commande des garçons puis il est allé s'affairer derrière son bar. J'ai regardé autour de moi. Deux types d'une cinquantaine d'années jouaient au backgammon, un peu plus loin trois copines lisaient des magazines. Au fond du café, un type secouait un vieux flipper sous le regard énamouré de sa fiancée. Elle applaudissait à chaque strike.

Justine – C'est plutôt cool l'ambiance !

Jim – Ouais, très. Hérold est un chouette type. Il s'intéresse à plein de choses, du coup il a une clientèle qui lui ressemble.

Nicolas – Il a été sympa avec nous toute cette semaine. Non seulement il est venu nous aider pour la chambre mais, en plus, il a apporté à bouffer et à boire le soir.

Léa – Il va donc falloir que je le remercie d'avoir pris soin de toi.

Nicolas – C'est pas la peine.

Léa – Comment ça ?

Nicolas – Hérold est plutôt beau garçon, et femme amoureuse n'est pas aveugle. Ne t'approche pas trop près.

Je ne sais pas si je me ramollis à cause de l'absence de Thibault mais je trouve la jalousie de mon cousin touchante.

Léa – Tu exagères, il a au moins trente-cinq ans.

Nicolas – Tu n'as pas toujours dit non aux hommes mûrs, alors je me méfie.

Cette allusion brutale à Peter a jeté un froid. Je retire ce que j'ai dit, la jalousie de Nicolas n'est pas touchante. Elle empoisonne tout.

Mon cousin a dû regretter d'avoir prononcé des paroles si blessantes parce qu'il s'est aussitôt excusé.

Nicolas – Désolé Léa, je suis un gros nul.

Léa lui a souri mais avec une telle froideur dans le regard que ça a confirmé la réplique de Nicolas.

Heureusement, les sandwichs ont sauvé la situation. On a commencé à manger dans un silence pesant.

Hérold a dû sentir le malaise parce qu'il s'est assis à notre table, l'air de rien.

Hérold – Vous savez qu'il y a un vide-greniers derrière la mairie depuis ce matin ?

Jim – Ah ouais ? Tu y es allé ?

Hérold – Oui, avant d'ouvrir le café. J'ai trouvé ce dont je rêvais depuis des années !

Jim – Quoi ?

Hérold – Un vieux juke-box américain.

Jim – Il fonctionne ?

Hérold – Non, il est dans un état déplorable ! Il va me falloir du temps et de la patience pour le réparer.

Jim – Tu nous le montres ?

Hérold – Il est dans le garage. Finissez vos sandwichs d'abord !

On a terminé notre repas à la vitesse de la lumière et on a suivi Hérold qui semblait très pressé de nous montrer son nouveau trésor.

Léa lui a demandé :

Léa – Tu laisses le café sans surveillance ?

Hérold – Sans surveillance ? Non, il y a mes clients. Allez, venez voir la merveille des merveilles !

Le juke-box était une ruine chromée comme l'avant d'une vieille voiture américaine tout droit sortie d'un film des sixties. Franchement, je l'aurais vu sur un trottoir près d'une poubelle, je ne me serais même pas arrêtée. Mais les yeux d'Hérold brillaient tellement que j'ai fait un effort pour essayer de comprendre l'intérêt qu'il y trouvait. Je n'ai pas compris...

Franchement, passer des semaines à réparer un appareil sur lequel tu sélectionnes un morceau en appuyant sur des touches après avoir introduit une pièce de monnaie pour écouter ta chanson favorite, alors qu'en trois secondes tu la retrouves sur YouTube, je ne vois pas l'intérêt.

Hérold – Je vais pouvoir mettre ma collec de 45 tours que j'adore.

Ah en plus, on ne va écouter que des trucs ringards ! Formidable...

23 mai 10:22

Pour Hérold, la liste des objets qui ont disparu de nos vies (à acheter lors du prochain vide-greniers) :

Le fax

Le ticket de métro

Le téléphone à cadran

La télévision en noir et blanc

Le Minitel

Le *Quid*

L'annuaire

Le franc

La carte téléphonique

La disquette

Le Walkman.

Certains pourraient être réparés...

Léa et Nicolas semblaient captivés. Jim aussi. En même temps, Jim est toujours tellement enthousiaste quand il sent quelqu'un heureux que je ne pourrais pas le certifier !

J'ai donc fait comme tout le monde. Je me suis esbaudie...

Bon, alors oui d'accord, ce mot a déserté depuis longtemps les pages du Petit Larousse *mais, pour des raisons que j'ignore, ma mère l'utilise toujours et j'aime, quand la situation me semble un peu ridicule, l'utiliser à mon tour.*

Pour ceux qui auraient des parents normaux et ne connaîtraient donc pas le sens de ce vocable, je fais un petit rappel.

S'esbaudir : se réjouir, se divertir, s'amuser, être intimement et sincèrement joyeux devant quelque chose.

Nicolas – Et pour le monnayeur, tu comptes procéder comment ? Tu ne vas pas garder le système avec les pièces de 1 franc.

Hérold – J'hésite encore. Soit je le conserve et je mets une boîte avec des vieilles pièces à côté, soit j'arrive à le changer.

Nicolas – Ça va être cool.

Hérold – Ouais... Le premier disque que j'écouterai dessus, ce sera *Europa*, un tube des années 70. Vous êtes trop jeunes pour connaître ! Même moi, je n'étais pas né quand il est sorti mais c'est la musique sur laquelle mes parents se sont rencontrés à un bal du 14 juillet et ça a été un vrai coup de foudre !

Justine – Ah oui ? Ils sont tombés dans les bras l'un de l'autre ?

Hérold – Pas tout à fait ! Ma mère avait dix-sept ans et n'avait jamais embrassé un garçon, alors elle s'est sauvée à toute allure dès que mon père s'est approché. Et comme c'était la fin des vacances, elle est repartie le lendemain sans qu'ils aient eu le temps d'échanger leurs adresses.

Nicolas – Même pas leurs 06 ?

Hérold – En 1976, les portables n'existaient pas !

Nicolas – Je suis con !

J'ai regardé Hérold, hyper émue.

Justine – Ils ont fini par se retrouver ?

Hérold – Oui, l'été suivant. Au même endroit, le même jour, au moment où Santana jouait une fois de plus son fameux tube. Cette fois-ci, ma mère ne s'est pas sauvée. Peut-être aurait-elle mieux fait ?

Justine – Pourquoi ?

Hérold m'a souri.

Hérold – Je suis né neuf mois plus tard.

Justine – C'est super joli comme histoire.

Hérold – Oui très joli ! Du coup, toute mon enfance, j'ai entendu ce morceau-là ! Après s'être disputés, mes parents se réconciliaient en dansant dessus.

J'ai soudain eu une envie féroce de pleurer. Une histoire d'amour avec une séparation d'un an et des retrouvailles, forcément ça me parlait.

Justine – Et tes parents, ils s'aiment toujours ?

Hérold – Oui, sans aucune hésitation. Ils se sont reconnus et choisis lorsqu'ils étaient jeunes et ils semblent embarqués ensemble pour la vie.

Justine – Alors ça existe le grand amour ?

Hérold – Yes ! Enfin pour eux.

Hérold a prononcé ces derniers mots d'une voix un peu cassée et j'ai compris que, de son côté, l'amour n'était pas au rendez-vous.

Bienvenue au club des gens malheureux.

Hérold – Allez, il faut que je retourne bosser. Vous faites quoi maintenant ?

Léa – Si on allait se balader au vide-greniers ?

Jim – Bonne idée ! Ça te tente Justine ?

Moi, personnellement, rien ne me tente, à part être dans les bras de Thibault.

Justine – Si vous voulez.

Jim – Et toi Nico ?

Nicolas – Mouais... Pourquoi pas.

Et voilà comment nous nous sommes retrouvés un dimanche après-midi à flâner au milieu de jouets en bois, de livres d'occasion et d'objets sortis tout droit du quotidien d'inconnus.

Nicolas, qui avait comme unique objectif de se retrouver seul avec Léa, s'est arrangé pour s'éclipser avec elle dès le premier stand. Je me suis donc promenée avec Jim.

J'étais en train de regarder de vieux DVD lorsqu'il m'a demandé de but en blanc :

Jim – Qu'est-ce que tu voulais dire tout à l'heure avec ton : « Tu m'emmènes où ? »

Impossible de faire semblant de ne pas avoir entendu la question, Jim parle à cinq centimètres de mon oreille droite. J'ai joué la fille qui ne sait pas de quoi il est question.

Justine – Euh, tu m'emmènes où ?

Jim – Tout à l'heure à la maison rose, je t'ai proposé de t'emmener manger un sandwich mais tu as semblé comprendre autre chose.

Justine – Je ne me souviens pas.

Évidemment, J'ai prononcé cette phrase en ayant l'air captivée par le DVD que je tenais en main. Manque de chance, c'était *Alvin et les Chipmunks 3*.

Un petit rappel pour ceux qui n'auraient pas vu le 1 et le 2 : en vacances sur un bateau de croisière, Alvin, Simon, Théodore et les Chipettes (des écureuils !!!) font les 400 coups. Lorsqu'ils débarquent sur une île déserte, ils vont se consacrer à leur passion : chanter et danser...

Inutile de vous préciser que je n'étais pas crédible une seule seconde.

Jim – Justine, tu peux éviter de te cacher derrière ton DVD et répondre à ma question ?

Justine – Laquelle ?

Jim – Tu pensais que je pourrais t'emmener où ?

Si on devait vivre une année ensemble en colocation, il fallait que ma relation avec Jim soit sans ambiguïté.

J'ai reposé le DVD et j'ai regardé celui qui était mon ami depuis si longtemps.

Oui, enfin pas seulement mon ami. Je me rappelle à moi-même que j'ai eu une relation amoureuse avec lui pas plus tard que cette année. Remarque, je me comprends, il est sexy.

Mais ça ne va pas non ! Je suis amoureuse de Thibault et je souffre atrocement de son absence.

Est-ce que je pourrais m'en souvenir au lieu de fixer Jim avec l'air de la fille qui aperçoit un macaron au chocolat dans une vitrine après trois mois de régime sec ?

Jim – Alors ?

Justine – Alors je ne sais pas. Au fait, comment va Ambre ? Tu ne m'as pas donné de ses nouvelles.

Oui je sais, ma manœuvre de diversion était minable mais j'étais dans l'incapacité de régler le problème dans l'immédiat.

Jim a dégluti avec une certaine difficulté.

Jim – Elle va bien.

Justine – Elle travaille ou elle est partie en vacances ?

Jim – Elle est dans le Sud avec des copines depuis deux semaines. Elle revient demain.

Justine – Tu dois avoir hâte de la revoir !

Jim – C'est sûr.

J'ai repris l'examen attentif des DVD qui étaient devant moi : *Bernard et Bianca au pays des kangourous, Taram et le chaudron magique, Basil détective privé, Les aventures de Barbapapa* volume 3. Jim m'a demandé avec un sourire ironique :

Jim – Tu cherches des films pour une soirée pyjama avec des copines de CP ?

Justine – Exactement.

Jim – Alors, je te conseille *Aladin*, c'est une super belle histoire d'amour.

Justine – Je vais m'en tenir à *Rox et Rouky*, c'est une super belle histoire d'amitié.

Voilà, grâce à cette métaphore cinématographique, je crois que l'ambiguïté qui existait entre Jim et moi vient d'être définitivement levée.

Jim – L'une n'empêche pas l'autre. On peut être amis et amoureux.

Ah ben non, elle n'est pas levée. Elle est même aggravée. J'ai pris mon courage à deux mains.

Justine – Jim, toi et moi, on a grandi, on a fait du chemin et je crois qu'il faut qu'on accepte une fois pour toutes que notre histoire est terminée.

Jim – De quelle histoire tu parles ?

Justine – De... notre histoire... notre histoire d'amour.

Jim – Mais c'est une évidence qu'elle est terminée, non ? Je ne comprends pas pourquoi tu me reparles de ça.

Et comme je restais sans voix et rouge comme un coquelicot, Jim m'a chuchoté :

Jim – C'est pénible, hein, les discours ambivalents ? Les gens qui disent une chose et vous font croire la minute suivante que vous avez mal compris ?

Nicolas et Léa sont arrivés au moment où Jim terminait sa phrase.

Nicolas – Qu'est-ce que vous faites ? Vous comptez rester scotchés à ce stand ?

Jim a soupiré en me fixant droit dans les yeux. Je n'ai pas réussi à détourner le regard.

Nicolas – Il se passe quoi là ?

Aucune réponse.

Nicolas – Allô ? Il y a quelqu'un ???

Léa m'a attrapée par le bras.

Léa – On revient tout de suite les garçons. Je voudrais montrer à Justine les chemises vintage en lin. J'ai envie de m'en acheter une.

Et elle m'a littéralement tractée jusqu'à un stand situé sur une autre rangée.

Léa – Bon, Justine, tu te reprends un peu ? Depuis ce matin, j'ai l'impression d'être face à un zombie. D'accord, tu es malheureuse à cause de Thibault, on a tous conscience que c'est difficile pour toi mais il y a des limites. Quel est le problème avec Jim ?

Justine – Est-ce que tu penses que je suis une fille instable qui ne sait pas ce qu'elle veut ?

Léa – Non. Mais une fille hyper réactive, ça oui !

Justine – Et qu'est-ce que je devrais faire pour l'être moins ?

Léa – Rien. Tu ne changeras pas ta nature. Tu es une fille réactive, c'est une de tes qualités. Les gens, les situations, les événements, te touchent.

Justine – Je suis donc condamnée à être bouleversée et à ne pas savoir ce que je veux vraiment ?

Léa – Non. Il faut juste que tu apprennes à amortir les chocs ! À prendre un peu de temps, à ne pas t'enflammer au moindre stimulus.

Justine – En bref, à réfléchir ?

Léa – Plus exactement, à prendre un temps de réflexion avec toi-même pour savoir où tu en es. Alors, qu'est-ce qu'il s'est passé avec Jim ?

Justine – Une sorte de quiproquo. Je crois que notre relation n'est pas si claire que ça.

Léa – C'est le moins qu'on puisse dire.

Justine – Pourtant j'aime Thibault et Jim aime Ambre.

Ma meilleure amie m'a souri mais elle n'a pas commenté ma dernière phrase.

Léa – Voilà les garçons ! On reprendra cette discussion plus tard.

Justine – D'accord.

Léa – Et arrête de t'angoisser, ça ne sert à rien !

Et changeant de ton comme si elle jouait au théâtre, elle m'a montré une chemise.

Léa – Qu'est-ce que tu penses de celle-ci ? J'aime bien le col.

Justine – Elle est pas mal. Ah non, il y a une tache de rouille sur la manche.

Nicolas, qui voulait attirer l'attention de Léa, a déclaré en choisissant une petite tunique de lin à fines bretelles :

Nicolas – Moi, je préfère celle-là ! Je te verrais bien avec, surtout si tu la mets.

Et se penchant vers Léa, il a chuchoté à son oreille.

Elle a dodeliné de la tête façon vieille instit qui constate que le cancre de la classe a encore éclaté une cartouche d'encre sur la chaise de son voisin.

Léa – Aide-moi plutôt à trouver une chemise blanche à ma taille.

Nicolas a extrait un jupon immonde du tas de vêtements.

Nicolas – Ça te plaît ça ?

Léa – Range-le ou je t'étrangle avec.

Jim, taquin, est entré dans le jeu de Nicolas. Il a extirpé une horrible chemise de nuit de grand-mère boutonnée jusqu'au menton.

Jim – Et cette petite merveille ultra sexy ?

Léa – Même réponse que Nicolas !

Après, ça a complètement dégénéré.

Les garçons ont proposé un top ten des horreurs du stand. J'ai décidé de compléter la collection. Léa s'y est mise aussi. On a ri comme des dingues.

Le paroxysme de la crise a été atteint quand Nicolas, enfilant par-dessus son pantalon une culotte XXXL qui tenait plus du parachute que du string, a défilé devant nous avec la moue hautaine des top-modèles.

Évidemment, la propriétaire du stand n'a que très moyennement apprécié le numéro de mon cousin et nous a demandé de partir au plus vite. Je pense que son regard noir nous aurait calmés illico si elle n'avait ajouté :

La propriétaire – Jeune homme, vous me faites le plaisir d'enlever cette culotte.

Nicolas a pris un air offusqué et lui a répondu aussi sec :

Nicolas – Jamais le premier soir. Je ne suis pas celui que vous croyez.

Il n'en a pas fallu plus pour déclencher un fou rire général. Même les badauds qui s'étaient attroupés, prêts à donner raison à la propriétaire du stand contre « ces jeunes qui ne respectent rien », ont pouffé.

Mon cousin a rendu ce qui ne lui appartenait pas et nous sommes partis en nous tenant les côtes de rire. Il était clair que la réplique de Nicolas serait dorénavant notre phrase culte !

On a écumé le reste des stands en blaguant. On rejouait la scène pour la quarantième fois quand Léa m'a dit :

Léa – Oh regarde, Justine, un butaï !

Elle pointait du doigt un cadre en bois sur pied. Imaginez un écran vide d'ordi en pin blond sur deux pattes. Le truc qui ne sert à rien, quoi !

Léa – Tu reconnais ?

Justine – Non.

Léa – Tu ne te souviens pas de la lecture du kamishibaï dans la librairie à Tokyo ?

Devant ma moue dubitative, elle a précisé :

Léa – Tu sais, la femme qui racontait l'histoire du petit tournesol qui ne supportait pas le soleil et refusait de se tourner vers lui ?

Ah oui, ça y est je me souviens. Je n'avais rien compris. Remarque c'est normal, c'était en japonais. Bon d'accord, il y avait les images... Mais quel rapport entre l'histoire du tournesol et l'objet en bois en face de nous ?

Comme si Léa avait entendu ma question, elle nous a expliqué :

Léa – Ce que vous voyez là est un butaï, un petit théâtre en bois, à deux portes. Il permet de raconter une histoire dessinée et écrite sur des planches cartonnées que l'on glisse à l'intérieur au fur et à mesure. Ça ressemble au théâtre de Guignol mais avec des images à la place des marionnettes. On appelle ça l'art du kamishibaï. Avant, au Japon, le butaï était fixé à l'arrière d'un vélo, ce qui permettait d'aller de ville en ville raconter des histoires.

Nicolas – C'est l'ancêtre de la télé, quoi !

Léa – Oui, en quelque sorte. Je voulais m'acheter un butaï quand on était à Tokyo et puis j'ai abandonné l'idée. C'est drôle d'en découvrir un ici juste après notre retour.

– C'est qu'il est fait pour vous, jeune fille !

On s'est retournés pour savoir qui s'adressait à Léa. Un homme d'une soixantaine d'années avec une grosse moustache, assis sur une chaise de camping, nous a souri.

L'homme à la moustache – Je l'ai fait moi-même. Ce n'est pas compliqué. Alors vous vous intéressez au kamishibaï ?

Léa – Je l'ai découvert il y a quelques semaines seulement et je trouve que c'est une façon merveilleuse de raconter des histoires.

L'homme à la moustache – Oui, je confirme. J'en raconte presque tous les jours.

Léa – Où ça ?

L'homme à la moustache – Dans les écoles, les bibliothèques, les hôpitaux. Depuis que je suis à la retraite, j'y consacre une grande partie de mon temps libre. Je cherche toujours de nouvelles histoires qui pourraient plaire aux enfants. Seulement, on n'en a pas beaucoup en français.

Léa – Il faudrait les écrire.

L'homme à la moustache – Vous sauriez ?

Léa – Peut-être.

Nicolas, qui a du mal à supporter que Léa s'intéresse plus de cinq minutes à quelqu'un d'autre qu'à lui, a commencé à s'agiter.

Il a tiré discrètement ma meilleure amie par la manche. N'obtenant aucune réaction, il a soupiré façon otarie asthmatique. Il est agaçant quand il agit ainsi pourtant je le trouve drôle. J'ai la sensation qu'il a grandi, mais qu'à l'intérieur il n'est pas fini.

Heureusement pour Léa, l'homme à la moustache s'est tourné vers les garçons.

L'homme à la moustache – Il n'y a pas un bricoleur parmi vous ?

Léa-la-féministe a aussitôt réagi.

Léa – Pourquoi pas une bricoleuse ? Les filles ne sont pas condamnées à faire éternellement la cuisine ou le ménage comme maman, et les garçons à changer un pneu ou à planter un clou comme papa.

L'homme à la moustache – Vous avez raison ! Toutes mes excuses... Vous voyez comme on véhicule malgré soi des idées machistes. Un bricoleur ou une bricoleuse parmi vous ?

Nicolas et Jim ont levé la main.

Comme quoi les idées reçues ont peut-être un fondement. À moins que l'éducation et le regard de la société nous déterminent très tôt à des rôles formatés : rose pour les filles, bleu pour les garçons. Et donc on n'aurait jamais le choix !

Oui, mais alors comment faire pour changer les comportements ?

L'homme à la moustache – Vous voulez bien me garder mon stand deux minutes ? Je vais chercher un truc pour vous dans la voiture.

Nicolas et Jim – OK.

Et s'adressant à Léa, il a ajouté :

L'homme à la moustache – En attendant jeune fille, regardez dans le coffre en bois, les kamishibaï que je possède y sont rangés. Ça vous donnera peut-être envie d'en écrire.

Ma meilleure amie ne s'est pas fait prier. Elle a foncé sur le coffre et en a sorti des planches cartonnées.

Léa – Vous voulez que je vous lise une histoire ?

Nicolas – Pourquoi pas ? T'as quoi en stock ?

Léa – *La soupe des trois ours, Il était deux fois, La ronde des saisons...*

Nicolas – T'as pas plus fun ?

Léa – *Monsieur Renard à la pipiliothèque*, ça devrait être drôle non ?

Nicolas (ironique) – Mort de rire !

L'homme à la moustache est revenu. Il a tendu à Nicolas des feuilles photocopiées.

Nicolas – C'est quoi ?

L'homme à la moustache – Les plans pour construire un butaï. Je pense que votre amie serait heureuse si vous lui en construisiez un. Ce serait comme fabriquer un écran pour son écriture. Je pourrais lui vendre le mien à un tout petit prix mais ça ne serait pas pareil, non ?

Nicolas s'est tourné vers Léa.

Nicolas – Ça te ferait plaisir ?

Le sourire de ma meilleure amie a été une réponse suffisamment explicite.

Nicolas – OK alors...

L'homme à la moustache – Vous avez la liste des fournitures ici. J'ajoute mon numéro de portable, si vous avez besoin d'aide. N'hésitez pas à m'appeler.

Nicolas – Merci.

Léa a annoncé :

Léa – Ça y est, j'ai trouvé le kamishibaï que je vais vous lire : *La petite abeille qui hésitait entre deux fleurs.*

Pourquoi a-t-elle choisi cette histoire ? Faut-il y voir une allusion masquée à mes hésitations amoureuses : Thibault ou Jim ? Jim ou Thibault ? Une métaphore animalière comme les fables de La Fontaine ? Parce que si c'est ça, ce n'est pas la peine. J'ai eu le temps de réfléchir depuis tout à l'heure. Je n'hésite pas entre deux fleurs, euh... entre deux garçons. Thibault est mon seul grand amour. Soit, quand j'étais plus jeune, j'ai été amoureuse de Jim mais c'est une époque révolue. Et s'il m'est arrivé récemment de m'interroger sur la nature de mes sentiments à son égard, c'est parce que j'ai confondu amour et amitié. Que ce soit clair : l'abeille n'aime qu'une fleur made in USA.

Léa – Tout le monde est prêt ?

Tous (en chœur) – Oui.

Léa – « Il était une fois une petite abeille... »

Léa s'est interrompue, visiblement gênée par Nicolas qui soufflait comme un vieux bouc agacé.

Léa – Ça ne t'intéresse pas ?

Nicolas – Si, mais pourquoi tu as choisi cette histoire ?

Léa – Parce qu'elle est mignonne, non ?

Mon cousin n'a rien répondu. À son air chafouin, j'ai compris qu'il imaginait Léa en petite abeille et Peter en fleur rivale. Décidément, cette histoire innocente trouvait des échos en beaucoup d'entre nous.

Jim a maugréé :

Jim – Mignonne, je ne crois pas. Dans la réalité, ça fait des dégâts, les abeilles qui hésitent.

No comment.

Léa, qui avait introduit la première image dans le butaï, a repris sa lecture.

Léa – « Il était une fois une petite abeille. Elle était jolie, très jolie... Elle était même l'abeille la plus jolie que sa ruche ait vue naître. Jamais on n'avait vu une taille aussi fine, des ailes aussi translucides, un dard aussi aiguisé. Certains prétendaient même qu'elle était plus belle que la reine. »

Ma meilleure amie a présenté la deuxième image. Des enfants s'étaient attroupés pour écouter.

Léa – « Un jour que la petite abeille s'en était allée butiner dans la prairie, elle vit au loin une magnifique marguerite blanche et jaune. Son cœur se mit à battre à toute allure. Mon miel serait parfumé si je butinais le nectar de cette fleur, se dit-elle. Mais alors qu'elle amorçait un atterrissage en douceur sur les pétales couleur soleil, elle vit un peu plus loin une pivoine rouge sang. Qu'elle est belle, murmura-t-elle. »

Est-ce que quelqu'un peut prévenir cette petite abeille que les problèmes vont commencer si elle hésite entre les deux ? Je peux lui expliquer, moi ! Je sais de quoi je parle, j'ai vécu cette situation, même si maintenant elle est derrière moi et que je suis certaine de n'avoir qu'un seul amour.

Au moment où j'adressais cette déclaration silencieuse à mon Thibault, mon portable a sonné. Le numéro new-yorkais de mon prince s'est affiché. On s'était promis de s'appeler via Skype ce soir mais, a priori, il n'avait pas tenu jusque-là. Il m'aimait, je l'aimais, la vie était belle.

Alors que je m'apprêtais à décrocher pour le rassurer sur mon amour, Jim m'a demandé :

Jim – Tu connais le type là-bas ? Il te dévore des yeux depuis tout à l'heure.

J'ai tourné la tête et je l'ai vu.

Thomas Lagrange et son regard hyper déterminé.

Mon portable a continué à sonner. Il faut absolument que je décroche.

Thomas Lagrange et ses épaules sur lesquelles je poserais bien ma tête.

Je dois dire à Thibault que l'éloignement ne change rien à mes sentiments.

Thomas Lagrange et sa capacité de séduction totale, catastrophique, le genre à te convaincre de tout et n'importe quoi.

Une voix forte en moi a ordonné : « Mais décroche, Justine. Réponds à ton prince bien-aimé ! » Tandis qu'une autre, douce et mélodieuse, m'a susurré : « Il est là lui, le beau Thomas, il ne t'a pas quittée pour partir à l'autre bout du monde. »

Je suis restée tétanisée : la sonnerie, les voix...

Les voix, la sonnerie...

Et puis, comme si la confusion n'était pas assez grande dans mon esprit, Léa a déclaré :

Léa – « La marguerite me plaît sans conteste mais cette pivoine me tente aussi, murmura la petite abeille, mon cœur balance entre les deux. Laquelle vais-je choisir ? »

C'est vrai ça, lequel vais-je choisir ?

Skype
addict

Léa – Tu te souviens de cette robe ?

Justine – Oh oui, comment l'oublier ? Tu l'avais vue dans *Cosmo* et tu m'as traînée dans cent cinquante magasins pour la trouver !

Léa – C'est vrai. Mais rappelle-toi notre joie quand on l'avait enfin dénichée.

Justine – Un bonheur sans pareil ! Mon calvaire touchait à sa fin.

Léa – Et ce petit top en dentelle, il n'est pas mignon ?

Justine – Si. Tu l'avais acheté à Londres, non ?

Léa – Yes !

Assises par terre, Léa et moi vidions nos cartons afin de tout ranger dans nos nouvelles armoires. Et chaque vêtement, chaque objet, était l'occasion de se remémorer un événement.

Justine – Regarde mon tee-shirt tête de mort, il est pas beau ?

Léa – Terrible ! Présario avait adoré.

Justine – Tu te souviens de ce qu'il m'avait dit, ce crétin ? « Mademoiselle Perrin, nous n'avons pas l'habitude de fêter Halloween au mois de mai au lycée Colette, aussi vous demanderai-je d'éviter ce genre d'accoutrement à l'avenir. » Quel plouc !!! Quand je pense que ce tee-shirt m'avait coûté l'équivalent de deux baby-sittings !

Léa – Vraiment cher pour ce que c'est !

Justine – C'est sûr. On se fait avoir avec les marques.

Léa – On peut se moquer d'Ingrid, on n'est pas mieux qu'elle !

Justine – Ah si quand même !

Léa m'a souri.

Léa – Un tout petit peu mieux si ça peut te rassurer.

Justine – Beaucoup mieux, tu veux dire. Est-ce qu'on a l'équivalent des stocks mondiaux de Sephora en mascara et en vernis à ongles dans notre salle de bains ?

Léa – Non, cela dit parfois j'aimerais bien.

Justine – Est-ce qu'on est abonnées à *Closer, Gala, Be, Vogue, Elle, Glamour* ou *Biba* ?

Léa – Non, mais on se jette dessus pour les lire dès qu'Ingrid les a dans son sac.

J'ai arrêté d'argumenter.

Léa avait réponse à tout et je n'aime pas quand elle défend Ingrid. On a continué à ranger nos affaires.

Au fond de mon premier carton, j'ai retrouvé mon coffre à secrets, un petit coffre en bois que mon père m'a offert pour mes sept ans. Je l'adore. Je me souviens très bien du moment où il me l'a donné. Je venais de souffler mes sept bougies et je m'apprêtais à ouvrir mes cadeaux quand il avait demandé la parole. Maman avait eu l'air surprise. A priori, elle n'était pas au courant... Mon père m'avait fait venir près de lui et il m'avait dit :

Le père – Ma grande chérie, sept ans est un âge très important. Tu sais pourquoi ?

Justine – Non...

Le père – Parce que c'est l'âge où l'on commence à avoir des secrets. C'est important d'avoir des secrets dans la vie. Je ne parle pas de secrets très lourds qui nous encombrent et dont on ne sait pas quoi faire. Je parle de petits secrets joyeux qu'on n'a pas envie de partager avec les autres.

Ma mère avait tenté d'intervenir.

La mère – Ce n'est pas obligatoire de les garder pour soi, on peut tout dire à sa maman.

Mon père avait tenu bon.

Le père – Oui mais on peut aussi garder des choses pour soi si on le désire. Ça s'appelle un jardin secret et tu as le droit de le cultiver.

J'étais enfant et je ne suis pas certaine d'avoir perçu toute l'importance de ces paroles à ce moment-là, pourtant ces quelques mots résonnent en moi telle une autorisation à vivre.

J'avais pris mon coffre comme s'il s'agissait d'un trésor et je m'apprêtais à filer dans ma chambre pour le cacher sous mon lit quand mon père m'avait arrêtée.

Le père – Attends, Justine, je n'ai pas fini. J'ai encore un cadeau pour toi.

Et il m'avait tendu un cadenas avec une clef.

Le père – Un coffre à secrets ne mérite son nom que si on peut le fermer vraiment. Cela évite que les curieux l'ouvrent par inadvertance...

Papa avait prononcé cette dernière phrase en fixant maman avec un sourire complice. Vexée, elle avait bougonné je ne sais quoi dans son coin. J'avais aussitôt placé le cadenas et glissé la clef dans ma poche. L'ouverture de mes autres cadeaux m'avait pris cinq minutes, je n'avais plus qu'une idée en tête, me réfugier dans ma chambre pour admirer mon coffre à secrets.

Pas une fois depuis ce jour, la vue de ce coffre n'avait manqué de me remplir de joie. Et aujourd'hui une fois de plus, dans cette nouvelle chambre de ma nouvelle vie, mon cœur avait battu la chamade en le découvrant au fond du carton.

Je me suis assise sur mon lit et je l'ai ouvert. On pouvait remonter le fil de ma vie en quelques objets.

CONTENU DU COFFRE À SECRETS DANS LE DÉSORDRE :

• Épluchures séchées de la clémentine partagée à la cantine avec Oscar, mon amoureux en CE1. (J'étais folle de lui. C'était le bad boy de la classe : il avait osé mettre des fourmis mortes dans le sac de la remplaçante très méchante. Son geste héroïque et subversif m'avait séduite pour la vie.)

• Lacets de ma première paire de Converse taille 29 (rouges, une merveille !!!).

• Ticket de cinéma d'un film vu avec Jim en 4e. (C'était avant que Nicolas n'intervienne et n'oblige son meilleur pote à me quitter.)

• Premier soutien-gorge. (Deux mini triangles de dentelle blanche, c'était plus de la déco que du soutien mais rien ne m'a procuré autant de fierté que de le porter. De la lingerie comme les vraies femmes.)

• Mégot de la première cigarette fumée avec Nicolas en cachette de Léa. (Pour elle, la cigarette est responsable de la mort de son père et elle mène un combat féroce pour qu'on ne touche pas à ce poison.)

• Mes élastiques Dora l'exploratrice.

• Carnet secret dans lequel j'ai écrit l'histoire de ma vie en 4e. (Rapide, l'histoire... deux paragraphes et demi.)

• Papier du hamburger avec un cœur dessiné par Ilan, un amoureux qui m'a brisé le cœur.

• Invitation pour mon premier gala de danse en CE2 avec mon nom écrit dessus. (J'étais une libellule vert pomme et j'étais restée sur la scène moins de deux minutes mais à voir le film réalisé par papa, on croirait que je suis la danseuse étoile du *Lac des cygnes*.)

• Girafe en gomme qui ressemble à Patou.

• Lettre de maman, le jour où j'ai eu mes règles pour la première fois. (Trop mignonne la lettre ! Elle me dit qu'elle est contente que je devienne une femme et que je vais vivre de merveilleuses aventures. Elle finit en écrivant : « N'oublie jamais qui tu es, ne laisse personne t'entamer, vis tout ce que tu as à vivre et qui est bon pour toi. Je t'aime. Maman. »)

• Collier avec Justine écrit en faux diamant. (Cadeau collectif des filles de ma classe pour mes treize ans. À part la reine d'Angleterre, je ne vois pas qui pourrait porter un truc pareil aujourd'hui. Pourtant j'ai mis ce collier pendant des mois et je le trouvais super beau.)

• Lettre d'amour écrite à Tom en CM1 et jamais envoyée. (Vu le nombre de fautes, je n'avais pas encore compris la notion d'accord en grammaire.)

• Clé USB avec ma playlist préférée pour ma fête d'anniversaire en seconde.

• Photos collector. (Surtout celles avec Léa au Photomaton. Il devrait y avoir une loi qui oblige ces appareils à détruire les photos sur lesquelles on a des têtes de terroristes.)

• Bonbons à la cerise donnés par notre ancienne maîtresse Mme Raisonnier parce que j'avais gardé Che Guevara le poisson rouge de la classe pendant les vacances de Pâques.

• Petit mot d'amour écrit par Thibault glissé dans ma valise avant mon mini tour du monde avec Léa. (Plus besoin de le lire, je le connais par cœur. Heureusement parce que mes larmes ont dilué l'encre bleue.)

J'ai refermé mon coffre, il fallait absolument que j'arrête de faire défiler les moments forts de ma vie, j'étais submergée par le chagrin. Mon état n'a pas échappé à Léa.

Léa – Une bouffée de nostalgie, ma Justine ?

Justine – Yes...

Léa – Ce n'était peut-être pas une bonne idée d'ouvrir ton coffre à secrets un dimanche soir. Surtout dans une nouvelle maison, avec la pré-rentrée demain et Thibault à l'autre bout du monde.

J'ai tenté de retenir mes larmes, peine perdue. Léa s'est assise près de moi.

Léa – Je ne voudrais pas être indiscrète mais ça s'est mal passé au téléphone avec Thibault tout à l'heure quand on était au vide-greniers ? Vous avez très peu parlé ensemble.

Justine – Non, ça a été... Il m'a juste appelée pour me demander si on pouvait se Skyper ce soir à 21 heures.

Léa – Super, tu vas le voir et lui parler dans moins d'une heure ! Tu es contente ?

Justine – Je préférerais qu'il soit là en chair et en os...

Léa – Je sais, mais il est parti aux États-Unis, il a fait un choix.

Justine – Et c'est moi qui en subis les conséquences.

Léa – Tu peux très bien continuer à vivre ta vie en l'attendant.

Justine – Pour ça, il faudrait que j'arrête de l'aimer.

Léa – Pourquoi arrêter de l'aimer ? Tu peux l'aimer et vivre ta vie, ce n'est pas incompatible.

Justine – Comment je fais ?

Léa – Justine, on a déjà eu cinquante fois cette discussion. Tu penses à lui avec bonheur en sachant que votre amour est réciproque mais tu acceptes de sortir, de rencontrer des gens, de boire un soda au soleil et d'y prendre du plaisir sans être rongée par « Pourquoi il n'est pas là ? Pourquoi il ne m'appelle pas ? Pourquoi je ne compte pas pour lui ? » ni par « Je ne dois pas regarder un garçon, je ne dois pas m'amuser, je dois attendre son retour. » Bref, prendre les bons moments quand ils se présentent.

Justine – Et c'est possible ça ?

Léa – À toi de voir. En tous cas, si tu te pourris la vie alors que vous vous aimez juste parce qu'il est parti pour un an, tu ne pourras t'en prendre qu'à toi.

Sur cette phrase hautement philosophique, ma meilleure amie est retournée ranger ses affaires. Je suis restée sur mon lit à méditer. Je pensais qu'elle en avait fini avec moi. C'était mal la connaître.

Léa – Lui était le beau brun sur lequel tu as buggé au vide-greniers au moment où ton téléphone a sonné ?

Je n'ai pas cherché à jouer la fille surprise. Avec Léa, c'est inutile. Elle finit toujours par deviner.

Justine – Thomas.

Léa a souri.

Léa – Le fameux Thomas Lagrange. Le travail en binôme s'annonce très... fructueux.

Justine – Je me fous complètement de ce garçon. Je veux Thibault !

Léa – Parfait. Dans moins d'une heure tu l'auras en son et en image ! En attendant, finis de vider ton carton, qu'on y voie plus clair dans notre chambre.

On a poursuivi notre rangement en silence, chacune dans son coin. On ne peut pas dire que l'ambiance était folle. Léa regardait maintenant son album photo fétiche : celui où on peut l'admirer depuis sa naissance jusqu'à son année de sixième avec son père. Elle avait mis son iPhone en haut-parleur et Amy Winehouse chantait « No, no, no... »

Le souvenir de cette chanteuse morte à vingt-sept ans d'une overdose d'alcool parce qu'elle se consumait d'amour pour un sale type qui l'avait plaquée a fini de m'achever.

À 21 heures, j'ai pris mon ordi portable et je me suis isolée dans la chambre d'Ingrid et d'Ambre. Elle était inoccupée et j'avais envie de parler à mon prince sans témoin. On avait échangé quelques fois depuis son départ mais toujours dans un fast food ou dans un hall d'hôtel bondés, les seuls endroits où j'avais pu trouver du Wi-Fi à l'étranger. C'était la première fois depuis longtemps qu'on pouvait se parler tranquillement. J'étais très impatiente.

Je n'ai pas eu à attendre longtemps. Thibault, ponctuel comme toujours, m'a appelée à l'heure dite. Lorsque j'ai vu son visage, j'ai tout de suite compris qu'il y avait un problème. Il avait beau me sourire, j'ai imaginé le pire.

LISTE DE CE QU'UNE FILLE PEUT IMAGINER
(ENFIN PEUT-ÊTRE PAS TOUTES LES FILLES MAIS MOI, OUI !)
QUAND LE GARÇON QU'ELLE AIME SEMBLE SOUCIEUX :

• Il a rencontré une grande blonde, file le parfait amour avec elle et **il m'appelle pour me dire que c'est fini entre nous.**

• Il vient de réaliser que notre histoire était une erreur monumentale et **il m'appelle pour me dire que c'est fini entre nous.**

• Il a découvert qu'en réalité il préférait les garçons et **il m'appelle pour me dire que c'est fini entre nous.**

• On vient de lui diagnostiquer une maladie mortelle, il ne veut pas que je l'assiste dans ses derniers moments et **il m'appelle pour me dire que c'est fini entre nous.**

J'arrête ici ma liste, non parce que je suis à court d'idées, mais parce que je voudrais savoir pourquoi Thibault a l'air si sombre.

Pour éviter qu'il perçoive mon inquiétude, j'ai joué à fond la carte de la fille hyper décontractée.

Justine – Salut Thibault ! il y a un problème ?

Oui, d'accord, on peut faire mieux dans le rôle de la fille zen mais c'est tout ce que j'ai en stock. Thibault n'a rien répondu. Il s'est frotté le menton comme lorsqu'il est angoissé. Je ne m'étais donc pas trompée.

Justine – Elle s'appelle comment ?

Thibault – Qui ça ?

Oh je déteste son hypocrisie ! Je trouve minable cette façon de me laisser lui arracher les infos alors que sa nouvelle petite amie est très certainement à côté de lui. Je vous parie que c'est elle qui a exigé cette rupture en direct. Je suis sûre qu'au moment où il va me larguer, elle va éclater de rire. Je le hais de s'être laissé manipuler de la sorte. J'ai hurlé :

Justine – Tu sais très bien de qui je parle...

Thibault a sursauté.

Thibault – Non, vraiment, je ne comprends pas.

Décidée à prendre la décision de le quitter avant qu'il ne le fasse, je lui ai ordonné :

Justine – Montre-moi ce qu'il y a autour de toi avec la webcam.

Mon prince s'est exécuté. J'ai pu vérifier qu'il était chez sa tante, dans la chambre de sa cousine, assis au bureau, sans personne à l'horizon.

Me serais-je emballée ? Franchement, il y avait de quoi non ? Il avait l'air tellement suspect.

Thibault m'a souri.

Thibault – Tu ne changes pas. Toujours aussi... explosive ! En même temps, c'est ce qui m'a séduit chez toi. Pas de faux-semblants, pas de sourire de femme d'ambassadeur. Des sentiments vrais. C'est pour ça que je t'aime.

Donc il ne m'appelle pas **pour me dire que c'est fini entre nous**.

Vous voyez le sucre sur une crème brûlée quand on le passe au chalumeau, j'ai fondu à la même vitesse. Je me suis entendue lui répondre :

Justine – Moi aussi je t'aime Thibault.

On est restés un long moment à se sourire bêtement à travers nos écrans.

Thibault – Ça va toi ?

Justine – Oui, à part que tu me manques atrocement, que les vacances sont terminées, que c'est bizarre d'être dans une maison qui n'est pas la mienne, que demain c'est la journée d'informations à la fac et que c'est parti pour une année de galère. Et toi ?

Thibault – Moi, j'ai un gros problème, Justine...

J'ai respiré profondément pour ne pas replonger dans mes délires.

Justine – Qu'est-ce qui se passe ?

Thibault – Je ne peux plus rester chez ma tante à New York.

Justine – Pourquoi ?

Thibault – À ton avis ?

Oh yes ! Il ne supporte plus la vie sans moi, il veut rentrer en France, faire sa prépa, venir me retrouver le week-end à la maison rose et m'embrasser jusqu'au vertige. Mon cœur a bondi. Je lui ai dit en essayant de dissimuler ma joie :

Justine – Je ne sais pas. Pourquoi ?

Thibault – Mon père exige de ma tante qu'elle me mette dehors avant la fin de la semaine prochaine et ne me fournisse aucun moyen de gagner ma vie. Il pense que, dans ces conditions, je vais rentrer en France pour faire ma prépa. Il rêve, je ne rentrerai pas.

Mon cœur s'est désagrégé façon puzzle. Thibault s'est mépris sur mon air catastrophé.

Thibault – Ne t'inquiète pas, je vais trouver une solution pour aller au bout de mon projet.

Justine – Comment ?

Thibault – Je ne sais pas encore mais je vais y arriver.

J'ai fait un effort surhumain pour articuler ces mots :

Justine – Je n'en doute pas une seconde. Il ne faut surtout pas que tu renonces. Tu dois prouver à ton père que tu es libre et autonome.

Thibault m'a souri.

Thibault – Merci Justine ! J'ai besoin que tu m'encourages. Si tu me mettais la pression toi aussi, je finirais par rentrer en France.

J'ai dégluti avec une certaine difficulté. J'avais la sensation de me retrouver début juillet dans les jardins du Palais-Royal au moment où mon prince me demandait la permission de partir aux États-Unis et où je la lui donnais.

Est-ce que c'est ça aimer l'autre ? Vouloir son bien même si ça vous fait mal ? Parce que si c'est le cas, je renonce à l'amour pour toujours. Autant entrer au couvent et se consacrer à Dieu.

Thibault – Justine, ça va ?

J'ai réussi à prononcer un très timide :

Justine – Oui.

Thibault – Tu crois que j'y arriverai ?

J'allais trouver la force de le rassurer quand Nicolas a déboulé dans la chambre.

Nicolas – Tu parles toute seule ?

Justine – Non, je suis sur Skype avec Thibault.

Mon cousin a hurlé :

Nicolas – Putain, tu pouvais pas nous appeler ?

Léa

Pour celles et ceux qui ont un problème (de manque, de présence, d'absence) avec leur père - bref pour tout le monde -, voici un peu de lecture, histoire d'approfondir le sujet :
Lettre au père, Franz Kafka
La gloire de mon père, Marcel Pagnol
Le père Goriot, Honoré de Balzac
Père et fils, Ivan Tourgueniev
Le père, Guy de Maupassant
Les mots pour le dire, Marie Cardinal
Archives du Nord, Marguerite Yourcenar
Je pensais que mon père était Dieu, Paul Auster
La reine du silence, Marie Nimier.

Aujourd'hui, 11h59 · J'aime · Commenter

Thibault Sans façon, Léa, merci !!!

Aujourd'hui, 16h45 · J'aime

Justine Où est mon papounet chéri ?

Aujourd'hui, 19h13 · 1 personne aime ça

Nicolas Tu as tout ça en BD ???

Aujourd'hui, 20h14 · J'aime

Jim J'aurais lu ta sélection avec plaisir mais j'ai compét de poney et après atelier gommettes… Il faut que j'y aille :)

Aujourd'hui, 20h16 · J'aime

Il a foncé sur mon ordi que je tenais sur mes genoux. Il a tourné l'écran vers lui.

Nicolas – Salut mec, ça va ?

Thibault – Ça va et toi ?

Nicolas – Ouais. Alors toujours fun les States ?

Thibault – Yes !

Jim, qui avait entendu mon cousin hurler, a rappliqué à la vitesse de la lumière. Il a carrément pris l'ordi.

Jim – Salut le cow-boy !

Thibault – Hi Jim !

Jim – Tu nous manques garçon.

Thibault – Vous aussi.

Je ne voudrais pas passer pour la fille aigrie et égoïste, mais j'étais tranquillement en train de parler à mon homme là. Alors ce serait bien qu'ils me restituent mon bien et qu'ils dégagent.

Entendant depuis notre chambre toute cette agitation, Léa est arrivée à son tour.

Léa – Mais c'est notre beau Thibault !

Thibault – Coucou Léa. Je suis content de te voir.

Léa – Moi aussi !

Pour que vous imaginiez un peu mieux la scène, je vous la décris. Je suis assise toute seule sur le lit d'Ingrid, dos au mur et face à moi, il y a Léa, Nicolas et Jim debout qui parlent à Thibault. Je suis donc hors champ, hors conversation, hors tout.

Nicolas – Alors mec, raconte un peu. La semaine dernière, tu t'éclatais, c'est toujours vrai ?

Thibault – Pas vraiment.

Jim – Pourquoi ?

Thibault – J'ai un problème.

Nicolas – Grave ?

Thibault – Ennuyeux. Mon père a réussi à convaincre ma tante de me mettre à la porte.

Jim a réagi au quart de tour.

Jim – Mais quel sale type celui-là...

Léa a chuchoté à l'oreille de mon cousin. Il m'a regardée, installée comme une pauvrette sur mon lit. Il a pris l'ordi des mains de Jim et il est venu près de moi. Les autres ont suivi. On s'est retrouvés assis côte à côte à écouter Thibault raconter ses déboires.

Thibault – Il est persuadé que, si je me retrouve sans toit et sans boulot, je rentrerai sagement.

Jim – Tu ne vas pas le faire ?

Thibault – Non, sauf que pour l'instant je n'ai pas de solution. J'ai bien l'argent que ma mère m'a donné mais je ne tiendrai pas longtemps s'il faut payer un loyer, les repas et tout le reste.

Léa – Et ta tante, elle ne peut pas t'aider ?

Thibault – Elle est désolée mais elle ne prendra pas le risque de se fâcher avec mon père.

Jim – C'est dingue, ça ! Normalement, les parents doivent aider leurs enfants à réaliser leur vie, pas la leur pourrir.

Nicolas – Et tu peux pas décrocher un boulot ailleurs ?

Thibault – Compliqué pour un Frenchie sans carte verte. Là, je pouvais bosser parce que c'était chez ma tante, ailleurs c'est compliqué.

Jim, qui ne décolérait toujours pas contre l'ambassadeur, a dit :

Jim – Quel vieux con... Si j'avais du fric, je te le filerais.

Thibault – Je le sais, merci ! Ce qu'il faut maintenant, c'est que j'y arrive par moi-même. Des tas de gens se débrouillent seuls. Je dois pouvoir le faire...

On a tous soutenu Thibault dans son combat.

Léa – Je suis certaine que tu réussiras à trouver une solution.

Nicolas – Ouais c'est sûr ! On est là mec.

Jim – On est plus que là !!! Lâche rien.

Justine – Moi aussi, je suis là et je t'attends tranquillement ! Prends ton temps.

Thibault nous a regardés avec une intensité incroyable et on a senti que notre amitié lui allait droit au cœur. Il a souri et a murmuré d'une voix cassée :

Thibault – C'est bon de pouvoir compter sur vous. Surtout quand on est si seul et si loin. Vous êtes ma vraie famille.

Et certainement pour ne pas être submergé par l'émotion, il a ajouté :

Thibault – Je dois raccrocher, je vous rappelle demain.

Le jingle ridicule de Skype a indiqué que la conversation était terminée mais on a continué à fixer la photo qui était en fond d'écran de mon ordi : nous tous, heureux dans le jardin de la maison bleue, pour la fête du bac.

J'ai évidemment fondu en larmes. Nicolas et Jim ont eu l'air navrés. Léa a soupiré. Pour notre première soirée à la maison rose, l'ambiance était plutôt noire.

Mon cousin, qui a tant de mal avec les émotions fortes, a réagi le premier.

Nicolas – Bon, on se bouge ?

Personne ne lui a répondu.

Nicolas – Allô ? Vous êtes là ? C'est quoi ces tronches d'enterrement ? Il n'y a pas mort d'homme que je sache. J'ai la dalle, moi, pas vous ?

Il y a une chose qui m'a toujours sidérée chez les garçons, c'est leur rapport à la nourriture. Il est d'une simplicité remarquable : c'est l'heure de manger, ils ont faim. Ce n'est pas l'heure de manger, ils n'ont pas faim. Chez les filles, c'est beaucoup plus compliqué. La moindre émotion peut nous conduire à nous affamer ou, au contraire, à nous empiffrer comme des sauvages.

Jim – Oui, j'ai faim moi aussi. On commande des pizzas ?

Nicolas – Yes des quatre saisons avec de l'huile piquante ! Ça vous va les girls ?

Léa – Ah non pas de pizza, on a mangé des sandwichs à midi. Il faut qu'on fasse un peu attention à notre alimentation.

Nicolas – Et toi Justine, une pizza, ça te dit ?

Justine – Non. Je n'ai pas faim.

Nicolas – Alors on fait quoi ?

Justine – Rien...

Nicolas – Et toi Léa, tu proposes quoi ?

Léa – Aucune idée. Le frigo est vide, les magasins sont fermés.

Justine – Et c'est dimanche soir, cafard...

Mon cousin nous a regardées en fronçant les sourcils. Il a semblé chercher une solution et puis, de peur d'être contaminé par notre spleen, il a lancé légèrement agacé :

Nicolas – La prise de tête... Moi, je me tape pas une soirée déprime. Alors je commande des pizzas pour ceux qui veulent, si les autres préfèrent jeûner en pleurant sur le bonheur perdu c'est leur problème.

Et sur ce modèle d'empathie pour ceux qui souffrent, il est sorti de la chambre en claquant la porte. Jim a tenté d'arranger la situation.

Jim – Vous voulez qu'on essaie de voir si on peut commander des salades ?

Léa – Laisse tomber, Jim, Justine n'a pas faim et moi, j'ai des kilos à perdre. Un dîner en moins me fera le plus grand bien.

Jim – Tu es sûre ?

Léa – Oui.

Jim ne s'est pas fait prier. Il a rejoint illico son copain. On les a entendus passer leur commande et à peine ont-ils reçu leur repas qu'ils se sont empressés de monter dans la chambre de bonne pour, soi-disant, vérifier que la peinture avait bien séché. On a très bien compris que notre compagnie, certes légèrement plombante, ne les tentait pas et qu'ils préféraient regarder une série ensemble.

Justine – Géniale cette première soirée en coloc, non ?

Léa – J'avoue qu'elle est assez pourrie !

Justine – Et dire que lorsqu'on était sur la plage de Bondi Beach on était pressées de rentrer.

Léa – Grave erreur.

Justine – Tu te souviens comment on imaginait notre retour ?

Léa – Arrête, tu te fais du mal pour rien.

Justine – Résultat, qu'est-ce qu'on a ? Un dépressif qui cherche les moyens de continuer à manger ses hamburgers sur la Cinquième Avenue et un accro de la quatre saisons qui se barre à la moindre larmichette. Et nous, où sommes-nous là-dedans ? Nulle part... deux pauvres filles échouées sur un lit, loin de chez elles.

Léa – Le tableau est assez sévère mais je dois avouer qu'il reflète bien la réalité.

Le fait que Léa approuve ma vision catastrophique de notre situation m'a encore plus déprimée.

Justine – Qu'est-ce qu'on fait ?

Léa – Je te propose de retourner dans notre chambre ranger nos affaires. Pourrie pour pourrie, que notre soirée soit au moins utile.

Justine – Tu as raison.

Et voilà comment nous nous sommes retrouvées durant plus d'une heure à vider nos cartons, l'estomac vide, avec, pour seule perspective d'avenir, ma journée d'information à la fac, le lendemain, à la première heure. Léa et les autres avaient encore deux jours de rab !

Parfois, on se laisse envahir par une vision dramatique de la vie. On ne réalise pas que, de la même façon qu'on est entré dans le chagrin avec notre imagination, on peut en ressortir de la même manière. Il suffit juste de le vouloir. De regarder l'existence du côté de la lumière.

Et quand je me suis retournée et que j'ai vu Léa déguisée en Calamity Jane pointant un faux pistolet en plastique sur moi, j'ai éclaté de rire. Elle a dit d'une voix caverneuse qui semblait imbibée de whisky :

Léa – Tu te moques de moi, abominable petit avorton ? Tu sais que je pourrais te dessouder en moins de temps qu'il ne faut pour le dire.

Justine – Pitié, Calamity...

Léa – Je ne sais pas si tu mérites ma pitié, Joe !

Justine – Ah non, je ne veux pas être Joe Dalton, c'est le plus méchant de la bande.

Léa – Oui, c'est aussi le plus intelligent.

Justine – Tant pis, je préfère Averell. Il est bête mais au moins il est sympa.

J'ai mis mon chapeau de paille, attaché ma grosse ceinture noire army sur mon jean, noué mon bandana rouge autour du cou et, les jambes écartées comme un cow-boy qui descend de cheval, j'ai dit à Léa :

Justine-Averell – Ce sera toi ou moi, cocotte !

Léa-Calamity – Je crains que tu ne passes l'arme à gauche le premier, sale nigaud.

Justine-Averell – Moi, sale nigaud ?

Léa-Calamity – Oui, toi sale nigaud.

Justine – Alors toi, t'es une pauvre cocotte...

Je sais que cette scène n'est pas drôle, que les dialogues sont même assez lamentables, pourtant on s'est mises à rire avec Léa comme des gamines. À chaque fois que l'une s'arrêtait de pouffer, l'autre recommençait.

Léa – Quand il ne reste plus rien, il reste le rire.

Justine – S'il pouvait rester un bout de fromage ou une tranche de jambon aussi, ce serait bien. J'ai faim maintenant.

Léa – Moi aussi.

Justine – Tu crois que les garçons ont laissé un peu de leur pizza quatre fromages ?

Léa – Tu as déjà vu Nicolas ou Jim ne pas finir son assiette ?

Justine – Non. Qu'est-ce qu'on mange alors ?

Léa – On peut faire cuire la selle de notre cheval !

Justine – Arrête, je ne plaisante pas, j'ai vraiment faim ! Je vais finir par regretter le dîner à 20 heures pile de ma mère et son « À table Justine, c'est la dernière fois que je t'appelle ».

Léa – Oui, c'était bien pratique.

Justine – Mais pénible en même temps ! Là, au moins on est libres !

Léa – Exact ! Nous sommes libres... de crever de faim !

Justine – C'est impossible Léa, tu as toujours un joker. Tu te souviens à Sidney quand on n'avait pas assez de liquide pour le ferry et que tu as réussi à nous le faire offrir par un garçon qu'on ne connaissait pas et auquel tu n'avais rien demandé ?

Léa – Typique de la gentillesse australienne.

Justine – Et à Tokyo, quand le libraire avec lequel tu avais sympathisé s'est démené pour nous trouver une chambre d'hôtel alors que tout ce qui était dans nos prix était complet ?

Léa – L'extrême politesse japonaise.

Justine – Et à Saint-Pétersbourg quand un des types du musée de l'Ermitage nous a offert une visite guidée des salles de la peinture italienne parce que tu lui avais confié ta passion absolue pour *La Madone à la fleur* de Vinci.

Léa – L'élégance de la Russie cultivée.

Justine – Le charme de la Léa sexy, oui ! Je me souviens que ce type te dévorait des yeux et te répétait : « Si j'avais le talent de Vinci, je vous choisirais comme modèle de Madone. »

Léa – Il parlait très bien le français.

Justine – C'était surtout un gros séducteur !

Léa – Pas gros, il était grand et mince ! Et il parlait de Michel-Ange et du Caravage comme personne.

Justine – Tu l'as kiffé ?

Léa m'a souri.

Léa – Dans d'autres conditions, je me serais peut-être enfuie avec lui dans une troïka, vêtue d'une robe longue d'organza rouge et d'un manteau de vison blanc doublé d'hermine.

Justine – Vraiment ?

Léa – Un manteau de vison blanc doublé d'hermine en plein été ? Non ! En plus je suis contre le port de la fourrure !

Justine – Mais pour le reste, oui ?

Léa – Tout est toujours possible, Justine, c'est l'intérêt de la vie.

Justine – Pour avoir à manger, qu'est-ce qui serait possible ?

Léa – Essaie d'imaginer une solution.

Justine – Lampe avec génie ? Baguette magique ?

Un choix contesté

Depuis la préhistoire, la fourrure est utilisée par les hommes pour se vêtir, mais aussi comme couverture ou tapis. Siècle après siècle, des artisans se sont spécialisés dans le travail et le commerce des peaux. À la Renaissance, la fourrure est devenue synonyme de luxe.

L'apparition des tissus synthétiques, puis le réchauffement climatique et l'émergence d'associations ou de fondations en faveur de la protection des animaux ont réduit la croissance de ce commerce.

Néanmoins les chiffres restent impressionnants car les consommateurs des pays émergents représentent un marché en plein essor.

- Chaque année, 50 millions d'animaux sont officiellement tués dans le monde pour leur fourrure.
- Depuis 2000 le Danemark est le premier producteur mondial de fourrures (il produit notamment 32 % du vison d'élevage mondial), devant la Chine.
- En 2012 l'Europe produit 70 % de la production mondiale de peau de vison.
- En 2012 il y a 6000 fermes d'élevage en Europe.
- Pour fabriquer un manteau long, plusieurs peaux sont nécessaires – et donc plusieurs animaux : 10 à 15 loups, 12 à 15 lynx, 15 à 20 renards, 60 à 80 visons, 60 à 100 écureuils…

De nombreuses marques en Europe refusent de vendre des vêtements et des accessoires de fourrure (cols, revers, sacs, doublure de gants). Renseignez-vous !

Léa – Tu sais, les solutions qui font appel au merveilleux ont peu de chances d'aboutir. Regarde ce qui est arrivé à la petite fille aux allumettes qui crevait de froid et de faim un soir de Noël, pieds nus dans la neige. Au lieu de frapper à une porte et de demander de l'aide, ou de voler de quoi manger, elle a préféré voir ce qui n'existe pas dans la lueur de ses allumettes.

Justine – C'est poétique, non ?

Léa – Ce n'est pas poétique de mourir de faim. Il faut avoir le ventre bien rempli pour dire : « Je renoncerais plutôt aux pommes de terre qu'aux roses ».

Justine – Mais où trouver des frites à bientôt 22 heures ?

Léa a haussé les épaules pour signifier une fois de plus son manque d'idées. J'ai réfléchi et je me suis imaginée en petite fille aux allumettes. Qu'aurais-je fait à sa place ?

J'aurais sonné chez quelqu'un en expliquant ma situation.

Justine aux allumettes – Bonjour madame, je suis Justine aux allumettes et j'ai super faim. Ma mère est morte à ma naissance et mon père me bat. Un affreux gamin m'a volé ma chaussure et comme on n'est pas dans *Cendrillon*, il ne va pas me rechercher pour m'annoncer qu'il est le prince et qu'il veut m'épouser. Je risque donc de mourir de faim en total état d'hypothermie d'ici demain. Comme c'est Noël, je pense que vous pourriez faire un effort et partager votre oie rôtie. Je n'ai pas un gros appétit, une cuisse suffira. Bien sûr, si vous voulez ajouter quelques pommes de terre, un verre de soda et une part de bûche, je ne dis pas non. Et si vous aviez un cadeau en rab, je ne serais pas contre le fait que vous me l'offriez. Voilà, réfléchissez... Mais avant de refuser, pensez à la culpabilité que vous éprouverez si on me retrouve demain matin gelée sur votre paillasson. Peut-être même serez-vous inquiétée par la police pour non-assistance à personne en danger. Imaginez votre photo en première page des journaux lors de votre arrestation. Je vois d'ici le titre de l'article : « Une mère de famille appréciée de tous laisse une pauvre orpheline mourir de faim le soir de Noël. Elle est condamnée à la prison ferme. » Quelle honte pour vous...

Bon, c'est peut-être un peu agressif comme façon de demander de l'aide, non ? Je garde le début de ma tirade et je l'arrête au moment où je demande la cuisse, le soda et le gâteau. Une femme qui a ce qu'il faut sur sa table ne peut pas refuser ça à une jeune fille affamée.

Mais tonnerre de Zeus, une femme qui a ce qu'il faut sur sa table, j'en connais une ! C'est Suzette notre voisine ! Allez, pour une fois, je prends les choses en main et j'épate Léa.

J'ai remis mes baskets et, sans rien dire à ma meilleure amie, je suis montée chez ma sauveuse. Avant de frapper, j'ai collé mon oreille contre sa porte pour m'assurer que Roger et elle ne dormaient pas. À en juger par le volume du son de la télé, c'était impossible. J'ai frappé super fort.

Suzette a ouvert sans même demander qui était là. Elle a souri dès qu'elle m'a vue et a hurlé avec son accent pied-noir inimitable :

Suzette – Mais c'est la petite Juliette, comment ça va ? C'était bien les vacances ?

Justine – Excellentes. Moi, c'est Justine, pas Juliette.

La voisine n'a absolument pas tenu compte de ma remarque, elle a continué :

Suzette – Tu es toute seule ? Léna n'est pas là ?

Justine – Qui ça ?

Suzette – Ton amie, la belle brune.

Justine – Ah Léa ! Elle s'appelle Léa. Elle est dans sa chambre.

Suzette – Pourquoi elle n'est pas venue avec toi ?

Sans me laisser le temps de lui répondre, elle a ajouté :

Suzette – Vous avez mangé ?

Ah ben justement, puisqu'on en parle...

Justine – Non.

En répondant par la négative, je ne crois pas avoir fait plus plaisir à quelqu'un dans ma vie qu'à Suzette à ce moment-là. Son visage s'est illuminé.

Suzette – Léna non plus n'a pas dîné ?

Justine – Non.

Suzette – Magnifique. Et les deux beaux garçons ?

Justine – Ils ont mangé des pizzas.

Suzette – C'est rien ça. À leur âge, c'est une entrée ! Va les chercher, je vous prépare un en-cas.

Justine – Vraiment ? Ça ne vous dérangera pas ?

Suzette – Comment ça me déranger ? Tu es folle ou quoi, ma fille ? Allez va vite.

Et laissant la porte ouverte, elle a foncé en direction de sa cuisine.

Après avoir annoncé la bonne nouvelle à Léa, il m'a fallu dix minutes pour convaincre les garçons de monter chez Suzette.

Nicolas – Tu parles d'un after ! Se faire une soirée *Questions pour un champion* avec deux vieux, t'as pas mieux ?

Léa – Nicolas, sois sympa. On reste cinq minutes pour grignoter un truc et on redescend. Avec un peu de chance, elle aura de la glace vanille-pécan ou des barres glacées pour toi.

Nicolas – Mouais...

Jim, conciliant comme toujours, a accepté de venir, décidant du même coup mon cousin.

Tandis qu'on montait les escaliers, Léa m'a chuchoté :

Léa – Tu crois que c'est une bonne idée d'y aller ? Je ne voudrais pas qu'elle se sente gênée. On débarque à quatre à 22 heures, c'est pas terrible pour une vieille dame.

Justine – Je te jure que c'est elle qui me l'a proposé. Moi, j'y allais juste pour lui demander un peu de pain et de fromage.

Je n'avais pas fini ma phrase que la voix chantante de Suzette a retenti.

Suzette – Ah vous voilà, je m'inquiétais. Ce n'est pas encore chaud mais vous allez pouvoir commencer.

Qu'est-ce qui n'est pas encore chaud ?

On est entrés, légèrement inquiets. Malgré le volume hallucinant de la télé, Roger dormait bouche ouverte assis sur le canapé. Suzette nous a fait signe de la suivre dans la cuisine.

Suzette – J'ai mis la table là-bas, on sera plus tranquilles.

Léa – Vous avez mis la table ? Il ne fallait pas vous donner tant de mal. On ne voudrait pas vous déranger.

Suzette – Vous ne me dérangez pas. J'avais des petites bricoles dans le frigo, ça me fait plaisir que vous les mangiez.

On est restés avec les yeux comme des soucoupes lorsqu'on a aperçu les bricoles en question. Imaginez une réception donnée par le roi du Maroc pour accueillir un hôte de marque... Ce n'est rien à côté de ce que Suzette avait préparé. La table était recouverte de salades en tous genres : pommes de terre au cumin, carottes au carvi, poivrons à l'huile d'olive, fenouils à l'anis, concombres au sel, radis, tomates cuites à l'ail, citrons confits... J'en passe et des meilleures.

Justine – Mais vous avez préparé ça quand ?

Suzette – Dans la journée, j'adore cuisiner.

Léa – Vous attendiez du monde ?

Suzette – Non, mais quelqu'un peut arriver à l'improviste. La preuve, vous êtes là ! Allez dépêchez-vous de finir les salades, le tajine arrive.

Nicolas – Un tajine ?

Suzette – Oui, un tajine d'agneau aux pruneaux, ça se mange sans faim.

En réalité, il n'y avait pas seulement un tajine et je ne vous décrirai pas le menu au grand complet : il me faudrait une dizaine de pages supplémentaires. Ce que je peux vous assurer, c'est que lorsque nous sommes arrivés aux gâteaux au miel, même les garçons qui ne laissent jamais rien dans leur assiette ont déclaré forfait.

Notre voisine a semblé meurtrie par leur refus.

Suzette – Vous n'aimez pas ma cuisine ?

Jim – Au contraire. C'est délicieux mais il est tard et demain je commence mon nouveau travail dans mon club de gym.

Suzette – Justement, il faut manger une boule au miel pour prendre des forces.

Tandis que Jim faisait un effort surhumain pour avaler la pâtisserie sous nos regards écœurés, Léa m'a chuchoté à l'oreille :

Léa – La petite fille aux allumettes avait raison, il vaut mieux éviter de sonner chez une voisine. Tu vois à quoi ça nous mène !

Coloc : premier casting !

Jim – Ah, chez nous aussi, en droit, il y a clairement plus d'inscrits que de places en amphi. Quand je suis arrivé mardi, impossible de m'asseoir, plus une marche libre !

Léa – Il paraît qu'il faut attendre la mi-octobre... Il y a plein d'étudiants qui vont abandonner.

Jim – Oui, mais on fait comment dans l'intervalle ? Moi, j'ai l'intention de continuer et il va me manquer une partie des cours.

Léa – Il faut que tu arrives une heure avant.

Jim – Même quand ils commencent à huit heures ?

Léa – Oui !

Nicolas – Heureusement que je suis dans une école d'informatique, moi... Parce que, déjà, les cours qui démarrent à huit heures quinze, je vais rapidement les zapper, alors si je devais arriver à sept heures du mat !

Léa – Eh bien tu te réveillerais et tu y irais.

Nicolas – Non ! Le plus simple dans ce cas-là, ce serait de ne pas se coucher.

Ingrid – Moi, dans mon école de com, aucun problème de ce genre. Tout est super bien organisé !

Nicolas – Il ne manquerait plus que ce soit le bazar ! T'as vu le tarif de ta scolarité ? Ça coûte un bras à tes parents tous les mois.

Ingrid – C'est vrai.

Nicolas – Tu peux me passer la confiture ?

Ingrid – Encore ?

Nicolas – Quoi encore ?

Ingrid – Tu en as déjà pris deux fois.

Nicolas – Et alors, c'est quoi le problème ? Je coûte trop cher à la communauté ?

Ingrid – Mais non, tu sais bien que ça n'est pas ça. C'est parce que c'est bourré de sucre.

Nicolas – Et donc ?

Ingrid – Et donc ça fait grossir.

Nicolas – Et tu as l'intention de me faire chier tous les matins au petit-déj ?

Ingrid – Non ! J'ai l'intention de veiller sur ta santé tous les matins au petit-déj.

Nicolas – C'est bien ce que je disais...

Ingrid – Tu ne comprends pas Nicolas que c'est important de...

Léa est intervenue avant que mon cousin ne perde totalement patience.

Léa – Stooooop ! Ingrid, nous avons tous conscience des efforts que tu fais pour que nous nous alimentions correctement, toutefois chacun est libre de se nourrir comme il l'entend. Laisse Nico manger ce qu'il veut. Quant à toi, Nicolas, si tu pouvais nous éviter ton vocabulaire de charretier dès le matin, ce serait génial.

Nicolas – Si elle arrêtait de m'emmerder avec ce que je bouffe, je serais poli.

Ingrid – Si tu arrêtais de te goinfrer, je cesserais de commenter.

Dépassée par le combat qui se livrait, Léa s'est coupé un bout de comté et l'a enfourné en dodelinant de la tête.

Léa – On n'y arrivera jamais.

Malgré l'ambiance électrique, Ingrid n'a pas renoncé à sa mission de nutritionniste.

Ingrid – Est-ce que tu sais, Léa, qu'avec cent grammes de comté tu ingurgites quatre cents calories ? Dans ce cas-là, il vaudrait mieux que tu prennes de la confiture de cerises, c'est seulement deux cent quarante-cinq calories.

Léa a arrêté net de mâcher, j'ai cru qu'elle allait recracher son bout de fromage. Jim a réagi aussitôt.

Jim – Ingrid, ne prends pas mal ce que je vais te dire, je trouve ta façon de compter les calories obsessionnelle. Que tu fasses attention à ce que tu manges, je le comprends. C'est sain de veiller à ne pas avaler trop de sucres et de graisses. Mais manger n'est pas une opération comptable, c'est un plaisir. Alors si on s'offre une tartine de pain avec trop de confiture ou de fromage le matin, c'est à nous de voir comment équilibrer par la suite. Avec tes tableaux de calories, tu es en train de te pourrir la vie, et la nôtre par la même occasion.

Ingrid – Comment ça ?

Jim – On en reparlera en tête à tête si tu le veux bien, pour l'instant je te demande simplement d'arrêter de surveiller nos assiettes. Ça crispe tout le monde.

Face à la douce fermeté de Jim, Ingrid n'a pas riposté. Elle a plongé le nez dans sa tasse de jus de citron tiède – dernière lubie des stars hollywoodiennes pour une détox parfaite. On a fait comme elle... enfin, nous, c'était plutôt dans le chocolat chaud !

Personne n'a ajouté quoi que ce soit au discours de Jim. Il était temps que quelqu'un ose parler « vrai » à Ingrid. Depuis douze jours qu'elle nous avait rejoints à la maison rose, on subissait sa chasse aux calories et les repas commençaient à devenir une source de tension.

On a fini de petit-déjeuner et chacun a rangé son bol et son assiette dans le lave-vaisselle en silence.

Ingrid est sortie la première de la cuisine non sans nous avoir lancé un regard déçu.

Jim, inquiet, nous a demandé en chuchotant :

Jim – J'y suis allé trop fort ?

Léa – Franchement, non. Elle est super agaçante.

Nicolas – Elle est plus qu'agaçante, elle est...

Léa – Stooop Nico ! On ne va pas la lyncher non plus.

Nicolas – Elle est quand même très chiante avec la bouffe.

Léa – On est tous d'accord là-dessus.

Nicolas – Et moi, je ne supporterai pas ses remarques à tous les repas.

Léa – Tu n'auras pas à le faire. Jim va lui parler gentiment. La vie en coloc nécessite des ajustements. En deux semaines, on en a déjà pointé quelques-uns, non ?

Nicolas a regardé Léa en haussant les épaules. Il savait très bien à quoi elle faisait allusion.

Ma meilleure amie a collé dans l'entrée une feuille sur laquelle elle ajoute, au jour le jour, les ajustements pour vivre en bonne entente.

Liste des ajustements pour que la vie en coloc soit plus douce

1) Aucun bruit n'est toléré après 23 heures dans les parties communes (salon/cuisine). Les jeux, films et autres activités nécessitant un écran ont lieu dans les chambres. Les insultes pour intimider l'adversaire et les cris sauvages de victoire poussés lors de points marqués doivent être mis sur mute.

2) Toute vaisselle sortie du placard doit être rangée dans le lave-vaisselle après utilisation. Les assiettes trouvant assez rarement seules leur chemin.

3) Les paquets de gâteaux doivent être mis à la poubelle une fois vides. Personne ici ne fait la collection d'emballages.

4) On ne peut pénétrer dans la chambre d'autrui qu'après avoir frappé et avoir reçu la permission d'entrer. Le « oh pardon, désolé, je ne savais pas que tu étais en train de te déshabiller » n'est pas tolérable.

5) Les courses, même si elles sont commandées sur Internet et livrées, doivent être faites et rangées. Il sera donc institué un tour de courses et chaque semaine quelqu'un s'en chargera.

Important : afin d'avoir de quoi manger vraiment, il est important de commander autre chose que des saucisses industrielles, des frites surgelées, des bières et des pots de glace vanille-pécan.

6) Il est interdit d'interdire ! ¡ Viva la revolución ! À bas les oppresseurs et les tyrans !!!

Inutile de vous préciser que la règle numéro 6 a été ajoutée par une main anonyme et, sans vouloir jouer les balances, je peux affirmer que la main en question appartient à un garçon dont le prénom commence par Nic et finit par Olas.

Léa – Allez Nico, arrête de bouder.

Nicolas – Avec toi j'ai toujours tort.

Léa – Mais non. Souris-moi, tu es tellement charmant quand tu souris...

Mon cousin, qui adore les compliments de sa belle, a réagi façon corbeau quand le renard le baratine à propos de son ramage et de son plumage.

Nicolas – C'est vrai, tu me trouves charmant ?

Et paf, par terre le fromage !

Léa – Yes ! le plus charmant du monde. Mais le plus en retard aussi, non ? Tu ne commences pas tes cours à 8 h 15 ce matin, toi ?

Nicolas – Oh putain, si. J'ai cours d'infographie et le prof est complètement psychorigide. Il te vire si tu arrives après lui ! Même si c'est trois secondes.

Nicolas s'est levé comme s'il avait une famille d'oursins sous les fesses et s'est précipité hors de la cuisine pour prendre son sac. Alors qu'il était déjà dans le salon, il a hurlé :

Nicolas – Léa chérie, tu pourras ranger le beurre, la confiture et le lait ? Je sais que c'est mon tour mais je suis super à la bourre. Un petit coup d'éponge sur la table serait pas mal aussi ! Je te revaudrai ça.

Ma meilleure amie a souri. Moi qui pensais qu'elle allait remettre le macho à sa place. Elle se ramollit la Femen !

Jim, qui devait regretter d'avoir parlé à Ingrid, m'a demandé :

Jim – Et toi, tu crois que j'ai été dur avec Ingrid ?

Justine – Pas du tout. Je crois même que tu devrais reprendre la discussion sur les calories, ça lui rendrait un fameux service. Tu as raison quand tu parles d'obsession et de vision comptable de la nourriture, il ne faudrait pas qu'elle dérape davantage.

Léa m'a regardée et j'ai senti qu'elle était fière de moi, certainement parce que je n'avais pas cherché à critiquer Ingrid mais à analyser sereinement la situation. Comme quoi je suis capable d'avoir de l'empathie pour une fille superficielle, capricieuse et qui vous pourrit les repas.

Comment ça, ma dernière remarque efface tout le bénéfice de ce que j'ai dit avant ?

Nicolas

Léa chérie, quitte à être féministe, tu ne veux pas devenir une Femen ? J'adorerais que tu organises une action avec des copines dans le salon :) Voici la définition que j'ai trouvée sur Wikipédia pour te mettre au courant de leurs pratiques !!! « Femen (en ukrainien : Фемен) est un groupe contestataire féministe d'origine ukrainienne, fondé à Kiev en 2008. Le groupe est devenu internationalement connu pour avoir organisé des actions, essentiellement seins nus, dans le but de défendre les droits des femmes. »

Aujourd'hui, 21h07 · J'aime · Commenter

Léa Ces femmes mettent parfois leur vie en danger pour soutenir leur cause. Ce sont des combattantes, pas des pom pom girls… Tu es trop nul !

Aujourd'hui, 21h10 · 1 personne aime ça

Justine Je confirme, tu es trop nul.

Aujourd'hui, 21h12 · 2 personnes aiment ça

Nicolas C'est bon, vous ne connaissez rien à l'humour !

Aujourd'hui, 21h40 · J'aime

Ingrid Le mouvement incarne un féminisme moderne qui dépasse les frontières.

Aujourd'hui, 22h35 · J'aime

Jim On nous a changé notre Ingrid :)

Aujourd'hui, 22h46 · J'aime

Léa – Justine a raison. Certes Ingrid est insupportable, mais il ne faudrait pas qu'elle devienne un danger pour elle-même. Elle ne serait pas la première fille à vouloir faire un régime et à devenir anorexique sans que son entourage s'en soit aperçu.

Jim – Oui. C'est bien ce dont je voulais lui parler en tête à tête. Au *Paradisio*, j'ai vu pas mal de clientes ultra maigres qui passaient des heures sur les machines pour brûler des calories. Le pire, c'est que, quand je leur conseillais de ralentir le rythme, elles me soutenaient qu'elles avaient du poids à perdre.

Léa – Ne nous affolons pas. Elle n'en est pas là ! Elle est juste dans le trip « alimentation saine et minceur des stars californiennes ». On doit surveiller... Elle est notre amie, non ?

Je suis obligée de répondre ?

Jim – Oui, elle est notre amie.

Léa – Allez, il est temps de lever le camp, on a cours ce matin. Tout le monde se souvient que le casting de coloc commence ce soir à 18 heures ?

Justine – Comment l'oublier ? Je serai là !

Léa – Et toi, Jim ?

Jim – Je serai là aussi à 18 heures pile.

Jim a eu beau sourire en prononçant cette dernière phrase, son chagrin ne nous a pas échappé. Si on cherchait une nouvelle colocataire, c'est qu'Ambre ne viendrait pas vivre avec nous. Elle avait mollement cherché un stage dans le coin durant les vacances puis, ne trouvant rien, elle avait repris dès le 1er septembre son job dans son ancien cabinet. Il semblait évident qu'elle ne souhaitait pas particulièrement partager cette colocation avec nous. Jim y avait pourtant cru jusqu'au bout. La semaine dernière encore, il nous avait demandé d'attendre un peu avant de choisir un autre colocataire. Mais samedi soir, après une longue discussion houleuse au téléphone avec Ambre, il était sorti de sa chambre l'air triste. Comme nous étions tous, dans le salon, assez mal à l'aise, il nous avait dit :

Jim – Vous avez dû l'entendre malgré mon désir de rester calme, Ambre ne nous rejoindra pas.

Ingrid la première avait su trouver les bons mots.

Ingrid – Rien n'est définitif ! En attendant, elle viendra le week-end avec Jean-Baptiste ou tu iras la retrouver chez elle.

Jim – Peut-être.

J'ai pensé à Thibault qui était seul à New York dans une chambre d'hôtel minable parce que sa tante avait obéi à l'ambassadeur et je me suis dit que le poète qui avait osé écrire : « On n'est pas sérieux quand on a dix-sept ans » s'était largement planté. Franchement, est-ce qu'on s'amuse, nous ?

Ingrid – C'est normal d'être déçu, Jim, mais n'oublie pas le plus important : vous vous aimez.

Jim – Ne pas vouloir rejoindre l'homme qu'on aime ne me semble pas une preuve irréfutable d'amour.

Bien que je n'aie pas eu envie de défendre Ambre à ce moment-là, je l'avais fait par amitié pour Jim.

Justine – Ce n'est pas qu'elle n'a pas voulu, c'est qu'elle n'a pas pu. C'est différent.

Léa – Elle a besoin d'un peu de temps pour s'organiser, c'est tout. À moins qu'elle n'essaie de te dire qu'elle veut vivre avec toi et seulement avec toi ! Sans ta tribu de doux dingues...

Jim – C'est possible.

Nicolas, qui avait les mâchoires serrées comme pour se contenir, avait déclaré à Jim :

Nicolas – Et si on arrêtait de se prendre la tête à cause d'une meuf et qu'on allait se boire une bière là-haut ?

Sur le moment, j'avais eu envie de crier à mon cousin : « Mais enfin, Jim a besoin de parler, d'évacuer son chagrin, d'échanger avec ses amis ! » toutefois le sourire soulagé de Jim à cette proposition m'en avait empêchée. Il faut savoir oublier de raisonner en fille parfois.

Et voilà comment les garçons avaient disparu le reste de la soirée, nous laissant commenter à l'envi la décision d'Ambre. Je ne sais pas si la soirée bière avait fonctionné mais, dès dimanche matin, Jim avait proposé de chercher une nouvelle colocataire.

Jim – Il faut que chacun mette une annonce dans sa fac ou son école.

Nicolas – Et après ?

Jim – Après ? On dresse une liste des conditions pour vivre ici et, quand une personne téléphone, on l'interroge. Si elle semble correspondre à nos critères, on la reçoit.

Ingrid qui voit la vie comme une émission de téléréalité avait adoré l'idée.

Ingrid – Donc on organise un casting de colocs avec éliminatoires ! J'adoooore ! C'est top !!! On aura un buzzer et un fauteuil qui se retourne si on est OK ?

Léa – Je ne crois pas non. On va essayer d'être plus subtils. Et si on mettait tout de suite au point les critères du bon coloc ?

Jim – Bonne idée.

Nicolas – Je pense que le mieux ce serait un coloc mec. Y a trop de meufs dans cette baraque, il faut équilibrer un peu.

Léa – Impossible !

Nicolas – Pourquoi ?

Léa – Parce que la place libre se trouve dans la chambre d'Ingrid.

Nicolas – Eh bien, Ingrid ne serait pas forcément contre un beau mec dans sa chambre, non ?

La peste avait éclaté de rire.

Ingrid – Fini ce temps-là, monsieur. Maintenant, je ne veux qu'un homme dans ma chambre : Jean-Baptiste.

Léa – Donc, nous cherchons une fille colocataire. Quoi encore ?

Justine – Il faut qu'elle soit sympa.

Léa – Critère très subjectif qui ne peut pas être noté sur une petite annonce.

Nicolas – Beau cul et seins généreux, c'est subjectif comme critère ?

Bienvenue dans le monde de la poésie, de l'élégance et du savoir-vivre de mon cousin ! Léa n'avait pas relevé. Nicolas avait dû regretter son trait d'humour parce qu'il avait très vite ajouté :

Nicolas – Bon d'accord, pas la peine, on a déjà Léa avec ces critères-là à la maison rose !

Léa – Nous te remercions Nicolas pour ton intervention fort judicieuse. Nous allons poursuivre si tu le veux bien.

Personne n'avait osé réagir sauf Ingrid qui avait grommelé :

Ingrid – « Beau cul et seins généreux », quelle vision primitive de la femme. Comme si une fille ne pouvait pas être jolie avec une poitrine menue.

J'avais eu envie de rappeler à Ingrid son projet de chirurgie esthétique mais je m'en étais gardée. Léa, qui ne perdait pas de vue son projet d'annonce, nous avait demandé :

Léa – Qu'est-ce qu'on écrit sur cette annonce ? Cherchons une étudiante sérieuse pour colocation dans grande chambre avec salle de douche. Appartement tout confort en centre-ville. Terrasse et rez-de-jardin. Trois cents euros tout compris (charges, eau, électricité, Internet). Je mets mon numéro de portable. Ça vous va ?

Jim – Formulé ainsi, on a l'impression qu'on loue une chambre pour une seule personne. Il faut signaler qu'elles seront deux.

Ma meilleure amie avait aussitôt corrigé.

Léa – OK. Dans appartement tout confort, centre-ville, terrasse et jardin, loue grande chambre avec salle de douche à partager avec une autre étudiante.

Jim – Oui, là, c'est clair. Mais on n'a posé aucun critère de sélection.

Léa – C'est vrai. Je ne sais pas comment faire.

Nicolas – Peut-être parce que choisir quelqu'un avec lequel on va vivre une année ne se décrit pas, ça se joue au feeling en face to face.

Léa avait réfléchi quelques secondes.

Léa – Tu as parfaitement raison.

Nicolas – Je sais que j'ai raison. Quand tu as un problème, demande-moi, je te trouve la solution dans la seconde.

Léa – C'est ça. En attendant, maquette-nous cette petite annonce façon affichette et imprime-la en plusieurs exemplaires pour qu'on puisse les coller dès demain.

Nicolas – OK meuf !

À peine avait-on chacun posé nos annonces dans nos facs respectives que trois étudiantes avaient téléphoné. On leur avait donné rendez-vous ce soir 18 heures.

Voilà pourquoi Léa s'assurait ce matin qu'on serait là pour recevoir ces demoiselles.

À dix-huit heures pile, on s'est assis sur le canapé à attendre que le défilé veuille bien commencer. Et les remarques fusaient dans tous les sens.

Nicolas – On aurait dû leur demander de nous envoyer leur photo par mail avant de venir.

Jim – Qu'est-ce que ça aurait changé ?

Nicolas – Je ne sais pas. Une première impression...

Léa a éclaté de rire.

Léa – Ça aurait permis de virer les moches. Voilà ce que Nicolas allait dire mais il a croisé mon regard. Alors il n'a pas osé...

Nicolas – Pas du tout.

Ingrid qui, comme vous le savez, supporte mal la concurrence, a immédiatement réagi.

Ingrid – Je vous préviens, pas question d'avoir une fille qui se la joue princesse dans ma chambre.

Je suis certaine qu'Ingrid rêve d'une colocataire timide, boutonneuse et mal dans sa peau qu'elle va manager.

On a sonné à la porte.

Nicolas – Qui va ouvrir ?

Ingrid s'est levée.

Ingrid – Moi ! Et je vous préviens, si elle me prend de haut, je lui claque la porte au nez.

Entendez par là : « Je vous préviens, si elle est plus canon que moi, je la vire illico. »

La peste est allée ouvrir et on l'a entendue prononcer avec une amabilité surprenante :

Ingrid – Bonjour ! Bienvenue, moi c'est Ingrid.

Comment se fait-il qu'elle soit si gentille ?

Lorsque la « candidate » est entrée dans le salon, j'ai eu ma réponse. Elle était petite, habillée comme pour un trekking au fin fond de l'Ardèche, le cheveu gras et le visage plein de rougeurs. Aucun doute, Ingrid resterait la plus belle du royaume.

Elle nous a souri lorsqu'elle nous a vus et s'est présentée sans façon.

La candidate – Bonjour, je m'appelle Emma ! C'est cool ici.

Jim, prévenant, s'est levé pour la saluer.

Jim – Moi, c'est Jim, la jolie brune c'est Léa, à côté Justine et l'ours mal léché c'est Nicolas. Ne t'inquiète pas, il grogne mais il ne mord pas.

Emma a éclaté de rire comme si la remarque de Jim était éminemment spirituelle. Soit cette fille est bon public, soit elle a absolument besoin de la chambre.

Emma – Vous vivez tous ici ?

Jim – Oui ! Depuis la fin du mois d'août.

Emma – Vous vous connaissiez avant ?

Jim – On est potes depuis le collège, depuis la maternelle pour Léa et Justine.

Emma – Cool.

Emma a encore ri d'un bon rire franc.

Est-ce que la dimension comique de mon amitié avec Léa depuis un bail m'aurait échappée ?

Jim a continué à mener les échanges.

Jim – Donc tu cherches une coloc ?

Emma – Oui.

Re-rire.

Emma – Tout le monde m'avait prévenue qu'il fallait s'en occuper dans le courant du mois de juillet pour être certaine d'avoir un truc bien à la rentrée mais bon... Je n'allais pas gâcher mes vacances pour ça.

Re-rire.

Jim – Tu es du genre cool, toi...

Emma – Oui, ultra cool !

Re-rire.

Je ne sais pas si je vais continuer à préciser quand elle rit parce que ça fait un peu redite. En même temps, c'est la vérité.

Léa est intervenue.

Léa – Et tu es inscrite en quoi, Emma, pour cette année ?

Emma – Fac d'histoire. Mais je ne pense pas que j'y resterai longtemps.

Re-rire.

Léa – Pourquoi ?

Emma – Les gens tirent une tronche en amphi, ça craint.

Re-rire.

Nicolas qu'on sentait légèrement excédé par les rires systématiques de la candidate lui a dit :

Nicolas – La fac, c'est pas l'école du cirque.

Fou rire énorme.

Quand elle a repris son souffle, elle lui a répondu :

Emma – T'es trop fun, toi. C'est cool !

Fun et cool ne sont pas les deux adjectifs qui viennent directement à l'esprit quand on connaît mon cousin mais pourquoi pas. Peut-être ne sais-je pas voir la coolitude là où elle est.

Léa – Tu n'étais pas sûre de ton choix quand tu t'es inscrite ?

Emma – C'est pas moi qui ai fait mes inscriptions ! J'étais en Inde à ce moment-là.

Léa – En Inde ?

Emma – Ouais, j'ai pris une année sabbatique après mon bac. Je suis partie sac au dos et je me suis baladée dans le pays.

Ingrid – Toute seule ???

Emma – Ah non, pas toute seule. Ils sont des millions les Indiens ! Je dormais chez l'habitant. Une natte par terre, un bol de riz et au lit.

Re-rire.

Je n'ai pas entendu le mot douche dans le programme. La mine dégoûtée d'Ingrid n'a pas semblé inquiéter Emma. L'ex-future-coloc a aggravé son cas.

Emma – C'était trop swag comme trip. J'ai fait des trucs de ouf, là-bas...

Re-rire.

Certainement pour couper court au récit hallucinant du voyage de la demoiselle, Jim lui a proposé :

Jim – Tu veux peut-être visiter l'appart.

Est-ce vraiment utile ? D'après le regard horrifié d'Ingrid, cette fille n'a aucune chance de mettre un orteil (crasseux) ici.

Emma – Ouais, si tu veux, mais moi, tout me va. Si c'est OK pour vous, c'est banco pour moi.

Re-rire.

Léa est intervenue avant qu'Ingrid ne pique une crise de nerfs.

Léa – Tu sais Emma, tu es la première qu'on reçoit pour cette coloc. On a plusieurs personnes à voir. On ne se décidera pas aujourd'hui.

Emma – Je comprends, pas de soucis.

Re-rire.

Jim a quand même insisté pour faire visiter l'appartement à Emma et, tandis qu'ils montaient dans les chambres, Ingrid a articulé au bord de l'implosion :

Ingrid – Il n'est pas question de partager ma chambre avec cette fille, c'est clair ?

Nicolas – Pourquoi, elle est cool, non ? Enfin une fille qui ne se prend pas la tête et se marre quand je fais de l'humour.

Léa a dit hyper sérieusement :

Léa – C'est ce dernier point qui rend sa candidature irrecevable. Si Emma te trouve drôle, c'est qu'il y a un problème. Je vote contre !

Nicolas a souri.

Nicolas – Tu es jalouse.

Léa – C'est ça. Je suis jalouse de l'avatar craspouille de *Pékin Express*.

Ingrid – Moi aussi je vote contre ! Et la future colocataire doit s'installer dans ma chambre, mon vote compte double.

Léa – Ça me paraît juste.

Intriguée, j'ai demandé à Léa :

Justine – C'est vraiment parce qu'elle trouve Nicolas drôle que tu votes contre ?

Léa – Non ! C'est parce qu'elle n'est pas dans le trip études. Elle va sortir, recevoir des amis, s'amuser. Je pense qu'on ne peut pas se permettre d'avoir quelqu'un qui mette le souk ici. Et toi ?

Justine – Elle me crispe un peu à rire tout le temps mais je la trouve plutôt sympa. Elle ne sera pas du genre à se plaindre...

Jim et Emma ont fini par redescendre. La future ex-colocataire a ri encore trois quatre fois et elle est partie après avoir laissé son numéro pour qu'on la rappelle d'ici 48 heures. Ou pas.

On n'a pas eu le temps de débriefer avec Jim que la candidate suivante a sonné à la porte.

Ingrid s'est précipitée en nous signalant que, pour gagner du temps, elle allait effectuer elle-même un premier tri.

La deuxième candidate n'avait rien à voir avec la première. Grande, mince, sobre, elle nous a salués avec sérieux. Elle a pris soin de nous regarder chacun dans les yeux lorsqu'on s'est présentés.

La candidate – Je m'appelle Marie et j'ai lu votre annonce à la fac de médecine.

Léa – Ah oui ? Tu vas croiser Justine là-bas, elle commence sa première année.

Marie – Bon courage alors.

Elle m'aurait présenté ses condoléances, je pense qu'elle y aurait mis plus de joie.

Marie – Moi, je suis en troisième année.

Justine – Waouh !!!

Sourire glacial de l'intéressée.

Marie – Je préfère vous prévenir tout de suite, je cherche une chambre pour quelque temps seulement. Je viens de quitter mon petit ami et comme l'appart était à son nom, j'ai été obligée de partir. Il me faut un endroit très vite.

Léa – Quelque temps, ça veut dire quoi ?

Marie – Je ne sais pas.

Léa – Le temps de retrouver autre chose ?

Marie – Pas seulement. Le temps de me remettre de cette histoire aussi. Je préfère vivre en coloc pour ne pas broyer du noir. Je comprendrais parfaitement que ça ne vous convienne pas.

Jim – On n'est pas forcément contre le fait que tu ne restes que quelque temps.

Léa a renchéri.

Léa – Effectivement, il est même possible que ça nous arrange. Il faut qu'on en discute.

Marie – Très bien. Avec laquelle d'entre vous devrais-je partager ma chambre si on tombait d'accord ?

Ingrid – Avec moi.

Marie – OK ! Et tu fais des études de quoi ?

Ingrid – Je commence une école de communication.

Marie – Tu vas donc devoir travailler sérieusement.

Ingrid – Oui.

Marie – Ça tombe bien, moi aussi !

À bon entendeur salut ! Si Ingrid n'a pas compris que la demoiselle n'a pas l'intention de supporter une fêtarde, c'est qu'elle est stupide !

On a échangé sur nos conceptions de la vie en coloc un moment puis Jim a proposé à Marie de visiter l'appartement. Et comme pour Emma, le débriefing à voix basse a commencé dès qu'ils ont monté l'escalier.

Léa – Alors, vous en pensez quoi ?

Ingrid – Elle ne me plaît pas vraiment mais elle est mieux que l'autre !

Léa – Ça c'est sûr.

Justine – Disons qu'elle a une personnalité un peu raide.

Nicolas – Elle a un petit côté famille Addams, non ?

Léa – C'est parce qu'elle est habillée en noir et qu'elle a un chagrin d'amour ! Moi, elle me plaît bien. En plus, vous avez compris que le fait qu'elle reste peu de temps arrange Jim. Ça lui permet de garder la place au chaud pour Ambre.

Nicolas – Ouais...

Ingrid – Alors on fait quoi ?

Léa – Rien encore. On prend son numéro, on reçoit la candidate suivante et on avise.

Une fois Marie partie, Jim a beaucoup insisté sur l'intérêt de sa candidature et on l'a rassuré sur le fait qu'on prenait en compte le critère « Ambre, le retour ! ».

Justine – Il est 19 h 30. À quelle heure devait arriver l'autre candidate ?

Léa – 19 heures.

Justine – Elle commence fort. Une demi-heure de retard pour un premier rendez-vous.

Nicolas – Ça va, c'est pas un entretien d'embauche non plus.

Ingrid – Elle était comment au téléphone ?

Léa – Je l'ai eue trois minutes, tu sais. Quand elle m'a appelée, je rentrais en cours, je n'ai pas eu le temps de me faire un avis. On verra quand elle arrivera. Chacun peut vaquer à ses occupations en attendant.

Comme je voulais « ficher » mes cours de la journée, je suis allée travailler dans ma chambre. Nicolas et Léa ont fait de même dans le salon, collés sur le canapé. Jim et Ingrid sont allés préparer le repas, le programme de leur premier semestre en main. Je les ai entendus râler.

Jim – En droit constitutionnel, les institutions politiques c'est coef 3, tu te rends compte ? Alors que le cours sur la méthodologie juridique qui est nettement plus important, c'est seulement coef 1 et en plus on passe l'épreuve à l'oral. N'importe quoi !

Ingrid – Moi, c'est pareil, les cours de méthode, c'est sous forme de conférence, donc que de la théorie ! Tu veux m'expliquer comment on s'entraîne dans ces conditions ?

J'ai fermé ma porte pour avoir le silence.

Il était plus de 20 heures quand on a sonné à la porte. Je me suis levée aussitôt, je ne voulais pas rater les excuses de la demoiselle pour son retard.

J'aurais mieux fait de rester assise. Apolline (Oui, c'est le prénom de la demoiselle. On se demande ce qui se passe dans la tête de certains parents à la naissance.) ne s'est pas donné la peine de justifier son retard. Elle est entrée dans le salon comme une rock star que la foule en délire attend depuis l'aube devant son hôtel. Blonde, mince et assez jolie (pas un canon non plus), elle portait une robe à pois qui mettait en valeur sa silhouette.

Elle a lancé un « bonjour » d'une voix veloutée, a dévisagé Jim d'un air gourmand puis a jeté une œillade coquine à Nicolas. Elle s'est assise sans que quiconque le lui ait proposé.

Il s'est passé un long moment durant lequel on l'a observée en silence. Si on avait pu écouter en voix off ce qui nous traversait la tête, cela aurait donné :

Léa : « Cette fille a une conscience surdimensionnée d'elle-même. Elle se comporte comme si elle était la première merveille du monde alors qu'elle est tout juste jolie. Je n'ai pas aimé la façon dont elle a regardé les garçons. Elle ne s'entendra jamais avec Ingrid. Et pas seulement avec Ingrid, d'ailleurs. »

Nicolas : « Elle est mignonne la petite meuf, et elle n'a pas l'air farouche ! Moi, je vote pour ! »

Jim : « Ouh là danger ! Typiquement le genre de fille qui te met le bazar dans ta vie. On n'a vraiment pas besoin de ça à la maison rose. »

Ingrid : « Je la hais ! Je la hais ! Je la hais ! Je la hais ! Je la hais ! Je la hais ! Je la hais ! Je la hais ! »

Justine : « Comment fait-elle pour sembler si sûre d'elle ? C'est une force dans la vie, ça. Elle m'énerve mais je vais voter "pour", deux pestes dans la même chambre, ça devrait être drôle non ? »

Apolline qui nous avait laissés admirer son meilleur profil a dû juger que nous avions assez profité de sa beauté et qu'il était temps de régler le problème de la colocation.

Apolline – Je n'irai pas par quatre chemins. Cet appart a l'air super, vous paraissez plus ou moins sympas et je pense que je vais accepter. Actuellement, je suis en coloc avec une amie mais parfois je ne la supporte pas. J'ai besoin d'oxygène. Mes parents sont d'accord pour me payer une chambre en plus afin que je m'aère de temps à autre.

Nicolas – Tes parents sont d'accord pour te payer une chambre à trois cents euros par mois pour que tu t'aères une fois de temps en temps ?

Apolline – Oui !

Nicolas – Putain...

Léa – Mais pourquoi tu ne loues pas un studio toute seule plutôt que deux colocs ?

Apolline – Je n'aime pas être seule.

Ingrid – Tu n'as qu'à prendre un chien !

Apolline a levé les yeux lentement. Elle a regardé Ingrid. Ingrid l'a regardée.

Et comme dans les dessins animés, il y a eu des éclairs entre elles. J'ai même cru entendre des coups de tonnerre. Puis notre nouvelle peste a déclaré avec une voix suave :

Apolline – Je préfère les humains. Les mâles surtout...

Justine : « Finalement, je vote contre. Je veux bien énerver Ingrid mais il y a des limites. »

Nicolas : « Il fait au moins 45 degrés dans le salon tout à coup. J'ai super chaud. »

Léa : « Je la hais ! Je la hais ! Je la hais ! Je la hais ! Je la hais ! Je la hais ! »

Jim : « Moi, je ne dis qu'une chose : il faut que cette fille quitte la pièce avant de se faire arracher les yeux. »

Ingrid : « Alors là, elle vient de commettre une erreur stratégique. Venir sur le territoire de trois filles et annoncer tout de go qu'on est une chasseresse est une faute grossière. Je n'aurai même pas besoin de voter contre. Les autres s'en chargeront pour moi. Au revoir Apolline ! »

Puis s'adressant à Jim, Apolline a demandé :

Apolline – Tu me fais visiter ?

Léa – Je crois que ça ne va pas être possible.

On a tous observé Léa très surpris. Léa si douce, si conciliante, si enrobante en temps normal, venait de prononcer cette phrase avec la voix d'un serial killer.

Apolline n'a pas semblé comprendre.

Apolline – Ah oui et pourquoi ?

Léa s'est tournée vers Ingrid et moi et, après avoir lu dans nos regards l'autorisation pour conclure, elle a prononcé en détachant chaque syllabe :

Léa – Parce que nous n'aimons pas tes manières. Ici, nous nous respectons et il n'y a pas de place pour une fille égocentrée. Tes parents t'ont peut-être laissé croire que tu étais le centre du monde, que tu pouvais dépasser les limites et avoir deux apparts, que tu pouvais impunément draguer tous les garçons que tu rencontres, nous, on te dit que tu ne le peux pas. Bon vent !

Apolline a fixé les garçons.

Apolline – Vous êtes d'accord ?

Jim – Même si Léa te semble sévère, je crois qu'elle n'a pas tort.

Apolline – Et toi Nicolas, tu en penses quoi ?

Je conseille à Nicolas de surveiller sa réponse, sinon il risque de se retrouver avec un énorme problème.

Nicolas – Ben, je sais pas...

Alors là, il va le payer pendant des mois. Léa ne lui pardonnera pas de sitôt sa fausse neutralité. Apolline s'est levée et a déclaré avec toute la vanité dont elle pouvait faire preuve :

Apolline – Jalousie de filles à l'égard de mon sex-appeal. C'est toujours mon problème !

On entend souvent les gens dire : « Il ou elle est narcissique » mais qu'est-ce que cela signifie et qui était Narcisse ?

Issu de la mythologie grecque, Narcisse est le fils du dieu Céphise et de la nymphe Liriopé. On raconte qu'à sa naissance, le devin Tirésias, à qui on avait demandé s'il aurait une longue vie, répondit qu'il vivrait jusqu'à un âge avancé à condition de ne jamais se voir.

Malheureusement, un jour qu'il s'abreuvait à une source, Narcisse découvrit son reflet dans l'eau et il en tomba aussitôt amoureux. Il resta des jours et des jours à se contempler, désespérant de ne jamais pouvoir attraper sa propre image. Narcisse finit par mourir de cette passion qu'il ne pouvait assouvir.

Voilà pourquoi on dit d'une personne qui s'aime trop qu'elle est narcissique. Si c'est votre cas, évitez les miroirs !!!

On n'a pas cherché à se justifier. Ingrid a conclu :

Ingrid – Tu sais où est la porte, on ne te raccompagne pas.

C'est sur cette dernière phrase que la vaniteuse a quitté la maison rose.

Je ne vous décrirai pas l'ambiance surchauffée qui a résulté de cette entrevue.

Léa était folle de rage contre Nicolas qui essayait vainement d'expliquer sa non-réponse, Jim tentait de sauver son meilleur ami des griffes de Léa, Ingrid ne décolérait pas contre cette ☠☠☠ qui s'était comportée comme une ☠☠☠ et à qui elle aurait ☠☠☠ si elle était restée une minute de plus (pour des raisons compréhensibles de décence, nous avons été obligés de censurer certains mots), moi-même je commentais avec une certaine véhémence le comportement de notre troisième future ex-colocataire.

Je ne saurais vous dire combien de temps a duré cette séance de thérapie collective. Mais à la fin, deux clans s'opposaient : les filles et les garçons. À tel point que lorsque, à plus de 22 heures, on s'est enfin décidés à dîner, Nicolas et Jim ont pris leurs assiettes et se sont installés dans le salon tandis que nous sommes restées, avec Léa et Ingrid, dans la cuisine.

Léa – Finalement, je me demande si cette colocation était une bonne idée. Chacun ne pense qu'à son intérêt personnel plutôt qu'à l'intérêt collectif. Et je parle pour moi aussi, je ne suis pas mieux que les autres.

Justine – Tu crois qu'on aurait dû prendre chacun un studio dans une résidence étudiante ?

Léa – Peut-être.

Ingrid – On se serait sentis seuls, non ?

Léa – Pas sûr. On aurait été joyeux de se retrouver pour les bons moments. Là, si chaque décision doit créer des tensions, je crains que ça finisse par user notre amitié.

Justine – Tu le penses vraiment ?

Léa – Je le crains.

Léa avait le même regard qu'au mois de juin lorsqu'elle avait raté son épreuve de philo. Un regard perdu qui préfère le renoncement à la bataille.

Léa l'organisatrice, Léa notre sorcière bien-aimée, Léa avait ses failles comme nous et, de temps à autre, elle lâchait la rampe. J'ai respiré un grand coup et je lui ai chuchoté :

Justine – Ce sont des ajustements, ma Léa. Rien de grave ! On va trouver comment fonctionner ensemble. Il y a assez d'amitié entre nous pour apaiser les tensions et inventer des solutions. Tu n'es pas seule responsable de la vie à la maison rose même s'il est vrai qu'on te laisse souvent régler les problèmes qui se posent.

Léa m'a souri.

Léa – Justine-la-sauveuse est de retour ?

Justine – Justine-l'amie-fidèle est là et sera toujours là pour toi.

Léa – Moi aussi, je serai toujours là pour toi.

Je ne sais pas si c'est à cause de la tension de la dernière heure ou de cette belle déclaration d'amitié mais on est tombées en pleurant dans les bras l'une de l'autre. Alors qu'on reniflait façon rhinopharyngite aiguë, Ingrid nous a demandé avec une voix cassée par l'émotion :

Ingrid – Et moi, est-ce que quelqu'un sera toujours là pour moi ?

Léa n'a pas hésité une seule seconde.

Léa – Oui, moi...

J'ai pris le temps de réfléchir, puis j'ai annoncé avec une tendresse dont je ne me croyais pas capable à l'égard de notre peste préférée :

Justine – Moi aussi Ingrid, je serai toujours là pour toi.

Ingrid s'est précipitée vers nous et on a formé le groupe d'amies le plus soudé et le plus pleurnicheur de la galaxie.

C'est le moment qu'ont choisi les garçons pour rapporter leurs assiettes. Ils sont restés tétanisés devant la vision des trois pleureuses. Nicolas a dit, hyper angoissé :

Nicolas – Léa, qu'est-ce qui se passe ?

Évidemment, aucune réponse ne lui a été fournie. Il s'est approché.

Nicolas – C'est à cause de notre dispute ?

Justine – Un peu. Léa a le sentiment qu'on aurait mieux fait de prendre des studios séparés et que la coloc va user notre amitié.

Jim a eu l'air atterré.

Jim – Mais pourquoi tu penses ça, Léa ? Ce n'est pas une petite dispute qui aura raison de notre amitié. Regarde-moi et cesse de pleurer. Justine et Ingrid, arrêtez immédiatement aussi…

Nicolas, tout pâle, a murmuré à Léa :

Nicolas – Je te demande pardon si je t'ai fait de la peine.

Et il a passé son bras autour de la taille de ma meilleure amie. Jim a fait de même en s'approchant de moi. Si bien qu'on s'est retrouvés tous les cinq collés façon glu humaine. À ce moment précis, il m'est apparu certain que rien ni personne ne pourrait jamais nous séparer.

Le portable de Léa qui était sur la table a bipé, c'était un message d'Eugénie :

« Ce n'est pas tant l'intervention de nos amis qui nous aide mais le fait de savoir que nous pourrons toujours compter sur eux. Épicure. »

No comment…

Présentation

officielle !

– Coucou Justine !

J'ai fait un bond énorme sur le côté. J'ai avalé de travers ma gorgée de thé et je me suis accrochée à la table pour ne pas tomber de ma chaise. J'ai hurlé.

Justine – Mais ça ne va pas de crier comme ça, non ?

Lili, effrayée par mes vociférations, a murmuré :

Lili – Je voulais juste te dire coucou.

J'ai haussé les épaules en signe d'agacement. Léa a aussitôt consolé sa petite protégée.

Léa – Tout va bien, Lili... Justine buvait tranquillement son thé dans la cuisine, et elle a eu peur parce qu'elle ne nous a pas entendues arriver. Mais elle n'est pas en colère contre toi. N'est-ce pas, Justine ?

J'ai vaguement esquissé un mouvement de tête affirmatif.

Léa – Maintenant que tout le monde est rassuré, on se redit bonjour, d'accord ?

Lili n'a pas hésité une seconde.

Lili – Bonjour, Justine chérie. Tu vas bien ? Je suis très contente de venir ici aujourd'hui.

Cette fillette a un vrai don pour les relations sociales.

Lili – Léa m'a dit qu'elle allait me faire des nattes africaines et que peut-être Ingrid me mettrait du vernis bleu sur les ongles des pieds et que...

Léa – Deux secondes, Lili. Gédéon et Justine, je ne vous ai pas entendus dire bonjour, il me semble ?

Je rêve ou elle me met sur le même plan qu'un enfant de huit ans ? Depuis que Léa garde ces deux bambins, elle a tendance à parler comme si elle était institutrice en maternelle.

Ah mais, vous ne savez pas encore qui ils sont, vous, ces deux petits... C'est qu'il s'en est passé des choses depuis nos premiers jours à la maison rose, il doit vous manquer des tas d'infos ! Bon, je vous raconte.

Mi-septembre, Léa a décidé de coller des affichettes dans le quartier afin de proposer ses services pour des gardes d'enfants ou du soutien scolaire. Elle n'avait pas encore son emploi du temps à la fac de lettres toutefois elle était décidée à gagner un peu d'argent. Elle m'avait alors confié :

Léa – Je sais que Claire et Eugénie ont mis de l'argent de côté pour financer mes études et mon appart, mais je trouve normal de travailler aussi pour payer mes extras.

Devant mon air coupable de grande ado qui vit aux crochets de ses parents sans que ça lui ait posé, jusque-là, le moindre problème de conscience, elle avait ajouté :

Léa – Ce qui est valable pour moi ne l'est pas forcément pour toi, Justine ! Toi, tu passes un concours. Ne t'inquiète pas, je gagnerai pour deux de quoi payer nos Magnum Infinity et nos macarons à la framboise...

Devant une telle déclaration d'amitié, j'avais embrassé ma sorcière et nous avions continué à coller les affichettes en riant.

La démarche avait porté ses fruits puisque moins de dix jours plus tard, une cliente du café avait appelé pour proposer un job à Léa.

Il s'agissait d'aller chercher ses deux enfants à l'école après l'étude et de les garder jusqu'au retour de leur père, trois fois par semaine. La mère des petits était hôtesse de l'air et avait besoin d'une personne de confiance pour s'occuper de Lili, six ans, et Gédéon, huit ans, durant ses absences régulières.

L'embauche s'était faite en vingt secondes chrono au café. Entre les recommandations d'Hérold et le charme de notre sorcière bien-aimée, Suzanne Werner avait accepté tout de suite. Léa et les enfants aussi. Coup de foudre général !

Si, les premiers jours, Léa avait gardé Lili et Gédéon chez eux, très rapidement elle les avait ramenés ici après l'école. Le jardin, le grand écran plat, les jeux vidéo et notre présence rassurante avaient été les arguments utilisés par Lili pour convaincre sa mère qu'ils pouvaient attendre à la maison rose le retour de leur papa chéri. La solution arrangeait tout le monde : Léa rentrait tôt à la maison et Claude Werner était plus libre de ses horaires. Mieux que ça, il pouvait continuer à jouer au squash le dimanche matin quand sa femme n'était pas là !

Voilà pourquoi, en cette matinée dominicale, Lili et Gédéon avaient débarqué dans la cuisine.

Léa – Alors Gédéon, tu dis bonjour à Justine ?

Gédéon – Bonjour Justine.

Je l'ai vite salué avant de me faire gronder par la maîtresse !

Justine – Salut Gédéon ! Quelqu'un veut un chocolat chaud ou vous avez déjà pris votre petit-déjeuner ?

Évidemment, c'est Lili qui a répondu. C'est toujours Lili qui répond. Cette gamine est d'une vivacité incroyable.

Lili – Déjà pris ! Merci. Mais si tu me fais une tartine avec du Nutella, je la mange.

Justine – Ça marche ! Et toi Gédéon, tu en veux une aussi ?

Gédéon – Pourquoi pas ?

Réponse typique de Gédéon. Il n'ose jamais dire oui. C'est un petit garçon aussi renfermé que sa sœur est extravertie, aussi blond que sa sœur est brune, aussi peureux que sa sœur est casse-cou, aussi doux que sa sœur est rentre-dedans, aussi rêveur que sa sœur est pragmatique. On ne peut pas faire plus différents que ces deux enfants-là et pourtant, j'ai rarement vu un frère et une sœur si liés.

Lili – Oui, il veut une tartine lui aussi, mais tu ne lui donnes pas le croûton, il n'aime pas ça.

Léa – Je n'ai pas entendu le mot magique, Lili.

Lili – Une tartine sans croûton, s'il te plaît Justine la très gentille et la très belle.

Léa – C'est bon, Lili, n'en rajoute pas non plus !

Justine – Pourquoi ??? Je ne suis pas très gentille et très belle ?

– Si... Bien sûr, mais pas aussi belle que moi !

Inutile de vous préciser qu'Ingrid venait de faire son entrée dans la cuisine avec cette réplique culte. Lili s'est jetée dans ses bras.

Lili – Bonjour Ingrid ! Tu es d'accord pour me mettre du vernis bleu sur les ongles des pieds ?

Ingrid – Bien sûr ma puce ! Et un tatoo poisson sur l'épaule si tu veux, j'en ai acheté hier.

Lili a écarquillé les yeux, émerveillée.

Lili – C'est vrai, un tatoo sur l'épaule ???

Et se tournant vers Léa, elle a demandé :

Lili – J'ai le droit ?

Léa – Si c'est un tatoo qui part à l'eau et que tu l'enlèves ce soir dans le bain, d'accord.

Lili a sauté de joie. Je lui ai tendu sa tartine. Elle n'avait pas encore ouvert la bouche pour mordre dedans qu'Ingrid a hurlé :

Ingrid – C'est quoi cette horreur, Lili ?

Lili – Quoi ?

Ingrid – Ta tartine pleine d'huile de palme et de sucre.

Léa est immédiatement intervenue.

Léa – Ingrid, tu ne recommences pas avec tes remarques sur ce que l'on mange. Je crois que nous avons eu une longue discussion sur le sujet et que tu t'es engagée à ne plus intervenir.

Ingrid – Oui mais est-il vraiment utile que Lili ingurgite un truc pareil ?

Léa – On arrête là, s'il te plaît. On discutera une autre fois des qualités nutritionnelles du Nutella.

Lili, qui sentait le conflit s'envenimer, a demandé d'une voix inquiète à Ingrid :

Lili – Tu me feras quand même le tatoo sur l'épaule ?

Léa – Bien sûr, qu'elle te le fera ! On n'est pas récompensé parce qu'on mange ceci ou qu'on ne mange pas cela. Ça n'a rien à voir. On mange pour bien nourrir son corps et se faire plaisir, tu comprends ?

Lili – Oui. Alors je peux avoir ET ma tartine ET mon tatoo ?

Léa – Absolument ! N'est-ce pas Ingrid ?

Ingrid a respiré un grand coup puis elle a répondu en souriant :

Ingrid – Bien sûr ma puce.

Lili – Et Gédéon aussi ?

Ingrid – Oui ! D'ailleurs pour Gédéon, j'ai un tatoo dragon. Ça te plairait little boy ?

Gédéon – Pourquoi pas...

Lili – Oui, ça lui plaît. Tu peux lui faire en premier ?

Ingrid – D'accord.

Léa a souri gentiment à la peste.

Léa – Tu feras une super marraine quand on aura des enfants !

Ingrid – Même si je leur donne des galettes de riz et des carottes crues pour le goûter ?

Léa – Si, de temps en temps, tu partages avec eux des fraises et des nounours en chocolat, ça ira. L'important c'est de lutter contre l'intégrisme alimentaire !

– Bonjour les filles ! Oh pardon, salut Gédéon ! Bonjour tout le monde...

Jim, en slim de jogging gris et marcel blanc moulant, venait d'entrer à son tour dans la cuisine.

Qu'est-ce qu'il est sexy, lui, au réveil.

Jim – Quelqu'un a préparé du café ?

Justine – Non, pas encore.

Jim – Alors je m'y colle !

Léa – Nicolas est réveillé ?

Jim – Oui...

Léa – Super ! Je vais lui apporter son petit-déjeuner au lit, je le lui avais promis...

Jim – Pas maintenant.

Léa – Ah bon, pourquoi ?

Jim a semblé soudain très gêné.

Jim – Parce qu'il voulait le prendre... dans la... euh... dans la cuisine.

Pas très crédible comme réponse. Léa a fixé Jim avec étonnement. Il a détourné le regard.

Jim – Enfin, je crois. Tu veux que j'aille le lui demander ?

Léa – Non, je m'en charge.

Jim – Ne te dérange pas, j'y vais.

Et il est sorti de la cuisine à la vitesse de la lumière. C'est quoi cette embrouille ?

Ingrid – Moi, je serais toi Léa, j'irais voir ce qui se passe. Si ça se trouve, il y a une blonde irrésistible dans son lit.

Léa a blêmi. Ingrid a poursuivi sans se soucier une seconde de la réaction de Léa :

Ingrid – Ce serait vraiment immonde mais qui sait ? Avec la complicité de Jim, Nicolas a très bien pu faire venir une fille hier soir tard dans sa chambre pendant qu'on dormait.

Ma meilleure amie n'a rien répondu. Elle a préparé le café et mis les tartines dans le toasteur. Le pain n'avait pas commencé à griller que Nicolas arrivait tout sourire. Jim était juste derrière, le regard fuyant.

Nicolas – Salut la compagnie !

Alors lui, il ne vient pas de se réveiller, j'en mets mes deux mains à couper ! Pour être aussi aimable, il faut qu'il soit debout depuis au moins une heure.

Mon cousin a embrassé Léa, l'air de rien. Elle est restée de marbre. Il y a eu un silence pesant dans la cuisine.

Lili a dégelé l'atmosphère.

Lili – Nico, on peut regarder un film dans le salon pendant que vous mangez ?

Nicolas – Ouais. Vous voulez quoi ?

Lili – Je sais pas... Tu veux *Avatar*, Gédéon ?

Gédéon – Pourquoi pas ?

Nicolas – Encore ? Vous l'avez déjà vu cent cinquante fois.

Lili – C'est trop bien.

Nicolas – Bon OK, venez.

Nicolas est reparti dans le salon suivi des deux poussins.

Léa a regardé fixement Jim qui s'est empressé de beurrer ses tartines. Il était aussi concentré qu'un démineur qui tente de désamorcer une bombe menaçant d'exploser dans un building. Il faut avouer qu'il y avait de quoi être mal à l'aise. Boire son café avec trois paires d'yeux qui vous fixent dans l'attente d'une explication n'est pas très agréable.

Lorsque mon cousin a été de retour, il n'a pas cherché à se justifier. Il a bu son café d'un air satisfait. Il a même demandé :

Nicolas – Maya n'est pas réveillée ?

Ingrid – Elle est chez ses parents. Au cas où tu ne l'aurais pas remarqué, elle est partie hier après-midi.

Nicolas – Ah oui, c'est vrai.

Ingrid, agacée par sa décontraction, ne l'a pas lâché.

Ingrid – Il est vrai qu'il y a beaucoup de va-et-vient ici, et qu'il n'est pas très aisé de savoir qui dort là et quand.

Nicolas n'a pas semblé gêné par cette remarque perfide. Il s'est permis un trait d'humour.

Nicolas – En même temps, on ne peut pas dire que l'absence de Maya se remarque vraiment !

Ingrid – Pourquoi ? Parce que c'est une coloc délicate ? Tu aurais préféré Apolline, peut-être ?

Oh non ! Il ne faut pas qu'Ingrid ressorte le dossier de la princesse Apolline, la situation va dégénérer. Léa est hyper tendue.

Nicolas – Non, j'aime beaucoup Maya, elle est sympa mais avoue qu'on ne s'aperçoit pas toujours de sa présence. Ni de son absence...

Mon cousin n'a pas tort. Maya est la fille la plus discrète que je connaisse. C'est d'ailleurs pour ça qu'on a tous voté pour elle quand Marie, l'étudiante en troisième année de médecine qui s'était réconciliée avec son amoureux, a renoncé à venir ici.

On a tous été touchés par la gentillesse de cette fille en première année d'orthophonie qui rougit dès qu'on la regarde. Et si je suis très honnête, je crois que la vraie raison de notre affection pour elle c'est qu'elle ne modifie en rien les habitudes du club des CIK. Elle s'adapte en permanence.

Jim qui avait fini de beurrer ses tartines (au moins trente couches pour échapper à l'Inquisition) m'a demandé :

Jim – Des nouvelles de Thibault ?

Les garçons ont-ils l'intention de s'enquérir de la santé de tous les absents ? Ils jouent la carte de la diversion ou quoi ? Je vais finir par croire à la thèse du complot émise par Ingrid.

Justine – Oui, je l'ai eu hier. Toujours dans son petit hôtel. Karin, sa cousine qui était en stage en Californie, est rentrée plus tôt que prévu et dîne avec lui quasiment tous les soirs depuis le début de la semaine.

Nicolas – Elle n'obéit pas à son super tonton ambassadeur ?

Justine – Non, pas elle ! Elle est scandalisée par les exigences de son oncle.

Jim – Et elle n'aurait pas un bon plan pour Thibault ?

Justine – Elle lui cherche une coloc et elle a peut-être un copain qui pourrait l'héberger mais côté boulot, ça va être super compliqué. S'il ne travaille pas, il ne pourra pas rester longtemps aux États-Unis.

Nicolas – Il garde le moral quand même ?

Justine – Hier soir, je l'ai trouvé très abattu.

Ingrid, qui avait disparu quelques secondes de la cuisine, est réapparue. Je l'ai entendue chuchoter à Léa :

Ingrid – Pas de blonde dans son lit. En revanche, un bazar incroyable dans leur chambre. Je ne sais pas ce qu'ils fabriquent mais il y a des planches de bois et des outils par terre.

Qu'est-ce qu'un orthophoniste ?

« L'orthophoniste prévient, repère et traite les troubles de la voix, de la parole et du langage chez les enfants et les adultes. L'une de ses compétences principales : concevoir et mettre en œuvre des programmes de rééducation », selon la définition sur le site de l'ONISEP. L'orthophoniste travaille très souvent en lien avec les médecins, les éducateurs, les psychologues qui lui adressent des patients. La majorité de ses patients sont des enfants. Cela me plaît beaucoup ! YES !!

Concours d'entrée : il est très sélectif mais les littéraires ont leurs chances...

Centre(s) d'intérêt : j'ai le sens du contact, je veux être utile à autrui, ma vocation est de soigner et guérir.

Niveau d'accès : bac + 5.

Cours : à la fois théoriques et pratiques, avec des stages.

Statut(s) : statut fonctionnaire, libéral, statut salarié.

Secteur(s) professionnel(s) : la fonction publique, les domaines de la santé, du bien-être, du social...

Ma meilleure amie a réfléchi quelques secondes puis elle a souri. Elle a pris la confiture de pêche de vigne, la préférée de mon cousin, et elle l'a étalée amoureusement sur ses tartines.

Il semblerait que les affaires reprennent ! Tant mieux parce qu'il est dix heures et demie, et Thomas va arriver dans une demi-heure.

C'est la première fois qu'il vient à la maison rose. En temps normal, on travaille à la bibli mais, le dimanche, évidemment, elle est fermée. Alors, on est convenus de travailler dans la chambre de bonne.

On a sonné à la porte.

Eh bien, il est pressé de commencer, le garçon !

Jim – C'est qui ?

Justine – Je pense que c'est Thomas, mon binôme.

Nicolas – Qu'est-ce qu'il vient faire là ?

Justine – Il vient travailler avec moi.

Nicolas – Ah bon ? Tu ne peux pas te débrouiller toute seule comme une grande ?

Léa s'est penchée vers mon cousin.

Léa – Laisse Justine tranquille. Elle a besoin d'un binôme si elle veut réussir son concours.

Nicolas – Très bien. Je suis curieux de voir la tronche qu'il a.

Je suis allée ouvrir. Comme je renouais rapidement ma queue de cheval en me regardant dans le miroir de l'entrée, Lili a hurlé depuis le canapé.

Lili – Tu te fais belle parce que ton amoureux arrive ?

Justine – Ce n'est pas mon amoureux, c'est mon binôme.

Oh je la sens mal cette première visite à la maison rose. Je pressens que ça va être compliqué. J'ai ouvert la porte avec un sourire crispé et j'ai entendu :

– Bonjour Juliette !

Ce n'était pas Thomas. La seule personne au monde qui m'appelle Juliette, c'est Suzette.

Justine – Bonjour Suzette, vous allez bien ?

Suzette – Oui, même si Roger m'a empêchée de dormir avec ses ronflements. Léna a les petits aujourd'hui ?

Suzette est aussi la seule personne au monde à appeler Léa Léna. On a beau lui répéter que nous nous prénommons Justine et Léa, elle n'imprime pas.

Justine – Oui...

Suzette – Formidable ! Je reviens tout de suite.

Et elle est repartie aussi sec sans aucune explication. Je suis retournée m'asseoir avec Lili et Gédéon dans le salon. Jake Sully tentait de dresser son dragon volant sous les yeux amoureux de la belle et sauvage Neytiri. Ça n'avait pas l'air d'être simple pour lui non plus.

Lili s'est collée contre moi. Sa mère qui était partie depuis jeudi devait lui manquer. Si vous ne le répétez à personne, je vous avouerais bien que la mienne aussi me manque souvent !

Jake avait maintenant réussi à faire Tsaheylu avec son dragon. Il s'était connecté à lui grâce à sa natte magique et ces deux-là s'appartiendraient pour la vie. Quelle chance de sentir que l'autre sera toujours là pour vous, j'en rêve... Je voudrais tellement faire Tsaheylu avec Thibault.

Lili – Tu pleures Justine ?

Justine – Non, pourquoi ?

Lili – Parce que des larmes coulent sur tes joues.

J'ai essuyé le plus vite que j'ai pu mon visage et j'ai menti en souriant.

Justine – Je ne pleure pas du tout.

Gédéon m'a regardée et il a chuchoté avec grâce comme s'il avait accès à mon âme :

Gédéon – C'est ton chagrin qui fuit...

On a de nouveau sonné.

Suzette revenait avec je ne sais quoi pour les enfants. L'autre jour, elle avait confié à Léa que depuis que son fils était parti vivre à l'étranger, elle ne voyait ses petits-enfants que deux fois par an. D'une certaine manière, elle reporte sur Lili et Gédéon une partie de son affection.

LISTE DES CADEAUX APPORTÉS AUX ENFANTS PAR SUZETTE CES QUINZE DERNIERS JOURS :

- des ballons multicolores à gonfler,
- des gâteaux,
- des tasses avec leur prénom,
- des caramels aux amandes,
- le livre de *Hansel et Gretel*,
- des œufs en chocolat,
- des stylos magiques à encre sympathique.

Justine – Qui va ouvrir à Suzette ? Je crois qu'elle vous apporte une surprise !

Lili a bondi comme Jake Sully sur son Ikran.

Lili – Moi !!!

Et elle a foncé vers la porte. Gédéon a suivi sa sœur des yeux. Il semble toujours admiratif de sa vitalité. Je le trouve incroyablement touchant.

Lili – Justine, c'est pas Suzette, c'est ton nouvel amoureux !

Oh non, c'est Thomas, mais pourquoi ne suis-je pas allée ouvrir moi-même !

L'annonce quasi officielle de l'arrivée de mon binôme a fait rappliquer toute la maisonnée au grand complet, si bien que j'ai été obligée de lui dire bonjour, scrutée par six paires d'yeux (ah non pardon, cinq... Je ne sais pas où est passée Ingrid). Inutile de vous préciser que je n'étais pas très naturelle.

Justine – Ah salut Thomas, c'est toi ?

Thomas – On avait convenu onze heures ici, c'est bien ça, non ?

Justine – Oui, mais je croyais que c'était Suzette qui apportait des boules au miel.

Si quelqu'un dans le monde s'amuse à consigner mes remarques collector, je propose qu'il place celle-ci dans le top five.

Je suis devenue rouge ketchup (j'aurais pu écrire rouge harissa pour rester dans le ton).

Thomas, royal, s'est avancé.

Thomas – Bonjour, je suis Thomas Lagrange. Justine, tu me présentes à tes amis ?

Il ne peut pas y avoir une coupure pub, là ? J'ai besoin de reprendre mes esprits.

– Pardon mon garçon, tu rentres ou tu sors ?

Ah, pas de coupure pub mais une Suzette qui revient.

Thomas – Normalement je rentre.

Suzette – Et tu es qui, toi ?

Avant que Lili ne donne une fausse information, j'ai répondu :

Justine – C'est un copain de fac. Il vient travailler.

Suzette – Très bien.

Et observant Thomas de la tête aux pieds, elle a ajouté :

Suzette – Il est beau garçon. Il fera un bon parti s'il devient médecin.

Mon binôme a souri. Moi pas.

Heureusement, Léa, qui voyait à quel point j'étais mal à l'aise, est intervenue.

Léa – Bonjour Thomas, moi c'est Léa !

Thomas – Bonjour Léa ! J'ai beaucoup entendu parler de toi.

Léa – Entre, on va te présenter aux autres.

Thomas – Avec plaisir.

Et nous avons migré dans le salon comme ces poissons qui se déplacent tous en banc dans la même direction sans qu'on sache pourquoi.

Nicolas a demandé d'un air mi complice mi ironique :

Nicolas – Et de son cousin préféré, elle t'a parlé ?

Thomas – Non, pas du tout. Pourquoi ? Elle aurait dû ?

Ces deux répliques semblent un échange assez anodin, une gentille prise de contact. En réalité, pour celui qui sait écouter les garçons, elles constituent une véritable déclaration de guerre.

Les mêmes répliques avec décodeur :

Nicolas – Eh l'avorton, tu sais qu'il y a déjà un coq dans ce poulailler ? Alors, je te préviens, si tu as l'intention d'arriver en terrain conquis, tu vas t'en manger une !

Thomas – Un coq ici ? Je ne vois qu'un coquelet qui essaie de m'impressionner et ça me fait mourir de rire. Bon, tu veux bien aller jouer avec les enfants ? Ta cousine et moi, on a des choses de grandes personnes à faire...

J'ai tenté la diversion pour éviter que la présentation tourne au combat singulier avec le choix des armes pour l'offensé.

Justine – Thomas, je te présente Jim.

Mon intervention n'a servi à rien.

Nicolas – Tu aimes bien plaisanter toi, on dirait.

Thomas – Assez, oui. Surtout quand je sens qu'il y a du répondant.

Les mêmes répliques avec décodeur :

Nicolas – Tu serais pas en train de te foutre de ma gueule ?

Thomas – Absolument. Tu es tellement sûr de toi, mon pauvre gars, que ça me donne vraiment envie de bastonner.

J'ai imploré Jim du regard pour qu'il intervienne. À ce stade, même Léa ne pouvait plus rien. Il fallait de la testostérone pour calmer les deux mâles en phase aiguë d'affrontement.

Jim – Et de Jim, son ami d'enfance, elle t'a parlé ?

Thomas – Pas du tout. Silence radio sur toi aussi...

Bon là, vous n'avez pas besoin du décodeur. C'est la guerre généralisée. Lili, qui suivait avec beaucoup d'attention ces présentations singulières, a demandé :

Lili – Et moi, tu sais qui je suis ?

Thomas – Bien sûr, tu es Lili. Et le garçon qui regarde *Avatar* sur le canapé est ton frère Gédéon. Je connais même Suzette ! La voisine qui cuisine si bien.

Suzette – Ça, c'est vraiment gentil mon fils. La vérité, ça me touche !

La réplique de Thomas avec décodeur (même s'il semble s'adresser à Lili, ne vous y trompez pas, mon binôme continue à se battre avec les garçons) :

Thomas – Vous voyez, les petits gars, tout le monde existe sauf vous.

Il y va fort. La riposte va être sanglante ! Il faut que quelqu'un sépare les combattants.

Léa – Bien, Thomas et Justine, maintenant que tout le monde sait qui est qui, c'est l'heure de travailler, non ?

Justine – On y va, tout de suite, immédiatement, à la seconde... Je dois vous sembler légèrement hystérique mais si vous étiez dans le salon, je vous jure que vous réagiriez de la même manière. Il faut absolument exfiltrer Thomas avant le grand massacre.

Thomas – Oui, on vous laisse. Mais quel dommage, je commençais tout juste à me sentir le bienvenu.

(Pas besoin de décodeur pour ce qui précède, je suppose ?)

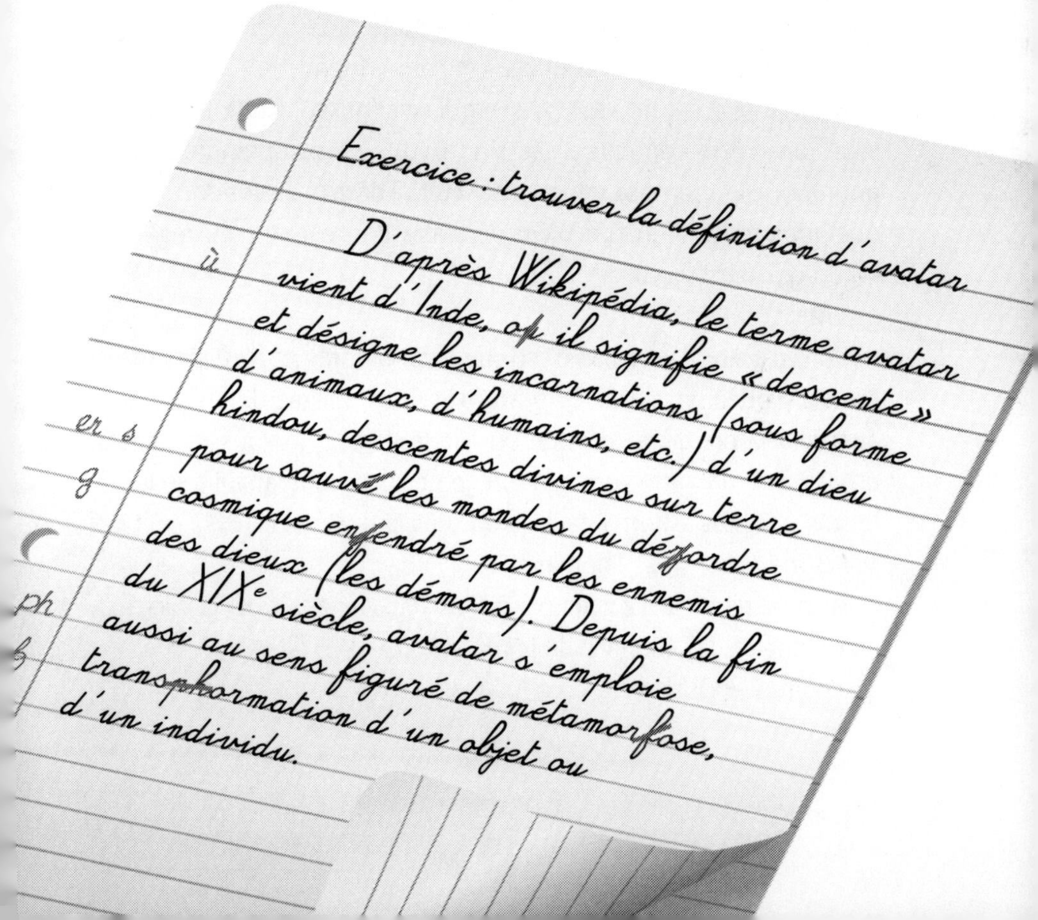

Tandis que je tirais Thomas par la manche, une voix que je connais trop bien a murmuré façon bimbo qui surjoue dans une émission de téléréalité :

Ingrid – Et moi, on ne me présente pas ?

Cela fait seulement deux week-ends que Jean-Baptiste reste chez lui pour travailler et Ingrid reprend ses anciennes habitudes avec les garçons qui approchent à moins d'un milliard de kilomètres de son décolleté. Lili a répondu à ma place.

Lili – Elle, c'est Ingrid. Elle est trop belle, tu ne trouves pas ? Dans sa chambre, elle a plein de maquillage et aussi des chaussures avec des talons super hauts.

Bien résumé : du maquillage et des talons. Du matériel de chasse, de l'attrape-nigaud en quelque sorte.

Thomas – Moi, c'est Thomas. Enchanté, Ingrid !

Mais je rêve ! Il ne veut pas l'embrasser aussi ? Cette réplique a besoin d'être contextualisée sinon vous ne comprendrez pas pourquoi elle m'a mise dans un tel état. Thomas a prononcé ces quelques mots d'un ton plein de sucre en dévorant du regard Ingrid qui se trémoussait.

Vous comprenez ???

Bon, d'accord, Thomas n'est que mon binôme et n'est pas ma chasse gardée. Et alors ? La peste n'est pas obligée de lui sauter dessus à la première seconde où elle le voit. Et je vous rappelle qu'elle aime un autre garçon. Non, je ne suis pas de mauvaise foi. Je suis... Je suis... Bon, il faut qu'on travaille.

Justine – On y va, Thomas ?

Aucune réponse. Le garçon avait les yeux aimantés par la micro-jupe d'Ingrid. J'ai eu envie de le massacrer.

Thomas – Quand tu veux, Justine.

Justine – Tout de suite ! Je prends mes affaires dans ma chambre et on monte.

Alors que j'entassais nerveusement les livres, les fiches bristol et les feutres de couleur, Léa m'a rejointe.

Léa – Ma Justine, il va falloir te calmer.

Justine – Je suis très calme.

Ma meilleure amie a éclaté de rire.

Léa – Tu es sûre ? On dirait que tu as mis les doigts dans une prise !

Justine – Mais tu les as observés, tous ? Nicolas et Jim jouent les cow-boys, Ingrid nous fait le numéro de la playmate, quant à Thomas il nous sort le jeu ridicule du séducteur italien. Il ne lui manque plus que la montre en or et la Porsche.

Léa – La Ferrari.

Justine – Quoi, la Ferrari ?

Léa – S'il est italien, il a plutôt une Ferrari. Sinon, qu'est-ce qui est surprenant dans l'accueil réservé à Thomas ? Si je repense à l'arrivée de Thibault l'année dernière, à peu près à la même époque, nous retrouvons les mêmes personnages dans les mêmes rôles.

Justine – Mais non ! Nicolas et Jim se sont tout de suite bien entendus avec Thibault.

Léa – Oui, sauf quand il s'est agi de toi.

Justine – Et puis Thibault ne s'est pas jeté sur Ingrid.

Léa – Thomas non plus. Il l'a juste regardée avec attention !

Justine – Il n'y a donc qu'Ingrid qui soit dans son rôle : celui de la piqueuse de mec.

Léa – Ah oui ? Pourquoi ? Elle le pique à qui ce garçon ? À toi ?

Mon cœur a fait du cent mille tours minute. J'ai tenté de me justifier.

Justine – Pas du tout. C'est mon binôme, un point c'est tout. Que les choses soient claires !

Léa m'a regardée façon sorcière puis elle a repris avec bienveillance :

Léa – Si les choses sont claires pour toi, c'est le principal. Tu devrais rejoindre ton « binôme » maintenant.

Justine – J'y vais de ce pas.

Lili a foncé sur moi quand je suis revenue dans le salon.

Lili – Regarde ce qu'elle m'a apporté, Suzette. C'est une boîte et quand tu l'ouvres, il y a une mini maison de poupées. Je voudrais être minuscule pour habiter dedans. Gédéon, lui, il a eu un appareil pour faire d'énormes bulles.

Léa – Vous avez dit merci à Suzette, les enfants ?

Lili – Oui, et on lui a fait un bisou. Léa, on peut aller dans le jardin faire des bulles ?

Léa – OK, mais vous enfilez un sweat, il fait un peu frais.

Suzette – Je vais avec eux. Je les surveille.

Léa – D'accord. Merci Suzette. Je vous rejoins tout de suite.

Suzette – Ne me remerciez pas Léna, ça me fait plaisir.

Thomas m'a chuchoté :

Thomas – C'est Léa ou Léna, son prénom ?

Justine – Ça dépend.

Lorsque nous nous sommes retrouvés dans la chambre de bonne pour travailler, j'ai eu du mal à me concentrer. Je ne saurais dire si c'était à cause de l'agitation qui avait régné à la maison rose depuis le matin ou parce que je me retrouvais seule avec Thomas dans un lieu clos.

J'ai fait semblant de lire pour cacher mon trouble.

Thomas – Tu as du mal avec ce cours ?

Justine – Lequel ?

Thomas – Celui dont tu lis la première page depuis plus d'une demi-heure. Tu veux qu'on le regarde ensemble ?

Justine – Si tu veux.

Thomas – Ça t'ennuie qu'on soit venus chez toi travailler ?

Justine – Non. Pourquoi ?

Thomas – Je ne sais pas. Je te trouve étrange.

Justine – Ah bon ? Tout va bien, je t'assure.

Incroyable cette capacité qu'a l'être humain de dire une chose avec la bouche et de penser exactement le contraire avec le cœur. Le souvenir d'un poème m'est revenu d'un coup.

Il dit non avec la tête
Mais il dit oui avec le cœur
Il dit oui à ce qu'il aime
Il dit non au professeur[1]...

Thomas – Tu as toujours vécu en tribu ?

Justine – Comment ça ?

Thomas – Avec cousins, amis, copines, voisines.

Justine – Oui !

Thomas – Ça doit être encombrant ?

Justine – Parfois oui, mais la plupart du temps c'est rassurant. Tu vis comment, toi ?

On avait beau s'être vus presque tous les jours à la fac depuis début septembre, c'était la première fois que nous osions une conversation aussi intime.

Thomas – Je vis depuis la rentrée dans une chambre comme celle-ci sous les toits. Les toilettes et la douche sont sur le palier. Je ne me plains pas, j'ai tout ce qu'il me faut.

1. Jacques Prévert, « Le Cancre » in *Paroles* © Éditions Gallimard.

Justine – Et avant ?

Thomas – J'habitais chez mes parents, dans un village à cent vingt kilomètres d'ici.

Justine – Tu as des frères et sœurs ?

Thomas – Un frère et deux sœurs beaucoup plus âgés que moi. Je n'étais pas prévu au programme. Mon père avait plus de cinquante ans quand je suis né. J'ai été élevé comme un enfant unique. Et toi ?

Justine – Moi, j'ai un petit frère qui a sept ans et demi, Théo. Il est super rigolo. C'est un surdoué. Il comprend tout, il sait tout. Pourquoi tu n'as pas pris une coloc ?

Thomas m'a fixée avec ce regard si déterminé qui est sa marque de fabrique.

Thomas – Parce que je dois réussir le concours du premier coup pour des raisons sur lesquelles je n'ai pas envie de m'étendre. Je n'ai pas le temps de chercher à savoir si je sais vivre avec les autres.

Justine – Si tu me l'avais expliqué lorsqu'on s'est rencontrés à la journée d'information, tu aurais pu venir t'installer ici. Tu aurais vu comme c'est simple…

Thomas – Avec Nicolas et Jim ?

Justine – Oui, pourquoi ?

Mon binôme m'a souri.

Thomas – Tu penses vraiment qu'ils m'auraient accueilli en ami ?

Oooops… pas du tout.

Justine – Évidemment !

Elle dit oui avec la tête
Mais elle dit non avec le cœur[1].

1. D'après Jacques Prévert, « Le Cancre » in *Paroles* © Éditions Gallimard.

Thomas – Tu es une fille adorable, Justine. Et je suis heureux de t'avoir rencontrée.

Mayday ! Mayday ! Mayday !

Oxygénation réduite, rythme cardiaque anormal, tremblements convulsifs. Y a-t-il un médecin dans la salle ?

Thomas – On se remet au travail ?

Personnellement, je vais d'abord mourir d'un arrêt cardiaque.

Justine – Bien sûr.

J'ai repris mon cours d'anatomie. Toujours à la même page. Je l'ai relu pour la cent cinquantième fois de la journée. Si on tombe dessus au concours, je vais cartonner.

J'ai fini par réussir à me concentrer et j'ai fiché deux cours entiers. Il était près de quinze heures lorsque je me suis arrêtée.

Justine – Si on faisait une petite pause ? Tu n'as pas faim ?

Il a regardé sa montre.

Thomas – Jusqu'à quinze heures trente, pas plus.

Justine – OK ! Top départ.

La folie habituelle régnait dans le loft lorsque nous sommes descendus. Nicolas et Jim debout sur le canapé en position de boxeurs imaginaires jouaient à la Wii en poussant des cris de sauvages. Gédéon et Lili, que leur père avait laissés ici pour la journée parce qu'il avait une compétition de golf, comptaient les points en riant. Léa exigeait le silence depuis sa chambre en hurlant tandis qu'un étage plus haut Suzette reprochait à Roger une assiette propre rangée dans le lave-vaisselle.

Bienvenue à la maison rose. Veuillez vous munir des boules Quies mises à votre disposition dans l'entrée. Séjour déconseillé pour les cardiaques, les femmes enceintes et les âmes sensibles.

J'ai crié pour que Thomas m'entende.

Justine – On s'installe dans la cuisine ?

Il a hoché la tête pour me signifier qu'il était d'accord. On s'est précipités et j'ai fermé la porte derrière nous.

Justine – Ça va ?

Thomas – Oui ! Heureusement que tu as la chambre là-haut, sinon je ne sais pas comment tu ferais pour étudier.

Justine – Ce n'est pas toujours comme ça, tu sais. En semaine, tout le monde est studieux. Tu veux manger quoi ?

Thomas – Ce que tu veux...

Justine – Je ne sais pas ce qu'il reste.

J'ai ouvert le frigo. Deux énormes sandwichs au thon étaient posés sur la première clayette avec un petit mot : « Pour les deux futurs médecins, à condition qu'ils me prennent sans rendez-vous plus tard ! Suzette. »

Thomas a souri mais j'ai senti un chagrin infini monter dans son âme. Je lui ai proposé de manger dehors. Un doux soleil d'octobre chauffait la terrasse. Il a accepté.

Thomas – Oh oui, un peu de lumière. Entre les cours à la fac, la bibli et ma chambre, j'ai parfois la sensation de vivre comme un rat ! C'est une chance d'avoir une terrasse et un jardin en pleine ville. Comment avez-vous trouvé ce plan ?

Justine – Par une newsletter de l'école de Nicolas. Il était le seul à avoir reçu l'annonce. Super coup de chance ! L'appart appartient à un couple adorable qui est parti pour quatre ans aux États-Unis faire de la recherche. Elle, est une neurologue réputée, et lui, neuropsychologue et professeur de yoga. Ils travaillent sur la plasticité du cerveau et les possibilités d'identifier les modifications grâce aux techniques de neuro-imagerie.

Thomas – Un couple d'enfer !

Justine – Oui, ils ont tout pour eux. Tu verrais Sarah, elle est belle, sympathique et intelligente.

Thomas – Tu n'as rien à lui envier.

Mayday ! Mayday ! Mayday !

Oxygénation réduite, rythme cardiaque anormal, tremblements convulsifs.

J'ai réussi à articuler façon Robocop :

Justine – C'est gentil.

Thomas – C'est la réalité, non ?

Comme je ne savais pas quoi répondre, je me suis jetée sur mon sandwich au thon. Il y a eu un long silence ponctué par les hurlements des garçons et les « Toi-même tu bigles » de Suzette. On a mangé avec cette bande-son assez particulière en arrière-plan. Je pourrais presque dire qu'on a fini par ne plus l'entendre et qu'on a déjeuné tranquillement.

Alors qu'on s'apprêtait à remonter dans la chambre, Lili a soudain déboulé.

Lili – C'est Jim qui a gagné ! Nicolas fait la tête !!!

Justine – On va y avoir droit jusqu'à ce soir.

Thomas – J'imagine que ton cousin est mauvais perdant.

Justine – C'est rien de le dire.

Thomas a souri.

Thomas – Lui et moi, ce serait du fight permanent si je vivais là. En revanche, je finirais par m'entendre avec Jim. Il semble gentil et prévenant. Il y a quelque chose entre lui et toi ?

Je me suis étranglée en avalant ma salive.

Thomas – Excuse-moi si j'ai été indiscret.

Justine – Pas du tout. Jim est mon ami d'enfance, rien de plus.

Elle dit une chose avec la tête
Elle pense autre chose avec le cœur[1].

1. D'après Jacques Prévert, « Le Cancre » in *Paroles* © Éditions Gallimard.

Lili a crié en levant les yeux vers le haut de l'immeuble.

Lili – Bonjour !!! Ça va bien aujourd'hui ? Nicolas fait la tête, il a perdu son match de boxe par KO. Suzette nous a acheté des surprises et Justine travaille avec Thomas.

À qui elle raconte notre vie ? J'ai levé les yeux à mon tour.

Mais non... J'y crois pas...

Qu'est-ce qu'il fait là ? Il n'a quand même pas loué un appart juste au-dessus du nôtre pour pouvoir... Ne me dites pas que... Et si c'était lui qui...

Thomas m'a demandé :

Thomas – Tu le connais ?

Et tandis qu'à la fenêtre du deuxième étage le voisin écrivain m'adressait un signe amical de la main, j'ai répondu interloquée :

Justine – Oh oui je le connais ! Je suis l'une de ses créations et tu ne tarderas pas à en devenir une toi aussi.

La théorie du complot

Justine – Excusez-moi, je voudrais descendre. Pardon, je descends.

Les deux garçons qui discutaient devant la porte du bus et m'empêchaient de sortir se sont retournés et m'ont regardée comme si ma demande était invraisemblable. Ce qui m'a énervée. Je leur ai lancé sur un ton ironique :

Justine – Je suis désolée de vouloir sortir... Que vos seigneuries m'excusent.

Le garçon numéro 1 – Ça va, calme-toi, on se pousse !

Justine – Merci. C'est tout ce que je demandais.

Et je suis descendue droite comme un I. Évidemment, ils ne se sont pas gênés pour me critiquer.

Le garçon numéro 2 – Comment elle est speed celle-là...

Le garçon numéro 1 – Moi, je supporte pas ce genre de pauvre meuf.

Et moi, ce sont les gens qui m'empêchent d'avancer quand je suis pressée que je ne supporte pas. Surtout après une journée harassante de cours et quatre SMS de Thibault. Quatre fois le même : « Skype-moi quelle que soit l'heure. C'est urgent !!! »

J'ai eu beau lui répondre : « Je suis à la fac, dis-moi de quoi il s'agit au moins », puis : « Je suis inquiète, tu vas bien ? », puis plus tard : « Tu as rencontré quelqu'un, c'est ça ? Tu veux rompre ? », et pour finir : « OK, j'ai compris, toi et moi c'est over.

Tu es vraiment sûr de vouloir me parler une dernière fois ? » Toujours la même réponse : « Skype-moi quelle que soit l'heure. C'est urgent !!! »

Vous comprenez pourquoi les deux garçons m'empêchant de sortir du bus et de rentrer à la maison pour appeler Thibault m'avaient rendue un peu nerveuse. J'ai couru comme une dératée jusqu'au loft.

Je pense même avoir battu le record de vitesse avec saut d'obstacles (le type qui ouvre sa portière côté trottoir sans se préoccuper des piétons, la vieille dame qui promène son chien avec une laisse électronique et ne regarde pas où il va, la fille qui sort de la boucherie en continuant à parler au commerçant... bref, les obstacles du quotidien). Je suis arrivée en nage à la maison rose. Il était 19 heures et j'avais l'impression d'avoir vécu la journée la plus longue de ma vie.

Léa, qui faisait dîner les enfants dans le salon avant que leur père vienne les chercher, a tout de suite remarqué que je n'étais pas dans mon état normal.

Elle m'a prise à part :

Léa – Il se passe quoi, là ?

Justine – Thibault ne m'aime plus. Il s'apprête à m'annoncer qu'il me quitte.

Léa – Tu l'as eu au téléphone ?

Justine – Non, il m'a envoyé un SMS. Plus exactement quatre fois le même SMS. Je crois que c'est clair.

Léa – Tu veux bien me les montrer ?

J'ai tendu mon portable à ma meilleure amie. Elle a lu notre échange et a dodeliné de la tête comme pour me confirmer que la situation était grave.

Justine – Donc tu comprends comme moi...

Léa – Je comprends surtout que Thibault te demande de le rappeler parce qu'il a quelque chose d'important à te dire. Je ne vois nulle part l'annonce d'une rupture. En revanche, toi, tu ne parles que de ça. Tu devrais arrêter d'avoir peur, Justine, ça te permettrait de prendre du recul. Dépêche-toi de l'appeler. Il a besoin de toi.

Justine – Tu ne crois pas qu'il veut rompre ?

Léa – Stooop... Tu me fatigues !

Alors que je courais jusqu'à ma chambre, j'ai entendu Lili qui questionnait Léa :

Lili – Qu'est-ce qu'elle a Justine ? Pourquoi elle est toute rouge ?

Gédéon lui a répondu :

Gédéon – Elle a mal à son cœur.

J'ai allumé mon portable, ouvert l'application Skype et j'ai appelé Thibault.

Première sonnerie. Deuxième sonnerie. Il fait quoi là ?

Quelle heure est-il chez lui ? Dix-neuf moins six, il est 13 heures. Il est peut-être parti déjeuner.

Troisième sonnerie. Où est-il passé ?

Quatrième...

Thibault – Allô ?

Justine – Oui, Thibault c'est moi !

Thibault – Je sais, je te vois.

Justine – C'est quoi le problème ?

Thibault – Ils sont là les autres ?

Justine – Quels autres ?

Thibault – Léa, Ingrid, Jim et Nico ? Je voudrais que tu les appelles, j'ai une grande nouvelle à vous annoncer.

Mon cœur s'est décroché.

Justine – Tu te maries ?

Thibault – Quoi ???

Justine – Tu vas te marier ?

Thibault – Avec qui ?

Justine – Mais je n'en sais rien moi. Je ne la connais pas.

Thibault – De quoi tu parles ?

Là, il avait assez joué avec mes nerfs. J'ai crié :

Justine – Bon, Thibault tu peux me dire ce qui se passe ?

Thibault – S'il te plaît Justine, appelle les autres !

Justine – Léa, Nico, Jim, Ingrid, venez !!!

Ils ont rappliqué à la vitesse de la lumière et m'ont demandé de façon quasi simultanée avec la même légère trace d'anxiété dans la voix :

Léa, Nico, Jim, Ingrid – Qu'est-ce qu'il y a ?

J'ai tourné l'écran de mon ordi vers eux.

Justine – Thibault a une grande nouvelle à nous annoncer.

Nicolas – Quoi ?

Justine – Mystère.

Ils se sont assis à côté de moi. Les deux garçons d'un côté, les deux filles de l'autre. Ah non pardon... Les trois garçons d'un côté, les trois filles de l'autre.

Lili et Gédéon nous avaient rejoints.

Thibault – Hi everybody ! Nice to see you !

Ingrid – Hi sexy boy !!

Je n'ai même pas réagi.

Jim – Salut Thibault !

Léa – Coucou Thibault !

Nicolas – Salut mec, il se passe quoi, alors ?

Thibault – Il m'arrive un truc génial ! Je voulais vous l'annoncer en priorité... En même temps, je ne vois pas à qui d'autre je pourrais l'annoncer, je n'ai que vous !

Bon, il la balance son info parce que je suis limite malaise.

Thibault – Vous savez que, depuis fin septembre, je suis dans mon petit hôtel à New York et que je n'ai réussi à trouver ni une coloc ni un job ?

Tous ensemble – Oui.

Thibault – Vous savez aussi que ma cousine Karin m'apporte de quoi dîner tous les soirs ?

Tous ensemble – Oui.

Thibault – Elle prend ma commande à 19 heures chaque jour et détourne deux plats et deux desserts pour nous au restau de sa mère. Sympa, non ?

Tous ensemble (plus Lili et Gédéon qui doivent certainement penser que c'est un refrain à répéter) – Oui.

Thibault – Bon, tout cela ne pouvait pas durer, nous sommes quand même le 31 octobre et il fallait bien que je me décide... Bref, cette semaine j'étais prêt à rentrer en France quand Karin m'a trouvé le plan du siècle.

Tous ensemble – Quoi ?

Lili et Gédéon – Oui... (Puis se reprenant) Quoi ?

Je sais, moi. Il va se marier avec une Américaine pour obtenir la green card. Ce sera un mariage blanc au début mais, obligé de vivre avec elle pour tromper le service de l'immigration, il finira par en tomber fou amoureux.

Thibault – Ma tante a pour client un peintre qui habite Key West.

Nicolas – C'est où, ça ?

Ingrid s'est précipitée pour répondre.

Ingrid – Au sud de Miami. C'est le spot où il faut être ! Super trendy...

Léa – C'est surtout la ville où Hemingway a longtemps vécu.

Nicolas – C'est qui lui, encore ?

Léa – Un des plus grands écrivains du XXe siècle.

Bon, ils sont gentils mais on répondra aux questions géographie et littérature du Trivial Pursuit un autre jour.

Justine – Donc le client de ta tante qui habite Key West ?

Thibault – Il a eu un accident vasculaire cérébral, il y a deux ans et...

Nicolas – C'est quoi un accident vasculaire cérébral ?

Justine – L'accident vasculaire cérébral (AVC) est une défaillance de la circulation du sang qui affecte une région plus ou moins importante du cerveau. Il survient à la suite de l'obstruction ou de la rupture d'un vaisseau sanguin et provoque la mort des cellules nerveuses, qui sont privées d'oxygène et des éléments nutritifs essentiels à leurs fonctions. Les AVC ont des conséquences très variables. Plus de la moitié des personnes touchées gardent des séquelles. Environ 1 sur 10 récupère complètement. La gravité des séquelles dépend de la région du cerveau atteinte et des fonctions qu'elle contrôle. Plus la région privée d'oxygène est étendue, plus les séquelles sont majeures. À la suite d'un AVC, certaines personnes auront de la difficulté à parler ou à écrire (aphasie) et des problèmes de mémoire. Elles pourront aussi être atteintes d'une paralysie plus ou moins importante.

Ooops, pardon. Je commence à réciter mes fiches de cours sans m'en rendre compte.

Thibault – Oui, c'est exactement ça.

Léa m'a souri.

Léa – Bravo Mini Doc !

Ingrid – Mais quel rapport avec toi, Thibault ?

Thibault – J'y viens… À la suite de son AVC, il a eu une longue rééducation mais il n'a pas recouvré l'usage total de son côté gauche. Heureusement, il peint de la main droite. Toutefois, il ne

Ingrid

J'ai un super scoop sur la vie amoureuse d'Ernest Hemingway ! Vous savez qu'il a été un grand écrivain, un journaliste, un aventurier, un combattant de la guerre d'Espagne, un fou de tauromachie. Mais vous saviez que c'était un serial épouseur ???

Ernest Hemingway s'est marié quatre fois : avec Hadley Richardson de septembre 1921 à janvier 1927, avec Pauline Pfeiffer du 10 mai 1927 au 4 novembre 1940, avec Martha Gellhorn de novembre 1940 (trois semaines après son divorce) à 1945, et enfin avec Mary Welsh de mars 1946 jusqu'à son suicide le 2 juillet 1961. Il avait un succès fou auprès des femmes et ne restait pas longtemps tout seul :)

Aujourd'hui, 11h03 · J'aime · Commenter

Léa et Thibault aiment ça.

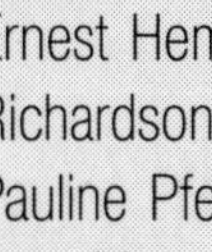

Léa Il y a plus important. En 1916, alors qu'il n'a que dix-sept ans, ses premiers poèmes et histoires paraissent dans *Tabula* et *Trapeze*, des revues littéraires de son école.

Aujourd'hui, 12h22 · 2 personnes aiment ça

Nicolas Léa, tu n'as pas des photos de ses meufs plutôt?

Aujourd'hui, 13h01 · 1 personne aime ça

Jim Lol.

Aujourd'hui, 13h02 · J'aime

Justine Moi j'ai adoré *Le vieil homme et la mer.*

Aujourd'hui, 15h03 · 2 personnes aiment ça

Thibault *L'adieu aux armes, Pour qui sonne le glas*, c'est trop bien...

Aujourd'hui, 15h25 · 3 personnes aiment ça

Ingrid Ernest a eu le Nobel de littérature en 1945. Respect...

Aujourd'hui, 15h35 · 1 personne aime ça

peut plus conduire ni sa voiture ni son bateau et il a des difficultés dans sa vie quotidienne. Il a donc besoin d'une personne pour l'aider.

Jim – Et tu vas être cette personne-là ?

Thibault – Exact...

Nicolas – Tu vas être sa nounou, quoi ?

Thibault – Si tu voyais le personnage, tu ne te risquerais pas à employer ce terme de nounou. Il me dépasse de deux têtes et doit faire deux fois mon poids.

Léa – Quelles sont les conditions ?

Thibault – Il me loge, il me nourrit et il me verse un petit salaire chaque mois. D'après ma cousine qui est déjà allée chez lui, il vit dans une des plus belles maisons de Key West.

Ingrid – La chance !!!

Justine – Et tu pars quand ?

Thibault – Dans une semaine. Il reste encore à New York quelques jours parce qu'il expose dans une galerie sur SoHo. Alors, vous en pensez quoi ?

Jim – C'est génial !

Léa – Ah oui, vraiment...

Nicolas – Ça a l'air cool, sauf si le vieux est chiant.

Ingrid – Moi, je trouve ça topissime ! À Key West, ça doit être la belle vie. Le soleil, les cafés, la plage, les filles en maillot... Tu vas t'éclater.

Thibault – Et toi Justine, ton avis ?

Est-ce que je dois vraiment le donner ?

EXEMPLE DE RÉPONSE FIDÈLE À MON RESSENTI :

Justine – Je ne veux pas que tu y ailles !!! Je ne veux pas que tu voies des filles en maillot. Je ne veux pas que tu t'amuses sans moi. J'ai peur que tu m'oublies, que je ne sois plus qu'un contour flou qui s'efface progressivement de ta mémoire. J'ai peur de rester seule à quai et que tu t'éloignes toujours plus loin. Je voudrais que tu rentres en France et que tu te tiennes tout contre moi. Je voudrais que la vie redevienne comme avant...

Justine – C'est formidable, Thibault ! Je suis so happy pour toi.

Elle dit oui avec la tête.
Elle pense non avec le cœur[1].

Thibault – Merci Justine. J'attendais ton appel avec impatience. Je ne voulais pas sortir avant.

Justine – Pourquoi, tu vas où ?

Thibault – Je rejoins Karin chez des amis qui donnent une fête pour Halloween. Je vais les aider à tout préparer. Vous ne faites rien, vous ?

Justine – Non. On a juste acheté des bonbons pour les enfants qui viendraient frapper à notre porte.

On a entendu le portable de Thibault sonner.

Thibault – Excuse-moi deux secondes, c'est ma cousine, je lui dis que je la rappelle.

On a assisté en live à sa conversation.

Thibault – Allô Karin, je suis sur Skype avec mes amis, je peux te rappeler ? Ah ? Bon d'accord, ça me va très bien. Je serai en bas dans six minutes montre en main. À tout de suite.

Et regardant de nouveau sa webcam :

Thibault – Bon les amis, je suis obligé de vous laisser. Ma cousine passe me prendre en voiture. Je suis content de vous avoir vus. Justine ?

Justine – Oui ?

Thibault – On se rappelle demain pour avoir le temps de discuter en tête à tête ? Tu me raconteras ces deux derniers jours à la fac ?

Justine – Si tu veux.

1. D'après Jacques Prévert, « Le Cancre » in *Paroles* © Éditions Gallimard.

Thibault – Bien sûr que je le veux. Je t'embrasse. Je vous embrasse tous. À plus tard !

Tous ensemble (sauf moi qui n'arrivais plus à décrocher un mot) – Salut Thibault ! Enjoy !

Lorsque l'image de Thibault a disparu au son du jingle de Skype, j'ai eu un gros coup de spleen. Les autres, surexcités, ont commencé à parler de la vie de mon prince en Floride mais je n'ai pas réussi à prendre part à la discussion. Les phrases m'arrivaient par vagues, désordonnées.

Ingrid – Key West !!! Mon rêve... J'ai vu les photos d'une soirée privée pour le lancement d'un parfum là-bas, ça avait l'air top.

Jim – Si le vieux a un bateau, Thibault va s'éclater.

Léa – Dans la maison d'Hemingway qui a été transformée en musée, il y a sa machine à écrire. Tu te rends compte que les touches de cette machine ont permis aux plus grands textes du siècle dernier de naître ?

Ingrid – Les filles étaient dans la piscine avec de l'eau jusqu'à la taille, un cocktail à la main. Super fun !

Nicolas – Si le vieux est chiant, il le passe par-dessus bord et basta !

Léa – Il avait trente-six chats dans sa maison, je crois, Hemingway...

Jim – Il faut un permis bateau aux States ou pas ?

Lili – Papa, il vient nous chercher à quelle heure ?

Ingrid – Je ne sais pas comment ils avaient fait mais l'eau de la piscine était rose bonbon !

Léa – Un jour Hemingway a offert un urinoir à sa femme ! Quelle drôle d'idée. Il l'avait trouvé au *Sloppy Joe's*, son café préféré.

« Nous devons nous y habituer :
aux plus importantes croisées
des chemins de notre vie,
il n'y a pas de signalisation. »

Ernest Hemingway

« Un homme, ça peut être détrui
mais pas vaincu. »

Le vieil homme et la mer

Ernest Hemingway

« Ne jamais confondre mouvement
et action. »

Ernest Hemingway

« Mieux vaut vivre un seul jour
comme un lion que cent années
comme un mouton. »

Ernest Hemingway

« Le monde est un endroit magnifique
pour lequel il vaut la peine
de se battre. »

Ernest Hemingway

« - La veine.
J'aimerais bien en acheter un morceau
si on la vend quelque part, dit-il. »

Le vieil homme et la mer

Ernest Hemingway

« La seule écriture valable,
c'est celle qu'on invente... c'est ça
qui rend les choses réelles. »

Les aventures de Nick Adams

Ernest Hemingway

Jim – Je ferais bien un tour en bateau, là...

Ingrid – Je crois que Kate Moss était l'invitée d'honneur.

Nicolas – Il dira qu'il ne l'a pas vu tomber...

Jim – La tête de monsieur l'ambassadeur quand il saura que son fils vit au soleil sans avoir besoin de son fric !

Lili – Léa, il vient nous chercher à quelle heure papa ?

J'ai eu envie de me réfugier dans ma chambre pour être au calme et ne plus les entendre « piapiater ». Malheureusement, j'étais déjà dans ma chambre...

J'ai donc attendu, résignée, que cette agitation cesse. Le feu a mis du temps à s'éteindre. Il y a eu encore quelques crépitements.

Ingrid – Évidemment, ils avaient demandé aux invités de porter des vêtements roses.

Nicolas – Ça c'est sûr qu'il va s'étrangler l'ambassadeur !

Léa – Il ne va pas tarder, il a dit qu'il serait là avant 20 heures.

Et puis le silence. Comme si chacun achevait sa propre réflexion de l'intérieur.

Gédéon – Pourquoi pas ?

Ah, une dernière réplique pour la route...

Re-silence...

J'ai enfin pu penser tranquillement à Thibault. Il allait partir encore plus loin de moi. Qu'il soit à New York ou à Key West ne changeait rien à mon quotidien mais m'angoissait. Nos vies allaient être radicalement différentes et forcément nos chemins allaient se séparer. Cette idée m'a fait comme un trou au milieu de l'estomac. Alors que je respirais profondément pour ne pas pleurer, j'ai senti une présence contre moi. C'était Gédéon.

Gédéon – Si tu veux, je te donne pour toujours mon appareil qui fait les bulles.

Là, j'ai pleuré...

De l'eau à ne plus savoir qu'en faire. Façon orages d'été à Key West. Chacun a tenté de me consoler comme il le pouvait.

Nicolas – C'est bon, chouine pas Juju ! J'aime pas quand tu chouines.

Léa – Tout va bien, ma Justine. Il t'a demandé de l'appeler demain pour parler. Il a besoin de toi, comme toi de lui.

Jim – Une meuf comme toi ne s'oublie pas. Ne crains rien.

Ingrid – T'inquiète, les filles là-bas, ce qu'elles cherchent c'est un type avec du fric. Un petit Frenchie sans le sou ne les intéressera pas ou, à la limite, juste pour un soir.

Les autres tous ensemble (hurlant) – Ingrid !!!

Ingrid – Quoi ? Qu'est-ce que j'ai fait ? Ah, pour vous liguer contre moi, vous êtes toujours d'accord.

Et elle est partie en claquant la porte. Personne n'a tenté de la rattraper.

Nicolas – Bon ! C'est quoi cette ambiance de merde ? Il est pas mort Thibault...

Lili – Tu as prononcé un gros mot.

Nicolas – Lequel ?

Lili – Léa ne veut pas que je répète. Elle a même dit que je devais me boucher les oreilles quand tu jouais à la Wii avec Jim pour éviter d'entendre des mots pas jolis.

Nicolas – Elle a dit ça, Léa ?

Lili – Oui !!!

Nicolas – Eh bien elle va le payer cher...

Et joignant le geste à la parole, il s'est jeté sur ma meilleure amie et l'a chatouillée. Léa est la fille la plus contenue que je connaisse mais si tu la chatouilles, elle se tortille comme un ver et pousse des cris de souris.

Lili et (même) Gédéon lui sont venus immédiatement en aide. Jim a hurlé :

Jim – Quoi, deux agresseurs contre mon ami Nicolas ? Le combat est inégal, il faut que je me lance à sa rescousse !

Et il est intervenu à son tour. J'ai regardé cette pieuvre humaine sans plus savoir à qui appartenaient bras et jambes.

Léa – Justine, à l'aide !

Après une ou deux secondes d'hésitation, j'ai foncé façon demi de mêlée. La chambre est devenue le lieu d'une véritable foire d'empoigne. Ingrid, qui était partie vexée, est revenue et nous a observés, les mains sur les hanches, l'air agacée.

Ingrid – Il faudrait savoir... Il y a deux minutes la consternation régnait et là, soudain, c'est la fête !

Nicolas – C'est pas la fête, Ingrid, c'est la guerre ! Choisis ton camp : Jim et moi contre le reste du monde...

Ingrid – Alors le reste du monde !

Et elle a sauté sur le lit. La pagaille a régné un bon moment à la grande joie des enfants. Jusqu'à ce qu'on sonne à la porte.

Ingrid – Qui est-ce ?

Nicolas – Si c'est encore Suzette avec des gâteaux, je gerbe illico...

On a tous éclaté de rire.

Léa – Non, ça doit être le père des petits.

Léa a réajusté sa robe, s'est recoiffée avec les doigts et est allée ouvrir. Lili et Gédéon l'ont suivie comme des poussins. C'était bien Claude Werner. Tandis que ma meilleure amie rassemblait leurs affaires dans le salon, Nicolas nous a proposé :

Nicolas – J'ai un copain de l'école qui fait une fête pour Halloween ce soir, ça vous tente ?

Jim – Yes !

Ingrid – Oh oui !!! J'ai besoin de m'amuser un peu.

Avec décodeur : « Jean-Baptiste reste chez lui pour travailler depuis deux semaines et je commence à me poser des questions sur mon pouvoir de séduction. J'irais bien le tester à une soirée d'étudiants. »

Nicolas – Et toi Justine ?

Justine – Non, merci. J'ai du boulot.

Nicolas – Mais tu passes ton temps à travailler, tu peux t'amuser un peu, quand même ?

Justine – Ben non… Ce n'est pas une année pour s'amuser.

Comme d'habitude, Jim a essayé de trouver un compromis.

Jim – Si tu veux, tu viens avec nous et je te ramène dans une heure en scooter. C'est à peu près le temps que tu aurais pris pour dîner, non ?

Justine – Tu es gentil mais je n'ai pas envie de sortir ce soir.

Jim – Tu as besoin de te changer les idées et je ne suis pas certain que tu arrives à te concentrer si tu restes seule ici.

Léa est revenue.

Léa – Pourquoi Justine devrait-elle rester seule ici ?

Ingrid – Nico nous propose d'aller à la soirée Halloween d'un de ses copains.

Léa – Quelle bonne idée !

Nicolas – Justine ne veut pas venir.

Ma meilleure amie s'est tournée vers moi.

Léa – Pourquoi ? Si tu veux, on ne reste qu'une heure et on revient toutes les deux.

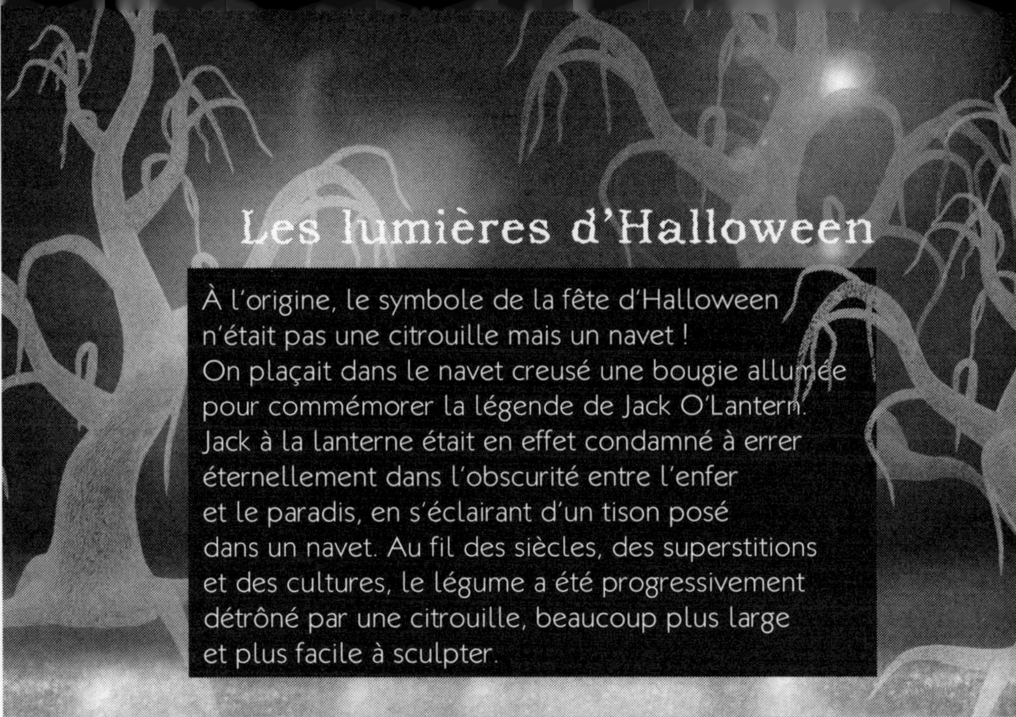

Les lumières d'Halloween

À l'origine, le symbole de la fête d'Halloween n'était pas une citrouille mais un navet !
On plaçait dans le navet creusé une bougie allumée pour commémorer la légende de Jack O'Lantern. Jack à la lanterne était en effet condamné à errer éternellement dans l'obscurité entre l'enfer et le paradis, en s'éclairant d'un tison posé dans un navet. Au fil des siècles, des superstitions et des cultures, le légume a été progressivement détrôné par une citrouille, beaucoup plus large et plus facile à sculpter.

Jim – Je lui ai proposé la même chose avec retour en scooter en plus !

Léa – C'est raisonnable ça, Justine, non ?

Justine – Vous êtes gentils seulement je préfère rester à la maison. Je vais travailler tranquillement. Je suis en retard par rapport à Thomas, il a fiché plus de cours que moi.

Léa – Vraiment ?

Justine – Vraiment...

Ingrid, que la perspective de la fête avait excitée au plus haut point, s'est exclamée :

Ingrid – Alors on va tous les quatre à la soirée ?

Jim – C'est bon pour moi !

Léa – Yes !

Nicolas – Pour venir à la fête de mon pote, il y a une condition...

Léa – Laquelle ?

Nicolas – Il faut que vous soyez déguisés et le thème c'est « nuit macabre » !

Léa – Oh non...

Mon cousin a pris Léa dans ses bras et lui a dit en riant :

Nicolas – Tu ne devrais pas avoir trop de mal, avec tes fringues de sorcière.

Léa – T'es trop méchant !

Ingrid est intervenue.

Ingrid – Léa n'a pas un look de sorcière, elle est gothique-chic avec une légère touche country. So fashion...

Nicolas – Ah bon ? J'avais pas remarqué ! Mais je te fais totalement confiance, Ingrid, pour savoir ce qui est fashion ou pas.

Ingrid – Je te remercie. Mon problème maintenant, c'est de savoir comment moi, je vais me déguiser. On part dans combien de temps ?

Nicolas – Une demi-heure, ça va ?

Ingrid – OK ! Je vais voir ce que je peux trouver.

Nicolas – Même chose pour nous, tu viens Jim ?

Jim – Yes Belzébuth, on retourne dans notre chaudron.

Après qu'ils sont sortis de la chambre, Léa s'est s'assise à côté de moi sur le lit.

Léa – Tu es sûre de ne pas vouloir venir ?

Justine – Certaine, j'ai trop de boulot en retard. Je vais grignoter un truc et me mettre au travail.

Léa – C'est la seule raison ?

Justine – Oui.

Léa – Tu as le nez qui s'allonge, Pinocchio. Tu ne veux pas que je reste avec toi et qu'on débriefe sur le départ de Thibault pour Key West ?

Justine – Non merci, je t'assure que tout va bien. Je suis une grande fille, tu sais.

Léa – Même les grandes filles ont besoin d'une amie à qui raconter leurs angoisses.

Justine – Pas aujourd'hui. Tu peux aller tranquille à ta soirée.

Ce n'était évidemment pas vrai.

Je n'avais qu'une envie : que Léa reste avec moi pour lui dire à quel point le départ de mon prince m'affectait. Mais je sentais bien qu'elle désirait sortir. Entre ses cours à la fac et la garde des enfants, elle travaillait beaucoup. De plus, elle prenait souvent mes tours de préparation de repas ou de ménage pour que je puisse étudier le plus possible.

Léa – Je ne te laisserai pas longtemps seule !

Justine – Profite de ta soirée, j'ai au moins trois heures de boulot devant moi. À quoi ça servirait que tu me regardes ficher mes cours d'anatomie ?

Léa – À rien. Mais si on ne faisait que des choses qui servent dans la vie, ce serait triste !

Nous méditions en silence cette jolie phrase quand on a sonné à la porte.

Léa – J'y vais.

Justine – Non, c'est moi… Va te préparer plutôt !

Je ne sais pas si c'est à cause de la conversation avec Thibault ou du stress permanent de cette première année de concours mais j'ai hurlé telle une possédée quand j'ai ouvert la porte.

Un cri comme on n'en entend que dans les films d'horreur les plus gore. Le cri de la fille qui nage tranquillement et découvre soudain le corps de son petit ami déchiqueté à côté de sa planche de surf et un aileron du requin qui s'approche d'elle.

En face de moi se tenaient trois gamins qui avaient juste exigé d'une voix naïve et acidulée :

Les trois gamins – Des bonbons, des gâteaux, de l'or ou on te jette un sort !

Sauf qu'ils portaient les masques de *Scream* et que je ne m'y attendais pas. Mon cri d'horreur a provoqué le leur, si bien qu'en moins de deux secondes nos hurlements ont alerté le voisinage.

Jim est arrivé en courant, blanc comme un mort-vivant, une balafre au milieu du visage, suivi par un Nicolas aux yeux rouges et à la dentition de vampire.

Jim et Nicolas – Qu'est-ce qui se passe ?

Inutile de vous préciser que l'arrivée des garçons n'a fait qu'ajouter de la peur à la frayeur. Les enfants ont détalé comme des lapins en poussant des cris stridents.

À sa fenêtre, Suzette a crié :

Suzette – Il faut appeler la police ?

Je suis sortie dans le jardin et je me suis dépêchée de la rassurer.

Justine – Non, tout va bien Suzette. Ce sont des enfants qui faisaient les fous pour Halloween.

Suzette – Ils sont malades de crier comme ça !

Justine – Oui.

Suzette – Juliette ?

Justine – Oui...

Suzette – Nicolas est là ? Je voudrais qu'il monte, je lui ai préparé les gâteaux qu'il aime.

Mon cousin m'a fait des grands signes pour que je taise sa présence.

Justine – Il est parti à une soirée. Je lui dirai de passer les prendre demain matin.

Suzette – D'accord, n'oublie pas, ma fille.

Justine – C'est promis...

Et la vieille dame a fermé sa fenêtre.

Deux étages plus haut, le voisin-écrivain qui observait la scène m'a souri. Il a même applaudi. Voilà un épisode de la maison rose que l'on allait retrouver intégralement dans sa série. Ce type n'a pas besoin d'avoir de l'imagination, il lui suffit de prendre en note l'agitation qui règne ici et le tour est joué. Mais comment fait-il pour écrire les scènes d'intérieur ? Il n'est pas présent quand on est dans l'appartement ? Il ne peut pas avoir entendu notre conversation avec Thibault à propos de Key West. Et c'est une information fondamentale pour la suite de l'histoire, non ?

Il a peut-être une boule de cristal...

À moins qu'il n'ait truffé la maison rose de micros. D'après ce qu'on a compris depuis peu, c'est lui qui nous a envoyé la fameuse newsletter pour la location du loft. On ne sait pas exactement comment il a procédé pour louer les deux appartements l'un au-dessus de l'autre mais il y est parvenu.

Sans être parano, un type capable d'inventer un tel stratagème peut avoir posé des micros, voire des caméras dans la maison. Un peu comme dans la série *Person of Interest*, Big brother serait en train de Watching us. Quelle horreur !

Je suis entrée en hâte pour partager mes déductions avec les autres. En réalité, je n'ai pas pu en placer une, Ingrid déguisée en diablesse était en train de faire son show. Vêtue d'un justaucorps et d'une jupette noirs, perchée sur des hauts talons, elle avait mis dans ses cheveux un serre-tête avec les cornes rouges de Belzébuth. Elle avait un maquillage hyper smoky pour les yeux et ses lèvres étaient couleur sang. Plus vraie que nature...

Ingrid – Simple mortelle, il paraît que tu as eu peur de trois pauvres petits gamins ?

La simple mortelle a eu envie de proposer à la méchante d'aller bouillir dans un chaudron.

Ingrid – Tu aurais dû me les envoyer. Je leur aurais fait signer le pacte avec le diable !

Évidemment, la peste a prononcé cette dernière phrase d'une voix sardonique. Les autres ont ri. Pas moi...

Léa m'a demandé :

Léa – On peut savoir pourquoi tu as hurlé comme ça ? Tu m'as glacé le sang.

Justine – Les enfants portaient les masques de *Scream* mais ce n'est pas le problème.

Léa – Quel est le problème ?

J'ai baissé la voix.

Justine – La maison rose est truffée de micros, peut-être de caméras.

Les autres (tous ensemble) – Quoi ???

Là, je peux dire que j'ai produit mon petit effet.

Justine – On est tous d'accord sur le fait que le voisin écrivain nous a trouvé ce loft ?

Les autres – Oui...

Justine – Qu'il s'est arrangé pour loger dans l'appartement du dessus afin de continuer à nous épier et trouver l'inspiration pour sa série ?

Les autres – Oui...

Léa – Même si le mot « épier » est un peu fort.

Justine – Peut-être pas. Vous êtes-vous demandé comment il écrivait les scènes d'intérieur ? Celles auxquelles il ne peut pas assister ?

Ingrid a étouffé un cri puis elle a dit tout bas :

Ingrid – Il a mis des caméras partout. Quel pervers ! Ce type est un malade.

Nicolas – Oh le bâtard ! Je monte immédiatement lui péter la gueule.

Jim – Je viens avec toi.

Léa, qui n'avait pas encore réagi après cette révélation fracassante, nous a ordonné de nous calmer.

Léa – C'est bon, on réfléchit d'abord...

Nicolas – C'est tout réfléchi.

Léa – Non, tu ne fais que réagir à une information qui n'a pas été vérifiée. Le premier tome de sa série ne sort qu'à la fin du mois, donc nous ne pouvons pas savoir s'il a utilisé des informations qu'il ne devrait pas connaître.

Justine – Mais le premier tome se passe à la maison bleue. Ça voudrait dire qu'il a posé des micros là-bas aussi. Chez Thibault, chez moi, chez Nico et au grenier.

Léa – Je veux bien admettre que les écrivains sont un peu des voyeurs mais pas des psychopathes tout de même. Et puis rappelez-vous quand il a eu son malaise l'an dernier et qu'on est montés chez lui, on n'a rien vu de particulier.

Ingrid – Il a peut-être une pièce secrète avec des écrans de contrôle.

Nicolas – Possible...

Léa – Vous délirez ! Vous regardez trop de séries américaines qui surfent sur les théories du complot.

Nicolas – Et toi, tu devrais arrêter de croire que les gens sont gentils. Tu es trop naïve.

Léa – Pas du tout. Là, vous accusez sans preuve. En plus, vous remettez en question le travail de l'écrivain.

Nicolas – Tu parles d'un travail... Mater chez les gens et raconter ce qui s'y passe à qui veut bien le lire.

Léa est devenue toute rouge.

Léa – Mon pauvre Nicolas, tu parles d'un paparazzi là, pas d'un auteur qui élabore un monde imaginaire à partir de sa perception de la réalité.

Nicolas – Je comprends rien...

Léa – Eh bien, je vais t'expliquer ! Un paparazzi, c'est un photographe pour magazine à scandale prêt à tout pour avoir des informations sur une personnalité à la mode. Il fouille ses poubelles, pique son courrier, reste en embuscade avec son appareil photo pour prendre les clichés les plus intimes. Bref, il traque sa victime et n'a aucun respect pour sa vie privée. Il n'y a pas de travail artistique. C'est du copié-collé de la réalité.

Nicolas – Quelle différence avec notre voisin ?

Léa – Jusqu'à preuve du contraire, notre voisin est un écrivain. C'est-à-dire un artiste qui vit dans la réalité, l'observe, la digère et la transmute, comme une abeille transforme le pollen des fleurs en miel. Nous sommes pour notre voisin une source d'inspiration. Il se saisit d'un rire chez l'un, d'une attitude chez l'autre, il perçoit un regard ou une émotion, il entend un cri un peu plus loin et, de tous ces détails qui sont des pièces d'un puzzle dont lui seul voit déjà l'ensemble, il construit une œuvre. Il est exactement le contraire d'un voleur, il est un bâtisseur.

Léa avait dit cela d'une seule traite et avec une telle émotion qu'on est restés sans voix.

Nicolas – Eh ben ça ne va pas m'empêcher de vérifier s'il a posé des micros dans le salon, dans la cuisine et dans les chambres.

Léa – Vas-y si ça t'amuse. Je peux t'assurer que tu ne trouveras rien !

Nicolas – Et si je trouve quelque chose, tu as quoi comme gage ?

Léa – J'arrête mes études de lettres. Je ne lis plus jamais un roman. Je n'écris plus une seule ligne. Si tu me démontres qu'un écrivain n'est qu'une photocopie, je renonce à la littérature pour toujours.

Mon cousin a regardé sa belle avec inquiétude.

Nicolas – Ça serait un peu cher payé pour un faussaire, non ? Le voisin est peut-être un voleur mais ça n'engage pas les autres écrivains qui construisent une nouvelle réalité.

Ma meilleure amie a souri.

Léa – Contente de t'entendre reconnaître le vrai travail de l'écrivain. Tu ne feras plus l'amalgame avec les paparazzis désormais.

Nicolas réalisant qu'il venait d'être piégé a haussé les épaules et est parti inspecter l'appartement. Jim et Ingrid l'ont accompagné.

Pour le coup, il aurait été drôle que le voisin filme la scène. Imaginez la diablesse, le vampire et le monstre perchés sur des chaises, cherchant dans les tringles des caméras ou des micros.

Comme Léa l'avait prévu, la fouille n'a rien donné. Évidemment, Nicolas ne s'est pas avoué vaincu.

Nicolas – Il a peut-être du matériel hyper miniaturisé.

Léa – Bien sûr. Il est peut-être aussi agent de la CIA !

Nicolas – Va savoir. Trouver deux appartements l'un au-dessus de l'autre avec terrasse et jardin, c'est pas évident pour un simple citoyen.

Léa – Il suffit d'une bonne agence immobilière. Mais si tu as un doute, monte lui poser la question. Bonsoir monsieur le voisin, êtes-vous un agent secret ayant placé des caméras dans notre appartement afin d'écrire une série pour les adolescents ?

Jim est intervenu.

Jim – Je crois que Léa a raison. On s'est emballés. Il faut avouer que les apparences sont contre lui. Ce type qui nous observe, qui écrit une série dont on semble être les personnages, c'est troublant.

Léa – Pas au point de vouloir le lyncher comme vous vous apprêtiez à le faire.

Jim – C'est vrai... Bon, maintenant qu'on est rassurés sur les intentions du voisin, on va à la soirée ?

Léa – Bien sûr. Je me fais une laideur et j'arrive !

Léa a foncé dans notre chambre et en est ressortie vêtue d'une robe en dentelle et d'un chapeau à voilette totalement dark. Un fond de teint pâle faisait ressortir ses yeux et ses lèvres maquillés en noir corbeau. L'effet morte-vivante était saisissant.

En la voyant, mon cousin n'a pas pu s'empêcher de dire :

Nicolas – Oh merde, le flip...

Léa – Pas de problème, chéri. Je trouverai bien un revenant à qui faire la causette ce soir.

Nicolas – Qu'il essaie de t'approcher et je lui plante mes canines sanguinolentes dans le cou. En avant camarades d'outre-tombe, la nuit est à nous !

Et sur cette dernière réplique, mes amis ont claqué la porte d'entrée et sont partis s'amuser.

Je me suis retrouvée seule dans cette grande maison. Même la discrète Maya n'était pas là. Elle avait profité du long week-end pour retourner chez ses parents.

Pour la première fois depuis notre installation, tout était silencieux. Je suis allée dans la cuisine chercher du fromage et du pain, et j'ai décidé de me mettre tout de suite au travail.

Seulement dans la vie, il y a ce qu'on décide de faire et puis le flux ininterrompu de nos pensées qui sans cesse nous échappe et nous emmène ailleurs.

Dans le cas présent, ailleurs était une plage de Key West avec Thibault dans le rôle du jeune premier dansant collé-serré avec une superbe Latina sur une musique cubaine. Évidemment, le tout accompagné d'une légère brise faisant flotter les cheveux de soie de la belle dans l'or du soir.

Face à une créature pareille, il est clair que je ne faisais pas le poids.

Je devais arrêter de penser à mon prince sinon ma soirée de travail était fichue.

Je me suis branchée sur Nostalgie (une station que je n'écoute jamais mais qui, ce soir, convenait à mon humeur) et je me suis accordé deux chansons avant de ficher mon cours d'anatomie.

Un chanteur américain que je ne connaissais pas chantait pour une certaine Annie Mae.

Annie Mae, I need you night and day, Annie Mae
Annie Mae, Annie Mae, I want you for my own Annie Mae...

Je n'ai pas eu besoin d'un interprète pour comprendre les paroles, mon cœur a traduit tout seul :

Annie Mae, j'ai besoin de toi jour et nuit, Annie Mae
Annie Mae, Annie Mae, je te veux pour moi Annie Mae.

J'ai été bouleversée. C'étaient exactement les mots que j'avais envie de murmurer à mon prince.

J'ai essuyé les larmes qui coulaient de mes yeux. Et à cet instant précis, j'ai su que j'étais la fille la plus malheureuse du monde.

L'amour délocalisé

Nicolas – Elle fait quoi Ingrid ?

Léa – Elle arrive tout de suite. Elle avait oublié un truc important dans sa chambre.

Un « truc important », tu parles ! Ça doit être un vernis à ongles assorti à sa tenue du jour ou le it-bag de la saison.

Nicolas – Elle est lourde. Ça fait une heure qu'elle nous fait poireauter.

Heureusement que c'est Nicolas qui le dit ! Si c'était moi, on m'accuserait de harceler cette pauvre petite chérie. Je rappelle qu'on devait décoller tôt pour éviter les embouteillages et qu'Ingrid n'a toujours pas fini de préparer son sac. Ce n'est pourtant pas compliqué de mettre un jean, deux culottes et deux pulls dans un Eastpak. On ne part que pour le week-end et en plus on rentre chez nous. Enfin chez nous, à la maison bleue. Donc inutile d'apporter brosse à dents, déo et tout le reste.

Mais non, il faut que la peste organise un véritable déménagement ! Ma meilleure amie m'a chuchoté :

Léa – Elle va arriver. Essaie de la comprendre, ça fait un temps fou qu'elle n'a pas vu Jean-Baptiste et elle veut absolument être parfaite pour leurs retrouvailles. Elle est très amoureuse de lui...

Très amoureuse, très amoureuse, il faut le dire vite. Dois-je évoquer la fameuse soirée d'Halloween durant laquelle elle a chiné un Dracula sorti de nulle part ?

Moi, perso, je n'y étais pas mais Léa m'a raconté, ça avait l'air chaud bouillant. Attention, il ne faut pas en parler, c'est juste un petit dérapage top secret !

Nicolas – Bon, je vous préviens, si elle n'est pas là dans cinq minutes je me casse. Vendredi soir, veille d'un week-end du 11 novembre, la journée est classée noire, on va se retrouver avec tous les blaireaux sur la route à cause d'elle.

Jim – La voilà !

Nicolas – C'est pas trop tôt.

Justine – Alléluia, elle est enfin parmi nous !!!

À peine avait-on aperçu Ingrid pousser la grande grille qu'elle s'est immobilisée, a semblé réfléchir et est repartie vers la maison en courant.

Nicolas – Qu'est-ce qu'elle fout ? Je rêve ou elle s'est de nouveau barrée ?

Justine – Tu ne rêves pas.

Nicolas – Tant pis pour elle, je démarre.

Jim – Attends, je vais la chercher.

Jim s'est précipité avant que Nicolas ne mette ses menaces à exécution.

On a encore patienté cinq bonnes minutes. Léa avait placé ses écouteurs dans les oreilles et écoutait de la musique à fond pour ne plus – je cite – « subir les mauvaises ondes » de mon cousin.

Suzette, qui revenait pour la quinzième fois de la journée du supermarché (elle passe sa vie à faire des courses ou à envoyer Roger en faire), a été surprise de nous voir encore là.

Suzette – Vous n'êtes pas partis ?

Justine – Non. On attend Ingrid, elle n'est pas prête.

Suzette – Alors j'ai le temps de vous concocter un goûter léger.

Je ne voudrais pas jouer mon Ingrid, mais un goûter léger pour Suzette, c'est au moins douze mille calories. J'ai décliné son offre en l'assurant que nous avions prévu de quoi grignoter. Je ne l'ai évidemment pas convaincue. Elle s'apprêtait à monter nous chercher une de ses spécialités quand Léa, qui avait enlevé ses écouteurs, a trouvé l'argument imparable.

Léa – Nos mères ont préparé un repas de fête pour ce soir. Elles seront très chagrinées si on n'a pas d'appétit.

Touchée, coulée... Suzette, s'identifiant à la maman désolée devant un plat laissé intact par ses enfants, a renoncé à nous faire ingurgiter ses gâteaux au miel et à la pâte d'amande. Elle nous a souhaité bonne route et est remontée avec son panier à provisions.

J'ai félicité ma meilleure amie.

Justine – Alors là, bravo ! Tu as trouvé LA formule magique.

Nicolas qui était proche d'une cocotte-minute à laquelle on aurait oublié d'enlever la valve, a demandé :

Nicolas – Et la formule pour qu'Ingrid pose enfin ses fesses dans cette caisse, tu l'as ?

Léa – Non. Ni celle qui permettrait que tu t'exprimes avec plus d'élégance. Dommage, ça me plairait.

Nicolas – C'est moi qui vais me faire engueuler maintenant.

Léa – Oui, tu fais monter la pression depuis tout à l'heure, Nicolas, et c'est insupportable. On a tous envie de partir mais on prend sur nous.

J'ai essayé de calmer le jeu avant que ça tourne à l'hystérie collective.

Justine – OK on respire. Je suis certaine qu'Ingrid va arriver dans moins d'une minute.

Je n'aurais pas dû. Nicolas, ne voulant pas se fâcher avec sa Léa chérie, s'en est pris à moi.

Nicolas – C'est ça, joue les filles cool, Justine. Tu es parfaite dans le rôle, on y croit à mort ! Vous êtes toutes pareilles. Vous nous mettez dans des situations insupportables, genre nous faire poireauter pendant une heure comme des cons dans une voiture, et après vous nous traitez de Néanderthaliens sans aucun self-control. C'est fort !

Justine – Quoi, c'est moi qui te fais attendre ?

Léa a explosé.

Léa – Mais oui, Justine c'est toi, puisqu'on est toutes pareilles. Tu connais le credo du macho de base : « Si ce n'est toi, c'est donc ta sœur. »

Ouh là ! Olympe de Gouges est de retour !

Léa – J'en ai assez entendu. Je préfère prendre le train que rester dans cette voiture. J'étouffe !

Et elle s'est éloignée après avoir claqué la portière de toutes ses forces.

Il est rare de voir Léa se fâcher mais là, je dois avouer que je la comprends. Être enfermée dans une voiture avec un Nicolas énervé durant près d'une heure, même Bouddha n'y parviendrait pas.

C'est évidemment le moment qu'a choisi Ingrid escortée par Jim pour arriver. En s'installant dans la voiture, elle nous a demandé :

Ingrid – Où va Léa ? Il faut qu'on parte, il est tard...

Cette fois, c'est Nicolas qui est sorti de la voiture avec fracas. La peste m'a chuchoté :

Ingrid – Ils se sont disputés ?

Justine – Oui... On peut dire ça.

Ingrid – Je suis désolée pour eux mais on n'a pas à payer les taux cassés.

Non, pas les taux, les pots peut-être...

Ingrid – Jim, tu ne pourrais pas les convaincre qu'il faut partir au plus vite ?

Jim m'a regardée et j'ai senti que lui aussi était à bout. Allez, Super Justine est de retour !

Justine – Ne bouge pas Jim, j'y vais et je jure que, dans moins de cinq minutes, on est sur l'autoroute.

Bon, avec mon « moins de cinq minutes », j'avais été un peu optimiste. En réalité, il m'a fallu un bon quart d'heure et beaucoup de savoir-faire pour ramener Léa et Nicolas. Même s'ils ne s'adressaient plus la parole, ils avaient finalement accepté de remonter dans la voiture. Mais à la moindre étincelle, tout pouvait exploser.

Ingrid – Eh ben, vous voilà enfin. Franchement, ne prenez pas mal ce que je vais vous dire, seulement vous devriez régler vos affaires privées en privé...

Feu !!!

À cet instant, on a frappé à la vitre. On a tous tourné la tête. C'est fou comme un petit geste peut détourner l'attention et éviter le pire. Maya, sur le trottoir, nous a souri.

Maya – Je ne veux pas vous retarder mais j'ai oublié de vous dire que le plombier viendra lundi entre 17 et 19 heures pour réparer la fuite de la cuisine. C'est le meilleur créneau que j'aie réussi à obtenir. Moi je serai en cours, quelqu'un peut être là ?

Jim – Oui, moi. Ne t'inquiète pas !

Maya est passée du rouge framboise, couleur habituelle dès qu'elle s'adresse à quelqu'un, au rouge cassis.

Je rêve ou c'est Jim qui lui fait cet effet ?

Maya – Mer... mer... mer... merci...

Elle a de sérieux progrès à accomplir si elle veut devenir orthophoniste et aider les gens qui ont des problèmes d'élocution.

Jim – À dimanche soir, Maya !

Maya – À di... À di... À di...

À ce rythme-là, on n'est pas partis.

Ingrid – Pourquoi elle bégaye tout à coup ?

Justine – L'effet Jim ?

Ingrid – Non ? J'ai loupé un épisode ?

Justine – A priori, elle l'a écrit toute seule. Je ne suis pas certaine que Jim soit au courant.

Nicolas a démarré, laissant Maya rouge comme une cerise sur le trottoir. Elle a agité la main pour nous dire au revoir jusqu'à ce qu'on tourne au bout de la rue.

Jim – Qu'est-ce qu'elle est gentille cette fille...

Ingrid m'a donné un léger coup de coude.

Ingrid – Tant qu'il la trouve « gentille », il n'y a rien à craindre.

Justine – Yes !

OK, j'admets, on est une véritable association de pestes.

Bison Futé ne s'était pas trompé, la journée était classée noire. Lorsque nous sommes arrivés sur l'autoroute, une file ininterrompue de voitures, pare-chocs contre pare-chocs, dessinait un ruban multicolore.

Nicolas – On va en avoir pour des plombes...

Jim – Ouais. J'appelle Ambre. Je lui avais promis de passer la voir avant le dîner mais je pense que ça ne sera pas possible.

Léa – Vous ne dînez pas ensemble ce soir ?

Jim – Non. Elle ne voulait pas venir chez mes parents.

Léa – Elle est venue la dernière fois pourtant ?

Jim – Oui, mais là elle a refusé et il n'y a pas eu moyen de négocier.

Jim a laissé passer un petit moment puis il a ajouté :

Jim – J'ai parfois l'impression qu'elle m'en veut.

Léa – De quoi ?

Jim – Du choix de la coloc avec vous plutôt que d'un appart avec elle.

Léa – Et toi, tu t'en veux ?

Jim – De quoi ?

Léa – Du choix que tu as fait ?

Jim n'a rien répondu. Il a seulement soupiré. Un soupir dans lequel on entendait ses tiraillements intérieurs.

LES TIRAILLEMENTS INTÉRIEURS DE JIM :

Si j'avais pris un appart avec Ambre, j'aurais vécu une vie d'adulte avec une femme que j'aime et qui m'aime. Je me serais consacré à mes études pour réussir brillamment et l'impressionner. Elle m'aurait apporté le soutien et la reconnaissance que je n'ai pas reçus de mon père.

Si j'avais pris un appart avec Ambre, j'aurais dû renoncer à une vie d'étudiant insouciant avec mes amis dans une coloc foutraque mais joyeuse. Je me serais éloigné d'eux. Elle m'aurait éloigné d'eux. Et ça, je ne l'aurais pas supporté.

Ma meilleure amie s'est arrangée pour changer de sujet.

Léa – Et toi Ingrid ? Jean-Baptiste vient dîner chez toi ?

Ingrid – Oui !!!

Léa – Tu es contente ?

Ingrid – Oui, sauf qu'il m'a déjà prévenue qu'il repartirait à 23 heures pile.

Justine – Il a une soirée ?

Ingrid – Non, du boulot. Comme toi, il passe son temps le nez dans ses livres.

Justine – Le pauvre !

Ingrid – Mouais, j'ai du mal à le plaindre.

Léa – Pourquoi ?

Ingrid – Parce que je paye le prix fort. Il m'avait promis de venir un week-end sur deux à la maison rose. Vous l'avez vu depuis la rentrée ?

Justine – Non, mais il ne s'amuse pas.

Ingrid – Moi non plus.

Jim, qui était resté les yeux dans le vague, a murmuré :

Jim – C'est compliqué l'amour, et à distance, c'est encore pire.

Justine – À huit mille kilomètres avec un décalage horaire, je ne te raconte pas !

Nicolas a ajouté d'un air grave en regardant Léa assise sur le siège passager :

Nicolas – À cinquante centimètres, c'est pas simple non plus !

On a éclaté de rire.

Ce n'est pas tant la remarque de Nicolas qui était drôle que le ton sur lequel il l'avait prononcée. Celui du type désespéré. Léa a craqué. Elle s'est penchée vers lui et l'a embrassé. On les a applaudis.

Je ne peux pas vous rapporter ce qui s'est raconté pendant le reste du voyage parce que j'avais mis mes boules Quies pour relire mes cours. D'après les mines réjouies, l'ambiance était joyeuse.

Nicolas – Je dépose qui en premier ?

Ingrid – Moi !

Nicolas – Tu fais quoi, Jim ? Tu passes voir Ambre avant d'aller chez tes parents ?

Jim – Non. J'irai après.

Léa – Dépose-moi en dernier, Nicolas, ce sera plus simple.

Nicolas – Vendu.

Lorsqu'on s'est retrouvés seuls dans la voiture, mon cousin et moi, ça nous a paru tout drôle. On était déjà revenus à trois reprises depuis la rentrée universitaire mais c'était la première fois qu'on se séparait des autres sitôt arrivés. Un peu comme un retour de colonie. Tu as passé du temps avec tes copains, tu as partagé repas, douches, coups de spleen avec eux et soudain, tu dois rentrer sagement, ta valise à la main. Aucune transition sinon le trajet en car.

Nicolas s'est garé devant la maison bleue.

Il avait à peine fini sa manœuvre qu'une bombe à eau s'est écrasée sur le pare-brise. Théo a bondi de derrière le muret. Il tenait une mitraillette à eau avec laquelle il a aspergé la voiture en poussant des cris de sauvage.

Justine – C'est Théo !

Nicolas – Merci, je l'avais reconnu...

Justine – Non, je voulais dire, l'attaque avec bombe à eau, arme de guerre et hurlements, c'est Théo tout craché. On est loin de Gédéon avec son « pourquoi pas ? ».

Nicolas – C'est sûr...

Comme on l'observait sans bouger, Théo s'est gratté la tête frénétiquement. Oh, j'avais oublié le bébé chimpanzé quand il est angoissé. Je suis sortie de la voiture pour l'embrasser. En le serrant dans mes bras, j'ai réalisé à quel point il m'avait manqué.

Justine – Ça va, mon petit frère d'amour ?

Théo – Tu m'as rapporté un cadeau ?

Justine – D'où ça ? De la fac ? Je n'étais pas en vacances, tu sais.

Théo – C'est une bonne idée, ça...

Justine – Quoi ?

Théo – Que tu me rapportes un cadeau de ta fac.

Justine – Qu'est-ce que tu voudrais ?

Théo – Il n'y a pas une morgue là-bas avec des vrais cadavres ?

Nicolas qui nous avait rejoints a hurlé :

Nicolas – Eh le morveux, t'aurais jamais dû toucher à ma caisse !

Théo – Même pas peur...

Nicolas – C'est ce qu'on va voir.

Et, jetant nos sacs sur le trottoir, mon cousin a foncé sur Théo qui s'est sauvé dans le jardin de la maison bleue. J'ai réfléchi à la question qu'il m'avait posée : « Il n'y a pas une morgue là-bas avec des vrais cadavres ? » Qu'allait-il me demander ? De lui en rapporter un ? Cet enfant est vraiment inquiétant... Il faut peut-être que j'en parle aux parents. À force de vivre avec lui, ils se sont habitués à ses excentricités mais avec un peu de recul je me demande s'il n'y a pas un souci. J'ai ramassé les sacs et je les ai rejoints.

Mon cœur s'est serré lorsque j'ai vu les volets fermés de l'appartement de Thibault. À chaque fois que je revenais ici, cela produisait toujours le même effet sur moi. Des tas de souvenirs remontaient à la surface.

Les souvenirs (en désordre) qui remontent comme des nappes irisées de pétrole sur la mer :

1) L'arrivée de Thibault à la maison bleue sur son scooter. Il avait gardé son casque, je n'avais pas distingué son visage.

2) L'horrible soirée du jour de l'an où il m'a vue embrasser Jim.

3) Quand il a débarqué au zoo avec les garçons et que je n'ai pas su tout de suite que c'était lui.

4) Quand j'ai offert mon bonnet plein de poux à Tatiana, l'Américaine avec laquelle il a eu une aventure après notre première rupture.

5) La fois où je l'ai guetté derrière les volets et qu'il a entendu ma conversation avec Léa (celle où ma meilleure amie avait hurlé

dans le talkie-walkie alors que j'étais en face de Thibault : « Allô, allô ? Justine ? Il se passe quoi ? T'as fait pipi dans ta culotte à cause de la princesse qui pue des pieds ? Ça va être vraiment dur de vamper le nouveau dans cet état. »).

6) La douche quand on a rejoint les garçons dans leur colonie.

7) Le jour où j'ai embouti sa porte-fenêtre parce que j'avais les yeux rivés sur lui.

8) Notre premier baiser tellement... tellement... tellement merveilleux.

9) L'arrivée de sa mère au Palais-Royal et lui se précipitant vers elle.

10) Quand je me suis retrouvée dans son lit avec une rose rouge et aucun souvenir de ce qui s'était passé la nuit précédente.

11) La bague rouge que je porte toujours au doigt et qu'il m'a offerte à l'aéroport.

– Ça va Justine ?

J'ai sursauté. Nicolas a répété, l'air inquiet :

Nicolas – Ça va Justine ?

Justine – Ouais...

Nicolas – Tant mieux parce que tu fais un peu peur à fixer les volets en souriant. On dirait que tu vois des revenants.

Justine – Il y a de ça...

Mon cousin m'a souri.

Nicolas – Il est facile de jouer au type qui ne comprend rien pour éviter les émotions fortes mais tu peux compter sur moi pour te faire rire si tu as trop de chagrin.

Justine – Merci Nico.

Des fenêtres se sont ouvertes et ma mère a hurlé :

La mère – C'est Justine, elle est revenue ! C'est ma Juju ! Olivier, Justine est arrivée !!!

Je l'ai regardée crier sa joie de maman poule qui a retrouvé un de ses poussins égarés et, comme pour Théo tout à l'heure, j'ai ressenti une flambée d'amour.

Justine – Coucou mamounette chérie !

La mère – Monte vite.

Justine – J'arrive !

J'ai demandé à Nicolas :

Justine – Tu viens ?

Nicolas – Non, je vais direct chez mon père. C'est le dernier repas dans l'appart, il signe dans deux semaines. Il y aura Muriel avec ses enfants. Je vais passer une super soirée...

Justine – Bon courage ! Tu sais où me trouver si tu craques.

Nicolas – Ouaip !

Justine – Alors peut-être à tout à l'heure.

Et j'ai grimpé les escaliers quatre à quatre, suivie par Théo qui grommelait :

Théo – Maintenant qu'elle est rentrée, je ne vais plus être le chouchou.

Ma mère était folle de joie de me voir. Elle m'a regardée comme si je revenais d'une mission ultra dangereuse en Afghanistan, puis elle m'a serrée très fort contre son cœur. Mon père, lui, a dit :

Le père – Laisse-la entrer au moins ! Elle est sur le palier.

La mère – Oui, c'est vrai mais je suis tellement heureuse qu'elle soit là.

Le père – Oh ça, on le sait ! Depuis le début de la semaine, tu comptes les jours. Il est loin le temps où c'était moi que tu attendais avec amour...

La mère – Tu es bête.

Le père – Non, lucide ! Allez pousse-toi un peu que je l'embrasse aussi.

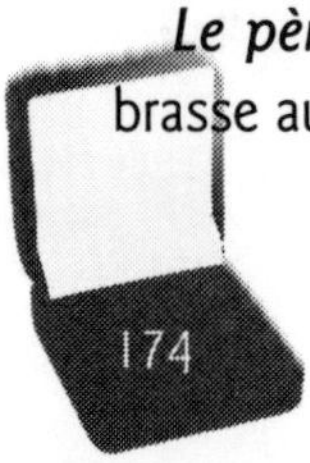

Les retrouvailles effectuées, maman a voulu que j'aille me laver les mains pour qu'on passe à table. Ouh là, j'avais oublié comme elle était speed.

Ils étaient déjà assis tous les trois quand je suis revenue dans le salon. Ça a été un vrai plaisir de glisser les pieds sous la table sans avoir à se soucier de qui doit faire les courses, préparer le repas, débarrasser, mettre le lave-vaisselle en route...

La mère – Je t'ai cuisiné tout ce que tu aimes : guacamole et chips piquantes au maïs, poulet au curry avec riz basmati, mangue et glace vanille-pécan.

Le père – D'ailleurs, à ce propos Justine, Théo et moi, nous tenons à te remercier pour ce repas !

Justine – Mais je n'ai rien fait...

Le père – Si ! Grâce à toi, nous allons vraiment manger ce soir.

La mère – Parce que d'habitude, vous jeûnez ?

Le père – Tu vois très bien ce que je veux dire.

Aïe, la discussion sur la viande rouge, le tofu et les galettes de riz est encore à l'ordre du jour. Décidément entre ma mère et Ingrid, il devenait difficile de mal manger en paix ! Maman a réagi au quart de tour.

La mère – Est-ce que je regarde ce que tu mets dans tes casseroles quand tu cuisines ?

Il vaudrait mieux, vu les épouvantables expériences Top Chef de daddy le dimanche midi.

Le père – Non, tu ne regardes pas ce que je mets dans mes casseroles, mais tu ne te gênes pas pour critiquer après.

Je les ai interrompus avant que maman parte en croisade contre l'élevage des poulets en batterie, les antibiotiques donnés aux vaches, la viande de cheval dans les surgelés et autres vicissitudes de notre alimentation moderne. J'ai choisi de frapper fort.

ACCUEIL FASHIONISTA INSPIRATIONS FOOD BONS PLANS CONTACT

Petite recette du soir
pour garder la ligne !

Ingrédients (pour 6 personnes) :

2 céleris-raves
2 ou 3 gousses d'ail, selon votre goût
1,5 yaourt 0%
1 citron
Piment rouge fort en poudre
ou piment d'Espelette
Huile d'olive
Sel et poivre

Recette : Râper finement les céleris et les arroser de jus de citron. Piler l'ail et l'incorporer au yaourt. Assaisonner de sel et de poivre. Mélanger dans un saladier le céleri et le yaourt. Égaliser la surface et y verser un filet d'huile d'olive (plus ou moins selon votre régime). Saupoudrer de piment. Goûter pour rectifier l'assaisonnement si nécessaire, puis servir et attendre… les compliments !

Les macaron tout ronds, trop bons !!!

Mon top dix des produits de beauté

Nicolas :
T'as pas la recette de la tartiflette ???

Thibault :
Et de la choucroute ?

Jim :
Et du couscous ?

Justine :
J'ai de gros doutes sur l'ail et le piment fort, haleine de chacal et nuit blanche garanties.

Léa :
Super ton nouveau blog, Ingrid, et bravo pour cette recette. Ne tiens pas compte des commentaires des autres…

Justine – C'est super dur à la fac pour moi.

La mère et le père ensemble – Ah oui ? Tu as du mal à t'en sortir ?

Voilà un sujet sur lequel ils sont raccord !

Justine – Je travaille beaucoup mais je suis souvent en retard par rapport à mon binôme.

La mère – Il est sérieux ce Taddéo au moins ?

Taddéo ? Pourquoi pas Tancrède, Teddy ou Tarzan ? On dirait Suzette !

Justine – Il s'appelle Thomas, maman.

La mère – Il est sérieux ce Thomas ?

Justine – Très. Il bosse comme un fou.

Le père – Parfait ! Il faut que tu te cales sur lui.

Justine – J'essaie mais il avance plus vite que moi.

Le père – Parce que tu n'es pas assez organisée. Je vais te faire un rétroplanning pour le mois à venir. C'est ce que je propose à mes collaborateurs quand je sens qu'ils pataugent.

Ah, ça aussi, j'avais oublié : Monsieur-je-sais-tout-et-j'organise-ton-travail-même-si-je-ne-connais-rien-à-tes-études.

Le père – On s'y met après le repas.

Je n'ai rien répondu. De toute façon, il n'y avait rien à répondre, c'était un ordre.

La mère – Et sinon, comment se passe la coloc ?

Justine – Ça va.

La mère – Les garçons vous aident au moins ?

Justine – Oui, on partage équitablement les tâches.

La mère – Tant mieux. C'est tout à l'honneur de cette nouvelle génération !

J'ai cru que mon père allait réagir à cette attaque non dissimulée sur sa génération d'hommes fainéants persuadés que le travail à la maison incombe aux faibles femmes, mais non.

J'ai donc branché Théo sur sa nouvelle institutrice et ça m'a occupée agréablement jusqu'à la fin du repas. Mon petit frère a un réel talent pour raconter sa vie à l'école. Un mélange de grande naïveté et d'hyper lucidité.

Mon portable a bipé. J'ai jeté un regard rapide pour voir l'expéditeur : Léa. Ma mère a froncé les sourcils. Je lui ai demandé :

Justine – Qu'est-ce qu'il y a ?

La mère – Ce n'est pas le moment de lire tes messages, on dîne tranquillement.

Est-ce que quelqu'un peut signaler à ma mère que je n'ai pas huit ans, qu'on n'est pas en classe et qu'elle n'est pas maîtresse d'école ? À force de s'occuper de Théo, elle a oublié mon âge, peut-être ?

J'ai quand même lu mon SMS.

« En plein dîner avec Eugénie, Claire, Édouard et Fred. Impression étrange d'être une étrangère. Et toi ? »

J'ai tapé malgré le regard réprobateur de ma mère :

« Impression étrange d'être dans *Prison Break*. »

La réponse de ma meilleure amie n'a pas tardé à arriver.

« T'inquiète, je prépare ton évasion !!! »

J'ai souri. Ma mère s'est méprise sur les raisons de mon sourire.

La mère – Je sais que tu vis comme tu l'entends depuis quelques mois, mais je te demanderai, quand tu es ici, de respecter les règles.

Je me suis dépêchée d'envoyer :

« Fais décoller l'hélico au plus vite, je vais craquer. »

Et puis, avec l'air le plus obéissant du monde, j'ai répondu à ma mère :

Justine – OK mum... Ton boulot à toi, comment ça va ?

La mère – Ça va. Je t'ai dit que Béatrice, ma collègue, a donné sa démission ?

Oui, elle me l'avait raconté au téléphone mais elle ne m'a pas laissé le temps de le lui rappeler. Elle a immédiatement embrayé sur le départ théâtral de sa copine de machine à café. J'ai écouté avec une patience d'ange. J'étais là pour deux jours, je devais être sympa et attentive.

À peine avait-elle fini son récit façon « Odyssée de l'entreprise » (avec le patron dans le rôle du méchant cyclope, la pauvre Béa dévorée toute crue sans qu'Ulysse de la CGT crève l'unique œil de Polyphème) que mon père m'a proposé une séance « méthodologie ».

Alors oui, j'aime mes parents, oui, je suis heureuse d'être ici avec eux mais sont-ils obligés de m'infliger dès le premier soir le best of de la vie infernale en famille ? Je reste tout le week-end, ils peuvent en garder un peu pour demain et après-demain, non ?

Le père – Prête pour la réussite, Justine ?

Ben non, ils préfèrent tout donner d'entrée.

Justine – On y va papa !

Léa m'a bipée à sept heures samedi matin. J'étais déjà à mon bureau en train de travailler. Je l'ai rappelée immédiatement.

Justine – Alors, cette soirée d'hier ?

Léa – Particulière. Et toi, toujours en cellule ?

Justine – Oui.

Léa – Tu m'invites à boire un thé si je viens avec mes cours et que je révise à côté de toi ?

Justine – Ta mère ne sera pas triste si tu ne restes pas avec elle ?

Léa – Elle est très occupée avec Fred. Je pense qu'elle ne s'apercevra pas de ma disparition.

Justine – C'est quoi cette remarque ? Serais-tu jalouse parce que tu n'es plus sa chouchoute ?

Léa – Pas du tout.

Justine – Réponse trop rapide pour être honnête. Je reformule de façon un peu plus délicate : « Est-ce que le fait de ne plus être son seul centre d'intérêt te pose un problème ? »

Cette fois, Léa n'a rien répondu. J'ai insisté pour son bien. C'est aussi ça être une vraie amie.

Justine – Léa chérie, je t'ai déjà confié que tu es mon modèle absolu et que si la réincarnation existe, je veux être toi dans une autre vie ?

Léa – Oui.

Justine – Tu sais tout l'amour et l'admiration que j'ai pour toi ?

Léa – Oui.

Justine – Eh bien, laisse-moi te dire que là, tu te conduis comme une petite fille jalouse qui veut sa maman pour elle toute seule. Et la raison pour laquelle tu veux partir de chez toi ce matin à sept heures, c'est pour qu'elle ne te trouve pas quand elle se lèvera et qu'elle se demande : « Où est passée Léa ? Je suis très inquiète. Je vais donc négliger mon nouvel amoureux. » J'ai tort ?

Silence. Raclement de gorge puis...

Léa – Ce n'est pas totalement inexact.

Justine – Mais encore ?

Léa – Ça m'agace de voir ma mère aux petits soins pour Fred. Je suis heureuse qu'elle refasse sa vie mais je me sens dépossédée. Et comme Eugénie s'est mariée avec Édouard, j'ai l'impression d'être une intruse dans ma propre maison.

Justine – Tu as le droit de ressentir ça.

Léa – Oui, même si je n'en suis pas très fière. Voilà deux femmes qui ont mis leur vie entre parenthèses pour que je grandisse tranquillement et je suis incapable de supporter un week-end avec leurs hommes.

Justine – Fais du mieux que tu peux.

Léa – Eh bien, il faudrait que j'essaie de faire un peu mieux !

Justine – Comment ?

Léa – Et si j'allais à la boulangerie acheter des viennoiseries pour leur préparer un super petit-déj ?

Justine – Ce serait une bonne idée.

Léa – Justine ?

Justine – Oui ?

Léa – Merci. Tu es vraiment la meilleure amie dont toutes les filles rêvent.

Justine – Toi aussi. On se retrouve après ?

Léa – *Yes* !

Et on a raccroché.

Je suis restée un moment à réfléchir à la chance qu'on avait, Léa et moi, de pouvoir compter l'une sur l'autre puis je me suis remise à travailler. La matinée est passée très vite.

Mes parents ne m'ont pas dérangée et ont même empêché Théo d'entrer dans ma chambre.

Vers treize heures, maman a toqué à ma porte.

La mère – Tu viens déjeuner ?

Justine – Yes, mais rapidement alors !

J'ai à peine pris le temps d'avaler une salade niçoise et une tarte aux pommes maison, et je suis retournée à mon livre d'anatomie.

Vers dix-sept heures, j'ai entendu Nicolas parler dans le salon avec mes parents. Je les ai rejoints.

Justine – Hi Nico !

Nicolas – Salut Justine !

Le père – Nicolas était en train de nous donner des nouvelles de Thibault.

J'aurais dû rester dans ma chambre.

La mère – Et donc, ce peintre le loge, le nourrit et lui verse un salaire en échange de menus services ?

Nicolas – Oui.

Le père – C'est formidable.

La mère – Mais on a des renseignements sur cet homme ?

Nicolas – C'est un peintre renommé et client de longue date de la tante de Thibault.

Maman a fait une moue qui signifiait « Ça ne suffit pas pour s'assurer des bonnes mœurs de cet inconnu. »

Le père – Key West, quelle chance ! J'y suis allé avec une rouquine quand j'avais un peu plus de vingt ans et ça a été...

Mon père s'est interrompu et a souri. De ce sourire qu'ont les garçons lorsqu'ils se remémorent une histoire coquine avec une ex. Je rappelle à mon père que je suis sa fille et que sa vie de Don Juan au siècle dernier ne m'intéresse pas.

Le père – Enfin, c'était dans une autre vie...

Exact. Si on pouvait parler d'autre chose que du voyage de Thibault ou des frasques de mon père jeune, ça m'arrangerait.

Le père – Et toi Nicolas, toujours heureux dans ton école d'informatique ?

Nicolas – Ouais. Il n'y a que des geeks comme moi !

Le père – Pas de problème d'organisation dans ton travail ?

Pourvu qu'il réponde non, sinon on en a pour deux heures de rétroplanning.

Nicolas – Aucun...

On aurait pu en rester là et retourner vaquer tranquillement à nos occupations si Nicolas, voulant jouer au malin, n'avait ajouté :

Nicolas – Pour la bonne raison que je glande à mort...

Là, il l'aura cherché.

Je suis retournée dans ma chambre. Mon cousin a mis plus d'une demi-heure pour se sortir du guêpier dans lequel il s'était fourré. Lorsqu'il s'est assis sur mon lit, il m'a dit en se marrant :

Nicolas – Il m'a usé, ton père.

Justine – J'imagine. Ça va avec le tien ?

Nicolas – Mouais. La soirée avec Muriel et ses enfants a été moins pénible que je ne le pensais. Mais demain midi, ils ont invité ma mère et ma sœur pour que je voie tout le monde ce week-end. Genre, on est une famille recomposée hyper cool.

Justine – Génial !

Son portable a sonné.

Nicolas – C'est Jim. je l'ai appelé plein de fois, sans succès, il devait être avec Ambre. Je vais le prévenir de ne répondre à aucune question à ton père sur ses études s'il nous rejoint ici.

Il a décroché.

Nicolas – Salut mec ! Ça va ? Ouais, je suis chez Justine... Ah bon... Mais pourquoi ? T'es où, là ?

Je ne connais rien de plus horripilant que d'écouter quelqu'un téléphoner et de n'avoir que la moitié des informations. Surtout quand la situation a l'air grave. Tu tentes désespérément d'imaginer ce que l'autre interlocuteur raconte.

Nicolas – Tu veux que je vienne te chercher ? Non ? Tu promets ? OK, à tout de suite, on t'attend.

Quand mon cousin a raccroché, il semblait contrarié.

Justine – Qu'est-ce qui se passe ?

Nicolas – Ambre l'a largué.

Justine – Quoi ? Mais pourquoi ?

Nicolas – Je ne sais pas. Appelle Léa, on ne sera pas trop de trois pour lui remonter le moral.

Léa ne m'a pas répondu quand je lui ai téléphoné. J'ai réessayé trois fois de suite.

Rien.

Je lui ai envoyé un SMS.

« Urgent. Call me. »

Elle a fini par me rappeler dix minutes plus tard. Je lui ai annoncé la nouvelle de but en blanc.

Justine – Ambre a quitté Jim.

Elle n'a rien dit durant quelques secondes puis elle a murmuré :

Léa – Décidément, c'est une journée pourrie.

Justine – Pourquoi ? Tu as un problème ?

Léa – Ingrid vient de m'appeler en larmes. Jean-Baptiste lui a dit qu'il l'aimait mais qu'il préférait faire une pause dans leur histoire.

Justine – Pour quelle raison ?

Léa – Ils passent trop de temps au téléphone, elle lui reproche de ne pas venir à la maison rose et cela l'empêche de travailler.

Justine – Oh non !

Nicolas qui, à son tour, n'avait que la moitié des informations m'a demandé :

Nicolas – Qu'est-ce qu'il y a encore ?

Justine – Jean-Baptiste veut faire une pause dans son histoire avec Ingrid.

Nicolas – C'est quoi, une pause ? Soit t'es avec une meuf, soit pas...

Justine – Elle est en pleurs.

Nicolas – Tu m'étonnes.

Je vais peut-être vous sembler très égoïste mais, après l'annonce de ces deux nouvelles, je n'ai eu qu'une envie : téléphoner à Thibault. L'adage « Jamais deux sans trois » allait-il se confirmer ? Après Jim et Ambre, Ingrid et Jean-Baptiste, le couple Justine-Thibault sombrerait-il ? L'éloignement provoquait le désamour. Et je pouvais ajouter ce proverbe : « Loin des yeux, loin du cœur. »

Sans plus attendre, j'ai appelé mon prince. Personne. À cette heure, il devait être sur l'océan avec son vieux peintre. Ils sortaient en mer tous les matins. Je n'ai pas laissé de message.

Jim et Léa sont arrivés quasiment en même temps. Ingrid a suivi de près. Son mascara avait coulé et lui faisait des yeux de panda. Je l'ai prise dans mes bras. Elle a pleuré longtemps. Jim, lui, n'a pas prononcé un mot. Il est resté les mâchoires serrées et les yeux rivés sur les lacets de ses baskets.

Après un long moment de consternation générale, Nicolas a proposé d'aller boire un verre. Personne ne lui a répondu. Chacun tentait de digérer son chagrin.

Chagrin de Jim : Je ne vaux rien. Mon père a raison. Ambre m'a quitté parce que je n'ai aucune envergure. Qu'est-ce qui m'a pris de me lancer dans des études de droit ? Je n'y arriverai pas. Ambre a mis les formes pour justifier la rupture, elle a insisté sur le fait que j'étais un garçon formidable. Mais si je suis si formidable, pourquoi m'a-t-elle quitté ?

AU FIL DE L'EAU *et des mots*

Être comme l'eau et le feu :
Posséder deux caractères diamétralement opposés.

Clair comme de l'eau de roche :
Évident.

Il n'a pas inventé l'eau chaude :
Il n'est vraiment pas futé.

Avoir l'eau à la bouche :
Être tenté par quelque chose, désirer une chose.

Il passera beaucoup d'eau sous les ponts :
Des jours, des mois, des années voire des siècles se dérouleront avant que la situation ne change.

Il y a de l'eau dans le gaz :
La situation se complique et s'envenime.

Nager entre deux eaux :
Ne pas trancher, adopter une position ambiguë.

Qui a bu boira :
Un défaut devenu une habitude ne disparaît pas facilement.

Se noyer dans un verre d'eau :
Ne pas savoir résoudre un problème de faible importance.

Se retrouver le bec dans l'eau :
Être embarrassé ou bloqué par une situation.

Chagrin de Léa : J'ai fait ce que j'ai pu pour être agréable toute la journée avec ma mère mais, au fond de moi, je lui en veux. Je ne peux pas m'empêcher de voir mon père là, au milieu de nous, qui me crie : « Fais quelque chose Léa ! J'aime ta mère et je ne veux pas qu'elle tombe dans les bras d'un autre homme. »

Chagrin d'Ingrid : Pour une fois qu'un garçon m'aimait pour autre chose que mon décolleté, j'ai tout gâché. Je n'aurais jamais dû lui faire ces crises au téléphone parce qu'il ne venait pas. J'aurais dû attendre tranquillement. Je l'ai poussé à bout avec mes exigences de petite fille gâtée. Je me déteste.

Chagrin de Justine : Je ne supporte plus l'absence de Thibault. Par moments, je me dis que je préférerais rompre plutôt que de rester dans cette incertitude qui me ronge. Je ne suis pas armée pour les amours longue distance.

Nicolas – Oh hé, vous m'entendez ? Exit les fantômes ! Je vous donne une minute pour revenir à vous, après on sort...

Et il a réussi à nous embarquer dans sa voiture. Dix minutes plus tard, on était assis au *Louis XVI*, notre vieux QG des années heureuses au lycée. C'est-à-dire il y a quelques mois à peine. Le patron est venu nous demander de nos nouvelles.

Le patron du Louis XVI – Alors les jeunes, vous êtes de retour pour le week-end ?

Nicolas (tout seul) – Oui !

Le patron du Louis XVI – C'est la belle vie à la fac ?

Nicolas (toujours tout seul) – Pas mal !

Le patron du Louis XVI – Il faut en profiter, croyez-moi, ce sont vos plus belles années.

Évidemment, il n'a pas compris pourquoi, après cette invitation au bonheur, Ingrid a éclaté en sanglots, Jim a shooté dans le pied de la table, Léa s'est rongé frénétiquement les ongles et pourquoi je lui ai répondu :

Justine – Si c'est ça nos plus belles années, je n'ai pas envie de voir ce que nous réservent les autres.

À cet instant mon portable a bipé. J'ai regardé plus par habitude que parce que j'attendais un cadeau de l'existence.

Pourtant, Thibault m'avait envoyé un SMS. Et quel SMS !!!

« J'ai vu que tu avais essayé de m'appeler. J'espère que tout va bien. Tu me manques. Je t'aime. »

J'ai fait un clin d'œil au patron et j'ai murmuré en souriant :

Justine – Je retire ce que je viens de dire. Je veux absolument voir ce que nous réservent les années à venir !

Que le
spectacle
commence !

Lili – Justine, tu viens, c'est prêt. On est tous assis et on t'attend.

Justine – OK, j'arrive.

Lili, à l'entrée de la chambre, ne tenait pas en place. Elle a ajouté, des étoiles dans les yeux :

Lili – Tu sais ce que Léa nous a promis ?

Justine – Non.

Léa – Qu'on aurait une glace après le spectacle. Elle a acheté des mini Magnum au chocolat et au caramel.

Justine – C'est la fête alors ?

Lili – Oui...

J'ai noté sur mon livre l'endroit où je m'étais arrêtée, j'ai rangé mes feutres de couleur dans leur pochette, posé ma fiche parallèle à ma trousse et je me suis levée. Oui, je sais, j'ai de drôles de rituels depuis un certain temps mais je n'arrive pas à faire autrement. J'ai besoin que les choses soient toujours rangées de la même manière quand je travaille. Thomas m'a dit que ça ressemblait à des TOC et que c'était certainement généré par le stress. Je veux bien le croire, vu l'état dans lequel me met l'approche des concours blancs.

J'ai perdu l'appétit, je dors de moins en moins et chaque minute où je ne révise pas est une minute perdue. Même quand Thibault me Skype, je regarde ma montre. C'est dire.

J'ai rejoint les autres dans le salon. Ils étaient assis en rang d'oignons, sur le canapé ou par terre, comme pour une photo. Sauf qu'en face, au lieu du photographe, il y avait Léa avec son fameux butaï, prête à commencer.

Je dis son « fameux » parce que vous vous souvenez certainement de ce bibliothécaire à la retraite qui avait fourni à Nico les plans afin de réaliser pour Léa un butaï ?

Je pensais que ces plans avaient fini au fond de sa poubelle. Pas du tout.

Sans le dire à personne (sauf à Jim puisqu'ils occupent la même chambre), il avait acheté toutes les fournitures nécessaires et fabriqué l'engin de ses blanches mains.

Il avait bricolé en cachette le soir très tard sans qu'on se rende compte de rien. Et puis un jour, alors qu'on était à la fac, il avait déposé l'énorme paquet cadeau avec un nœud rouge sur le lit de Léa. Sans un mot, sans une explication. Juste un « Pour Léa ».

Lorsque ma meilleure amie était rentrée, elle avait trouvé la surprise mais n'y avait pas touché. Elle avait attendu qu'on soit tous là.

J'avais hurlé :

Justine – Mais tu n'as pas ouvert ? Je n'aurais jamais pu résister, moi. Il y a quoi dedans ?

Léa – Je ne sais pas.

Ingrid – Vas-y, déballe-le !

Nicolas – Non, pas tout de suite. D'abord, il faut essayer de deviner ce que c'est.

Léa – Nicolas a raison. Cherchons ce que ça peut être.

On s'était prêtés au jeu. Et chacune des propositions avait révélé le profil de celui qui parlait.

Ingrid – Une paire d'escarpins assortie à tes robes sexy.

Jim – Un cardiofréquencemètre pour que tu te mettes au sport.

Maya – Un punching-ball pour évacuer tes colères rentrées.

Nicolas – Le portable Mac pour taper ton premier roman.

Justine – Tes cours déjà fichés et surlignés.

Léa – Pas mal.

Nicolas – Et toi Léa, tu penses à quoi ?

Léa – Quelque chose dont je rêve et qui va me faire vraiment plaisir.

Nicolas – Tu crois ?

Léa – J'en suis certaine. Mais la question qui me taraude est plutôt : « Qui a voulu me faire une surprise et comment cette personne l'a-t-elle déposée là ? »

Ingrid avait poussé un cri.

Ingrid – Je sais ! Le voisin écrivain... Il a un double des clés puisqu'on sait maintenant que c'est lui qui a négocié cet appart avec l'agence.

Justine – C'est possible !

Léa – Pourquoi voudrait-il m'offrir un cadeau ? Il est vrai que cet homme a un peu forcé le destin pour habiter dans le même immeuble que nous, mais depuis son arrivée il est d'une discrétion absolue. Je ne l'imagine pas pénétrer par effraction et déposer un cadeau dans ma chambre.

Jim – Léa a raison.

Maya – Alors, qui pourrait avoir envie de te surprendre ? Un ex encore amoureux ?

Mais oui, bien sûr, avais-je pensé sans oser l'exprimer à haute voix. Ce serait bien le genre de Peter de venir en douce à la maison rose et d'offrir tout Racine en Pléiade à Léa. Du théâtre tragique, c'est forcément l'homme en noir.

Nicolas (qui, je vous le rappelle, jouait à ce moment-là double jeu puisqu'il savait très bien ce qu'il y avait dans la boîte et qui l'avait déposée là) avait quand même murmuré avec colère :

Nicolas – Qu'il essaie de s'approcher, l'ex en question, et je lui fais avaler sa queue de cheval !

À l'évocation explicite de Peter, il y avait eu un silence pesant. Maya, comprenant qu'elle avait soulevé un problème épineux, était devenue rouge coquelicot et n'avait pas insisté. Moi, j'avais continué mes investigations silencieuses. En matière d'ex-amoureux, il n'y avait pas que Peter sur la liste.

Justine (en off) – *Ça pourrait être Adam aussi. Léa le voit à la fac. Ils déjeunent au resto U ensemble le mardi et le jeudi, et ils ont travaillé à la bibli sur le projet d'adaptation de* Sido, *le roman de Colette. Il l'appelle souvent sur son portable et elle prend une petite voix douce quand elle lui parle. Après tout, ma meilleure amie me cache peut-être des choses. Ça me chagrinerait mais c'est possible.*

Ingrid avait prononcé d'un air suspicieux :

Ingrid – Qui que ce soit, il bénéficie d'une complicité à l'intérieur de cette maison. Aucune fenêtre cassée, aucune serrure forcée.

Elle regarde trop de séries policières, avais-je pensé. Toutefois, sa remarque m'avait donné une idée lumineuse.

Justine – C'est le père de Lili et Gédéon. Il a dû apporter le cadeau en douce et les petits l'auront posé sur le lit tout à l'heure avant que Léa n'entre dans la chambre. Voilà pourquoi il est venu chercher ses enfants à peine une demi-heure après que vous êtes rentrés de l'école.

Léa – Et pour quelle raison m'offrirait-il un cadeau ?

Justine – Pour te remercier de si bien t'occuper de ses enfants !

Léa – Il me paye pour ça, c'est mon job !

Justine – Arrête, Léa, ce n'est pas seulement un job ! Tu prends soin des petits comme si c'étaient les tiens quand leur mère n'est pas là. Et il sait la chance qu'elle a de t'avoir trouvée. Voilà pourquoi il a tenu à t'offrir un cadeau.

Ingrid – Moi je ne crois pas à un cadeau du père pour bons et loyaux services, il le lui aurait donné en mains propres. Ça, je vous dis, c'est un cadeau de mec amoureux.

Maya – Je pense comme Ingrid.

Jim – Me too.

Léa – Pour ne rien vous cacher, moi aussi.

Nicolas, qui commençait à s'impatienter, avait demandé :

Nicolas – Bon, on peut l'ouvrir ce cadeau, qu'on sache enfin ce que c'est ?

Léa avait souri.

Alors évidemment, a posteriori, on comprend toujours mieux les choses, mais ce petit sourire de sorcière aurait dû m'alerter. Il indiquait avec évidence que ma meilleure amie savait ce qui se trouvait dans le paquet et qu'elle orchestrait volontairement toute une mise en scène autour du mystère. Elle donnait ainsi au geste de Nicolas l'importance qu'il méritait.

Léa – OK. Je l'ouvre !

Il existe différentes façons d'ouvrir un paquet cadeau :

La façon dite du sauvage : La personne est impatiente de savoir ce qui se trouve dans le paquet. Elle arrache le ruban avec les dents, déchire le papier à deux mains et explose la boîte qui contient la surprise.

La façon dite de l'impatient civilisé : La personne coupe le ruban avec des ciseaux, cherche l'endroit où le scotch est collé, ne le trouve pas, déchire alors le papier, ouvre fermement la boîte qui contient la surprise.

La façon dite du précautionneux (voire du psychorigide) : La personne défait les différents nœuds du bolduc calmement sans casser les fibres, l'enroule sur lui-même pour une utilisation ultérieure, coupe au cutter, de façon perpendiculaire, les morceaux de scotch afin d'éviter tout arrachage intempestif du papier, déplie le papier cadeau, le défroisse, le roule sur son envers pour une utilisation ultérieure, cherche un élastique pour le maintenir enroulé, ouvre très délicatement la boîte qui contient la surprise.

Léa l'avait ouvert à la façon dite du précautionneux (voire du psychorigide), ce qui avait évidemment provoqué l'agacement de l'assemblée.

Nicolas – Vas-y, Léa, on s'en tape du ruban et du papier.

Justine – Nico a raison, déchire tout !

Jim – Allez...

Ingrid – Et si c'était une bombe ?

C'est fou l'influence de *Homeland* et de ce genre de séries sur les esprits fragiles.

Maya – Putain mais fais péter !

On s'était tous arrêtés net.

C'était bien Maya la douce, Maya la retenue, Maya la discrète qui avait lancé cette dernière réplique digne de Nicolas. Elle s'était aussitôt excusée.

Maya – Désolée, je ne sais pas ce qui m'a pris.

Et elle avait tellement rougi que je m'étais demandé si elle n'allait pas exploser.

C'est alors que l'impensable s'était produit. Jim s'était approché d'elle et, bien qu'il ait parlé tout bas, on l'avait parfaitement entendu lui murmurer :

Jim – Tu es très sexy quand tu lâches prise, ça me plaît.

On aurait pu penser qu'en entendant une telle déclaration Maya ferait un malaise cardiaque ou serait partie en courant. Eh bien pas du tout. Elle s'était jetée sur Jim et l'avait embrassé avec une fougue très... très... très fougue ! Il avait répondu avec la même... fougue.

Il est dommage qu'un marchand de chandelles ne soit pas passé dans les cinq minutes qui ont suivi parce qu'il aurait trouvé au moins quatre acheteurs potentiels.

Nicolas avait interrompu leurs effusions.

Nicolas – Bien, si ça ne vous dérange pas, Léa va finir d'ouvrir son cadeau.

Maya avait répondu sans aucune gêne :

Maya – Aucun problème, on continuera plus tard.

« Comme dirait une de mes connaissances : il faut se méfier de l'eau qui mord », avais-je chuchoté à l'oreille d'Ingrid. « C'est le moins qu'on puisse rire » m'avait-elle répondu.

Léa, qui avait enfin enlevé le dernier scotch du paquet, nous avait annoncé solennellement :

Léa – Avant de découvrir l'objet contenu dans la boîte, je voudrais assurer à celui qui me l'a offert que je suis très touchée par une telle attention et que, comme l'écrit le poète, « Il n'y a pas d'amour, il n'y a que des preuves d'amour. » Celle-ci en est une assurément. J'y réponds immédiatement à mon tour : « Cher inconnu, merci, je vous confie mon cœur sans hésiter. »

Évidemment si, à ce moment-là, j'avais su que c'était Nicolas qui avait offert le cadeau, j'aurais applaudi des deux mains mais là, j'étais restée de marbre. Imaginez que ce soit l'homme en noir avec sa compil de Racine ?

Ingrid avait dû avoir la même pensée que moi parce qu'elle avait tout de suite réagi.

Ingrid – Calme-toi Léa. On ne confie pas son cœur à un inconnu qui sait faire un paquet cadeau.

Léa – Moi si.

Et ouvrant la boîte, elle avait sorti le butaï.

Ingrid – C'est une blague ou quoi ?

Maya – Une mauvaise blague alors.

Pour Maya et Ingrid qui n'avaient jamais vu un butaï et n'en connaissaient pas l'usage, ce cadre en bois sur pied était une déception. Pas pour moi. Il ne m'avait pas fallu un dixième de seconde pour comprendre que mon cousin, dans son plus grand rôle depuis sa naissance, avait fabriqué un écrin pour l'écriture de sa belle.

Léa s'était jetée dans les bras de Nicolas pour le remercier sous les yeux ébahis des deux filles.

Il avait fallu que je leur explique toute l'histoire et j'avais eu largement le temps de le faire vu la durée des remerciements.

Dans les semaines qui avaient suivi, Léa avait écrit une histoire illustrée planche après planche par Lili et Gédéon.

Voilà pourquoi, ce soir, il y avait un spectacle à la maison rose. Et je vous assure que le spectacle était aussi dans le public !

Mon arrivée dans le salon a provoqué une agitation XXL.

Jim – Yes on peut commencer !

Léa – Allez ma Justine !

Nicolas – Viens t'asseoir, on t'a laissé une place de choix sur le canapé.

Maya – The show must go on.

Ingrid – Tu as vu, je me suis habillée comme les filles dans les mangas. C'est swag, non ?

Léa – On commence ?

Gédéon – Pourquoi pas...

Lili, maquillée par Ingrid comme une héroïne de manga, s'est avancée vers nous et a prononcé avec application :

Lili – Aujourd'hui nous allons vous raconter une histoire écrite par Léa, intitulée : *L'arche de Léon.*

On a applaudi. Les garçons ont sifflé non-stop façon supporters de l'OM. Mon portable a sonné. J'ai regardé qui m'appelait : Thomas. J'ai décroché.

Justine – Allô ?

Thomas – Justine ?

Justine – Oui...

Thomas – C'est quoi ce bruit autour de toi ?

Justine – Les enfants et Léa font un petit spectacle dans le salon, je me suis arrêtée dix minutes de travailler pour y assister.

C'est fou comme je me sens coupable quand je prends un peu de temps pour moi.

Justine – Et toi, tu fais quoi ?

Thomas – J'en peux plus de bosser... J'ai l'impression d'être un robot.

Justine – Tu veux venir voir le spectacle ?

Toutes les personnes présentes dans le salon – Qui est-ce ?

Sans que je m'en sois réellement aperçue, les applaudissements et les sifflets avaient cessé, et je continuais ma conversation espionnée comme une candidate de téléréalité.

Je n'ai pas répondu à la foule. La foule a donc lancé des paris.

ACCUEIL | FASHIONISTA | INSPIRATIONS | FOOD | BONS PLANS | CONTACT

La peau sube-sube

N'avez-vous pas envie d'arborer la peau sube-sube (prononcer soubé soubé) des Japonaises ? Moi oui ! Grâce à la technique du layering, ce n'est plus mission impossible… Adieu pores bouchés, rougeurs diffuses et boutons disgracieux. Mais le layering, qu'est-ce que c'est, me direz-vous ?

Il s'agit d'une série de soins que les Japonaises suivent scrupuleusement tous les soirs pour acquérir un teint parfait et un grain de peau très fin. Voici les différentes étapes : un démaquillage à base d'huile, un nettoyage au savon doux, une application au coton d'une lotion tonifiante et une hydratation avec un sérum réparateur. Sans oublier bien sûr, son soin habituel des yeux et une bonne nuit de sommeil… Alors, les girls, prêtes à devenir sube-sube à votre tour ?

**Petite recette d
soir pour garde
la ligne**

**Les plus beau
cadeaux pour
tes amis !**

Nicolas :
Tous les soirs ??? J'ai déjà du mal à me laver les dents…

Ingrid :
Nicolas peux-tu éviter à mes lectrices tes remarques de camionneur ?
C'est un blog pour personnes raffinées…

Justine :
Il faut une discipline de fer pour devenir sube-sube.

Léa :
Nico tu vas bientôt aimer ma peau de pêche ☺

Nicolas – Ça doit être l'Autre.

Maya – Qui ça l'Autre ?

Jim – Monsieur le chirurgien moins 11.

Pour que vous compreniez la blague de Jim, il faut savoir que, pour devenir chirurgien, Thomas devra suivre un cursus de 10 ans après cette première année, ce qui revient à dire qu'il aura son diplôme dans onze ans, d'où le chirurgien moins 11.

Ingrid – Moi, je le trouve sexy.

Léa – Justine, tu peux arrêter de téléphoner, s'il te plaît.

J'ai répondu à Léa :

Justine – Deux secondes.

Puis reprenant ma conversation avec mon binôme, je lui ai redemandé :

Justine – Alors Thomas, tu viens ? On regarde le spectacle et on bosse ensemble après si tu veux.

Thomas – OK, je suis là dans cinq minutes.

Justine – Dépêche-toi, on t'attend.

Évidemment, les autres ont râlé dès que j'ai raccroché.

Nicolas – On n'attend personne, on commence !

Léa – On a déjà commencé, je vous signale.

J'ai tenté d'émouvoir la foule.

Justine – Juste cinq minutes, soyez sympas. Thomas craque tout seul dans sa chambre.

Nicolas – Pauvre garçon. Bon, qu'il vienne vite, on va lui faire des câlinous. Hein, Jim ?

Jim – Ben oui, il est tellement sympathique. Pas le genre à nous regarder de haut avec un sourire moqueur.

Justine – Vous êtes nuls tous les deux. Je ne sais pas pourquoi vous faites une fixette sur lui.

Nicolas – Pour une seule et une unique raison : c'est une tête de nœud.

Justine – Ça fait deux avec toi, alors.

Nicolas – Très bien, je propose un combat de têtes de nœud, qu'on s'amuse un peu.

Justine – Un combat ? Tu es vraiment primitif comme garçon !

Léa, qui voyait la discussion s'envenimer, est rapidement intervenue.

Léa – On se calme. Nicolas, je te rappelle que Thomas est le binôme de Justine et qu'elle a besoin de lui pour travailler. On ne te demande pas de devenir son meilleur ami, juste d'être poli quand tu le croises.

Nicolas – Poli jusqu'où ? Il faut que je lui roule une pelle pour qu'il se sente à l'aise ?

Ma meilleure amie n'a pas répondu à la provocation et a continué :

Léa – Justine, c'est louable de vouloir aider ton binôme mais ce n'est pas très sympa d'interrompre le spectacle sans nous demander notre avis.

Justine – Ça va. On n'assiste pas une représentation de la Comédie-Française non plus.

J'ai tout de suite regretté cette remarque mais je contrôle mal mes réactions en ce moment. J'ai parfois l'impression que les mots sortent de ma bouche sans être passés par la case cerveau.

J'allais m'excuser, malheureusement Ingrid ne m'en a pas laissé le temps.

Ingrid – Franchement Justine, si tu dis que les garçons sont nuls tu devrais te poser des questions sur toi-même.

Justine – Sois gentille Ingrid, mêle-toi de ce qui te regarde.

Ingrid – C'est le cas ! Il se trouve que tu...

La peste (était-ce vraiment toujours elle, la peste à la maison rose ? N'était-ce pas plutôt moi désormais ?) s'est arrêtée net. J'ai regardé ce qu'elle fixait avec autant d'émotion. Lili pleurait silencieusement debout devant le butaï.

Ingrid – Pourquoi tu pleures, ma puce ?

Pour une fois, Gédéon a osé répondre à la place de sa sœur.

Gédéon – Elle est triste parce que le spectacle est tout gâché. Vous vous disputez et plus personne n'a envie de le regarder.

Léa s'est précipitée pour prendre sa protégée dans les bras.

Léa – Ma Lili, on va commencer le spectacle très vite et ce sera le kamishibaï le plus merveilleux du monde. Je te le promets.

Lili a essayé de sourire à travers ses larmes. Je me suis sentie minable. Tout ça, c'était ma faute. J'avais exigé qu'on me prévienne quand tout serait prêt pour ne pas perdre une minute de mon précieux temps, puis j'avais proposé à Thomas de nous rejoindre alors que le spectacle avait commencé et, pour finir, j'avais agressé les garçons et Ingrid. Bref, j'étais le modèle de la fille égoïste qui ne se soucie pas des autres.

Si on ajoutait à cette horrible prise de conscience le fait que Thibault était à l'autre bout du monde et que je manquais terriblement de tendresse, on comprendra aisément pourquoi je me suis mise à pleurer plus fort que Lili.

On a entendu Nicolas murmurer :

Nicolas – Putain, c'est pas vrai. Tu parles d'une soirée !

Suivi de très près par les deux enfants :

Gédéon – Je voudrais que maman descende de son avion et vienne nous chercher.

Lili – Moi aussi.

Si je n'avais pas été responsable de ce bazar et que je n'avais pas eu peur d'être ridicule, j'aurais bien ajouté : « Moi aussi je voudrais que ma maman vienne me chercher », mais je devais assumer ce que j'avais provoqué. J'ai bredouillé un lamentable :

Justine – Pardon les enfants, je suis désolée. Je suis une horrible sorcière en ce moment.

Personne ne m'a contredite et c'était mérité.

Une seule main s'est posée sur mon épaule et, au bout, il y avait Ingrid. Elle a dit en souriant gentiment :

Ingrid – Bien ! La séance « drame à la maison rose » est terminée ! Lili, tu viens par ici, chérie, il faut que je te fasse une retouche maquillage. Les filles maquillées ne peuvent pas pleurer ! Pendant ce temps, Gédéon, referme le butaï et tout le monde sort du salon, on fera entrer les spectateurs quand Thomas sera là.

Il n'y a pas à dire, cette fille est formidable en gestion de crise.

Léa – Ah le voilà ! On va pouvoir commencer très vite.

Je suis allée ouvrir. Sauf que ce n'était pas Thomas, c'était Adam. Devant mes yeux rougis par mes larmes et mon air ahuri, il m'a demandé inquiet :

Adam – Je dérange ?

Justine – Non, pas du tout.

Adam – J'ai appelé Léa sur son portable pour la prévenir que je passais, mais elle ne répond pas.

Justine – Elle est dans le salon.

Adam – Je peux entrer, j'ai un truc à lui demander ?

Justine – Oui.

Adam – Ça ne va pas Justine ?

Justine – Si, juste un petit coup de mou.

Il n'avait pas franchi le seuil que Thomas est apparu juste derrière. Il m'a souri.

Oh ce sourire... À réchauffer le Groenland !

Thomas – J'ai fait le plus vite que j'ai pu.

Justine – C'est bon, tu n'es pas en retard. Tu connais Adam ?

Thomas – Bien sûr ! On s'est déjà rencontrés deux fois. Un dimanche après-midi d'octobre où j'étais venu bosser le chapitre 4 de biochimie et un samedi soir début novembre pour une raclette. Nicolas avait oublié d'acheter la viande des Grisons et était ressorti pour essayer d'en trouver. Adam était avec une de ses amies en troisième année d'école d'art. Agathe, si je me souviens bien ?

Adam – Exact.

Vous savez à quoi on reconnaît les étudiants qui préparent leur concours de médecine ? Ils mémorisent les détails les plus inutiles. À force d'être en mode « j'apprends par cœur », on devient hypermnésiques.

Les garçons nous ont rejoints dans l'entrée.

Jim – Salut Adam !

Nicolas – Hi mec ! Tu viens pour le spectacle de Léa ?

Adam – Quel spectacle ?

Nicolas – Son kamishibaï.

Adam – Ah non, elle ne m'a rien dit.

J'ai toussoté pour attirer l'attention de mon cousin. Ni lui ni Jim n'avaient encore dit bonsoir à Thomas. Ils ont compris le message.

Jim et Nicolas (assez froidement) – Salut Thomas.

Thomas (encore plus froidement) – Bonsoir.

Le portable de Nicolas a sonné, interrompant ces retrouvailles chaleureuses. Il s'est empressé de décrocher.

Nicolas – Ouaip Victor ! Ça va mec ? Non, je peux pas là. Pourquoi, vous êtes où ? Alors venez d'abord ici et on se fait une soirée poker à *L'entracte* après. OK... À tout de suite !

Et s'adressant à nous :

Nicolas – Victor passe avec des potes. Ça va être salle comble ce soir pour *L'arche de Léon* !

Effectivement, dix minutes plus tard, nous étions onze personnes dans le salon à attendre l'entrée en scène de Léa et des enfants. Victor était arrivé avec trois copains et Ingrid leur expliquait l'histoire du kamishibaï au Japon.

Walid, un beau brun plutôt baraqué, semblait passionné. Je ne saurais dire ce qui l'intéressait le plus : l'utilisation du butaï par les moines bouddhistes au XIIe siècle ou le kimono de notre jolie blonde qui laissait apparaître un soutien-gorge couleur lilas lorsqu'elle se penchait.

Comme les artistes tardaient à arriver, Nicolas est allé chercher sodas et bières. L'ambiance était détendue, même si Thomas et moi regardions nos montres régulièrement. Concours oblige !

Alors que je calculais avec mon binôme les faibles probabilités pour qu'on réussisse du premier coup notre concours, Jim m'a interpellée.

Jim – Justine, Thibault t'appelle !

Justine – Où ça ?

Jim – Sur Skype bien sûr. Où veux-tu qu'il soit ?

Justine – Je voulais dire : comment tu le sais ?

Jim – J'ai reçu un SMS, il t'attend.

Justine – OK, j'y vais.

Je ne le jurerais pas, mais Thomas a semblé soudain contrarié. Était-ce parce que le spectacle retardait nos révisions ? Ou y avait-il une autre raison ?

Je n'ai pas cherché à le savoir. Je me suis levée comme une fusée. Nicolas n'a pas résisté au plaisir d'insister lourdement :

Nicolas – Ah quand il appelle, tu cours...

Et s'adressant à Thomas :

Nicolas – Tu ne connais pas Thibault, toi ?

Thomas (décidément très contrarié) – Non.

Nicolas – Tu rates ! C'est le beau gosse par excellence. Ma cousine est dingue de lui. Il est aux States pour un an mais après, il revient.

Quel lourdaud, ce Nicolas.

Léa et Ingrid étaient dans la chambre avec les petits. Elles ont semblé étonnées de me voir.

Ingrid – Qu'est-ce que tu fais là ? On a dit : « Tout le monde attend dans le salon. »

Justine – Thibault m'a appelée, je le Skype deux secondes pour lui dire que je le rappelle après le spectacle.

Ingrid – Deux secondes, alors ! On veut voir tout le monde assis avant de commencer.

Justine – Promis.

J'ai tenu ma promesse. Le temps d'expliquer à mon prince la situation, de regarder Ingrid refaire le make-up et le chignon éventail de Lili, et je suis retournée m'asseoir à côté de Thomas. Il semblait encore plus énervé que tout à l'heure.

Justine – Il y a un problème ?

Thomas – Pas du tout.

Lucas, un des copains de Victor, m'a tapé sur l'épaule et m'a demandé en me tendant une cigarette roulée maison :

Lucas – Tu veux une taf ?

Justine – Non merci ! Une des règles de la maison rose, c'est pas de beuh ici. Si tu veux fumer, c'est dehors.

Nicolas – Sois cool Justine, juste une pour détendre l'atmosphère.

Justine – Je suis très cool mais le soir, il y a les enfants en plus.

Les garçons (sauf Thomas) ont éclaté de rire.

Justine – On peut savoir ce qui vous amuse ?

Lucas a répété en prenant un air revêche :

Lucas – Je suis très cool mais le soir, il y a les enfants en plus !

Kevin et Walid ont ajouté, la bouche pincée et les mains sur les hanches :

Kevin et Walid (ensemble) – Une des règles de la maison rose, c'est pas de beuh ici. Si tu veux fumer, c'est dehors.

Jim et Nicolas ont ricané bêtement. Je les ai massacrés du regard.

Justine – Vous êtes vraiment nuls. S'il n'y avait pas le spectacle, je ne resterais pas une seconde de plus !

Victor a répété comme s'il était mon écho :

Victor – Pas une seconde de plus... Pas une seconde de plus...

Thomas s'est levé d'un coup et, attrapant Victor par son tee-shirt, il lui a dit avec calme :

Thomas – Tu te moques encore une fois de Justine et je te jette dehors. C'est compris ?

Mon cœur a fait bang bang. Un beau garçon qui défend mon honneur avec ses poings, je sais que c'est cliché à mort, mais j'adore.

Victor, surpris, a d'abord semblé effrayé puis il s'est mis à rire. Les autres ont suivi.

Je me suis penchée vers Thomas.

Justine – Viens, on va attendre Léa et les enfants dans la cuisine, ils ne valent pas le coup que tu t'énerves.

Thomas – Je crois que je vais rentrer.

Je savais que si mon binôme partait de la maison rose dans ces conditions, il n'y remettrait pas les pieds. Son orgueil qui faisait aussi son charme l'en empêcherait. Alors je lui ai pris la main doucement pour le garder près de moi. J'ai eu l'impression qu'un faisceau électrique parcourait mon corps. À voir la tête de Thomas, la sensation était partagée. On a marché jusqu'à la cuisine sous haute tension.

J'ai repensé à un article que j'avais lu dans un des magazines d'Ingrid.

LES SIGNES QUI NE TROMPENT PAS POUR SAVOIR SI VOUS ÊTES IN LOVE

1) Votre rythme cardiaque s'accélère lorsque vous êtes en sa présence.

2) Une excitation quasi électrique s'empare de vous.

3) Vos pupilles se dilatent, votre regard devient plus brillant.

4) Vous souriez sans raison.

5) Vous le trouvez beau et fort.

6) Vous estimez que ce qu'il fait est bien, intelligent ou courageux.

7) Vous le valorisez aux yeux de votre entourage. Mieux, vous le défendez envers et contre tous, quitte à vous fâcher avec votre famille ou vos amis.

8) Vous cherchez le contact.

9) Vous trouvez des raisons pour qu'il reste le plus longtemps possible avec vous.

10) Vous lui confiez des secrets que vous n'avez jamais osé dire à un autre.

J'AI COCHÉ MENTALEMENT LA CHECK-LIST

1) Pouls à plus de cent battements par minute (pouls pour un cœur normal, de soixante à quatre-vingts battements).

2) Corps électrisé pouvant alimenter EDF.

3) Regard faisant concurrence au diadème en diamants de la reine d'Angleterre.

4) Sourire niais.

5) « Thomas est super sexy, il a un regard mais un regard… »

6) « J'ai adoré la manière dont il a attrapé Victor par le col tout à l'heure… Il lui a donné une bonne leçon ! Qu'est-ce qu'il est fort ! »

7) « Nicolas et Jim sont des crétins. S'ils se permettent le moindre écart avec Thomas, je ne leur adresse plus la parole jusqu'à la fin de ma vie. »

8) « Qu'est-ce qu'elle est chaude sa main… »

9) « Je vais lui proposer de travailler ici ce soir après le spectacle. J'ai besoin qu'il m'explique un exercice de biochimie. »

J'ai regardé Thomas, totalement ahurie par ce que j'étais en train de réaliser, et je me suis entendue lui murmurer :

Justine – Le soir, je suis parfois obligée d'allumer une veilleuse pour m'endormir. J'ai peur du noir.

Et de **10** : *Vous lui confiez des secrets que vous n'avez jamais osé dire à un autre.*

Thomas – Ce n'est pas grave, Justine, la lumière ne me gêne pas pour dormir.

Je suis devenue rouge grenadine.

Thomas avait dû penser que ma confidence était une invitation à passer la nuit avec moi. J'ai retiré ma main de la sienne comme si j'étais brûlée au cinquième degré.

Oui, je sais, la brûlure au cinquième degré n'existe pas. Au quatrième, c'est la carbonisation et il n'y a rien au-dessus. Eh bien dans le cas présent, si !

Thomas – J'ai dit quelque chose qu'il ne fallait pas ?

Justine – Oui ! Non ! Un peu ! Pas tout à fait ! Absolument !

Thomas m'a souri.

Thomas – C'est un QCM ?

On est restés un long moment à se regarder sans ajouter un mot. Je suis certaine que, dans le fond d'écran de mes yeux devait s'imprimer à la vitesse de la lumière un smiley in love, un smiley catastrophé, un smiley ahuri, un smiley in love, un smiley apeuré, un smiley peur de l'avenir, un smiley honteux, un smiley in love. J'ai fermé les yeux.

La vérité sur le QCM

Un questionnaire à choix multiples (ou QCM) est un outil d'évaluation utilisé principalement dans l'enseignement. Selon Wikipédia, c'est un procédé dans lequel sont proposées plusieurs réponses pour chaque question. Une ou plusieurs de ces propositions de réponse sont correctes. Les autres sont des réponses erronées, les « distracteurs ».

Le QCM permet de vérifier que le candidat a bien compris et retenu une réponse juste, et qu'il peut identifier les erreurs.

En France, le questionnaire à choix multiples est utilisé pour une partie de l'épreuve de mathématiques au baccalauréat, à l'université et dans les concours d'entrée aux grandes écoles.

– Viens vite Justine, on commence le spectacle, Nico t'a préparé une surprise !

J'ai sursauté façon petit pois sur un trampoline. Lili, à l'entrée de la cuisine, était tout excitée.

Lili – Viens vite, je te dis. Toi aussi, Thomas !

Heureuse d'échapper à ce tête à tête qui remettait toute ma vie amoureuse en question, j'ai pris Lili par la main et je l'ai suivie dans le salon. Ils étaient déjà installés face au kamishibaï. Mon cousin et sa bande nous ont accueillis avec une joie non dissimulée. J'aurais dû me méfier.

Nicolas – On a changé les places. Justine, tu t'assieds devant et Thomas ici.

Justine – Et au milieu, pourquoi il y a une place vide ?

Posant son ordi ouvert sur la chaise qui me séparait de mon binôme, Nicolas a prononcé :

Nicolas – Surprise !!!

Je me suis penchée pour regarder l'écran et j'ai vu Thibault sur Skype ! Ça, je ne le pardonnerai jamais à mon cousin.

Mon prince (?) m'a souri.

Thibault – Coucou Justine ! Les garçons m'ont invité au spectacle, c'est une bonne idée, non ? Ça me fait super plaisir d'être avec vous. Surtout avec toi, mais ne le dis pas aux autres ! Nicolas m'a déjà présenté ses potes, donc je connais tout le monde ! The show must go on.

J'ai essayé de déglutir seulement il y avait une balle de ping-pong coincée dans ma trachée. Comme si la situation n'était pas assez pénible, Nicolas a ajouté :

Nicolas – Eh Thibault, tu ne connais pas Thomas, le binôme de Justine ?

Thibault – Non. Il est là aussi ?

Nicolas – Absolument ! Thomas, je te présente l'amoureux de Justine.

Thomas a regardé Nicolas froidement sans tourner la tête vers l'ordinateur.

Ingrid – C'est vrai ça, ils ne se connaissent pas ! C'est trop fun qu'ils se rencontrent de cette manière.

Maya – Ils vont peut-être devenir copains via le Net.

Victor – Ou se foutre un pain à travers l'écran !

J'ai tenté de reprendre le contrôle de la situation.

Justine – Thomas n'en pouvait plus de réviser tout seul dans son coin, il est passé voir le spectacle mais il repart tout de suite après.

Mon débit était trop rapide pour que Thibault ne sente pas ma gêne et mon message trop clair pour ne pas blesser Thomas ou *Comment flinguer l'amour des deux garçons de votre vie en une seule leçon.*

Je me suis immédiatement détestée.

Léa a crié :

Léa – Maintenant silence, le spectacle commence...

Gédéon a frappé les trois coups et j'ai eu la sensation qu'il frappait sur mon cœur.

La voix acidulée de Lili a empli la pièce.

Lili – Nous allons vous conter aujourd'hui une histoire écrite par Léa, Gédéon et moi-même, intitulée : *L'arche de Léon* ou Comment dans la vie, on a toujours besoin de ses amis.

Ou pas...

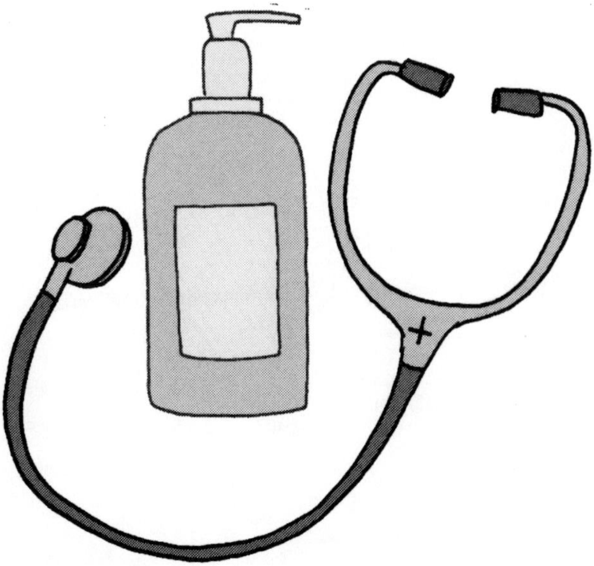

Un nouvel an solidaire

Thibault – Allez, souris-moi ! Ce soir tu vas t'amuser, tu vas danser, c'est la fête !

Justine – Je ne vois aucune raison de faire la fête !

Thibault – Moi, j'en vois plein. Tu es belle, drôle, intelligente, en bonne santé, avec des amis sincères autour de toi.

Justine – Tu oublies juste que je me suis plantée royalement à mon concours.

Thibault – D'abord, ce n'est pas le vrai concours, ce n'était qu'un concours blanc, et puis le fait d'avoir été mal classée ne t'oblige pas à te punir en t'interdisant un peu de plaisir le jour de l'an. Alors amuse-toi ce soir comme tout le monde et oublie le reste. Tu cartonneras dans dix jours pour le vrai concours, j'en suis certain !

Justine – Je ne crois pas, non. J'ai bossé comme une folle depuis le début et je suis classée dans le dernier tiers, avec ceux qui n'ont rien foutu. Conclusion : je suis nulle.

Thibault – Ne dis pas ça, Justine. Tu es une fille brillante. Il ne faut pas que tu te décourages. Le mental est aussi important que les connaissances quand on passe une épreuve. Tu dois croire en toi ! Moi, en tout cas, je crois en toi.

Justine – C'est gentil mais je crains que tu ne places pas tes espoirs dans la bonne personne. J'ai raté ce concours blanc parce que je ne suis pas au niveau et je ne le serai pas davantage dans dix jours. Tu comprends ?

Thibault – Je comprends surtout que c'était un premier essai et que tu l'as raté. Si les sportifs s'arrêtaient, découragés, au premier entraînement, il n'y aurait pas de champions. Il faut rater pour réussir !

Justine – Paradoxale, ta dernière phrase.

Thibault – Peut-être, mais absolument vraie. Tu es une championne, Justine, tu dois continuer à t'entraîner sans état d'âme. Tu tombes, tu te relèves. Tu tombes, tu te relèves. Tu tombes trois fois, tu te relèves quatre fois. C'est tout ce qui compte.

J'ai regardé Thibault qui me souriait sur l'écran de mon ordi. Il était parti depuis cinq mois et il continuait à être mon fidèle soutien. Toutefois nos relations avaient changé. La distance modifie le lien, quoi qu'on en dise...

Même si Skype empêche d'oublier le visage et la voix, on s'éloigne, l'autre devient comme irréel. On se demande parfois si on n'a pas rêvé, si on n'a pas inventé une histoire avec un être imaginaire. Et pourtant, dans le même temps, l'amour se renforce. Comme il n'est pas malmené par le quotidien, il grandit. Il se fortifie. Il existe de façon autonome. Ça aussi, ça peut sembler paradoxal mais c'est vrai.

Aujourd'hui, nous étions le 31 décembre et je pouvais dire sans hésiter : « J'aime Thibault comme au premier jour. Peut-être mieux qu'au premier jour. »

Thibault – Et ton binôme, il a été classé comment ?

Ah oui, bien sûr, il y a Thomas. Enfin, il y avait Thomas.

Avec lui, la situation a changé du tout au tout. Elle s'est clarifiée. Et je sais exactement depuis quand. Vous vous souvenez de cette fameuse soirée kamishibaï durant laquelle j'avais un peu dérapé avec mon binôme ? Vous vous souvenez donc aussi de l'idée machiavélique de mon cousin ? Poser un Thibault virtuel sur une chaise, entre Thomas et moi, afin de nous séparer. Son stratagème avait parfaitement fonctionné.

À peine le spectacle fini, Thomas avait disparu.

Était-ce vraiment ce que je désirais ? Si je suis très honnête, je dirais non. Mais je n'avais pas eu le choix. Une histoire entre mon binôme et moi était une erreur. Je travaillais avec Thomas, j'avais un concours à passer. Je ne devais pas tout mélanger.

Le problème, c'est que la vie est un énorme tambour de machine à laver qui fonctionne à 90 000 tours/minute.

Le lendemain, lorsque j'étais arrivée à la fac, Thomas ne m'avait pas gardé de place à côté de lui en amphi comme il le faisait habituellement. J'avais compris le message. Je m'étais assise plus loin, le cœur dans les chaussettes. À un moment, il s'était retourné et nos regards s'étaient croisés. Je lui avais souri, il m'avait lancé un regard noir et avait hoché la tête pour me saluer. Il m'avait soigneusement évitée toute la journée. J'étais rentrée à la maison totalement angoissée. Léa, comme à son habitude, avait perçu mon trouble.

Léa – Qu'est-ce qui se passe Justine ? Pourquoi es-tu si tendue ?

J'avais feint de ne pas comprendre.

Justine – Tendue, moi ? Non, ça va.

Léa – Si un jour tu veux faire du théâtre, rappelle-moi de te trouver un bon prof parce que tu joues plutôt mal la fille qui n'a pas de problème.

Justine – OK, je te raconte. Thomas ne m'adresse plus la parole.

Léa – Rien d'étonnant, tu lui as signifié son congé assez clairement l'autre soir.

Justine – Oui, je sais. Inutile de me le rappeler !

Léa – Si, je te le rappelle. Il faut aussi que tu saches que tu n'es pas la victime d'un binôme cyclothymique qui décide soudain de ne plus te parler. Tu es face à un garçon qui commençait à imaginer une histoire d'amour et à qui tu as demandé de partir devant tout le monde.

Justine – Je n'aurais pas dû ?

Léa – Je ne sais pas. Tu as effectué un choix qui n'était pas en sa faveur. C'est tout.

Justine – Et maintenant, je fais quoi ?

Léa – Aucune idée.

J'avais regardé Léa, énervée.

Justine – C'est cool d'avoir une amie qui te pousse à confier tes angoisses et qui, après, te laisse mourir toute seule.

Léa – Tu es en train de mourir là ?

Justine – C'est une expression.

Léa – Un peu exagérée non ?

Justine – Un petit peu.

Je m'étais assise sur mon lit, les genoux repliés contre la poitrine et la tête penchée façon fille perdue qui souffre mais qui ne demande rien. Léa a éclaté de rire.

Léa – En revanche, il faudra que je signale au prof de théâtre que tu sais très bien jouer le désespoir.

Justine – Peut-être que je suis vraiment désespérée. Tu m'aides à trouver une solution ?

Léa – D'accord, seulement si tu es prête à répondre à mes questions honnêtement.

Justine – I swear !

Léa – À aborder des sujets qui fâchent de façon directe ?

Justine – Yes !

Léa – À prendre des décisions qui feront peut-être mal ?

Justine – Je le jure !

Ma meilleure amie, qui s'était assise près de moi, s'était levée et était sortie de la chambre.

Justine – Ben, tu vas où ?

Léa – Je vais chercher des fraises Tagada et un pot de Nutella. Ça va chouiner, il nous faut des remontants.

Justine – À ce point ?

Léa – À ce point...

Justine – Alors rapporte des Magnum Infinity aussi.

Lorsque Léa était revenue de la cuisine, elle avait étalé son « matériel » sur une chaise, devant nous.

J'avais l'impression d'être chez le dentiste au moment où il prépare son plateau d'instruments de torture et que tu restes assise sur le grand fauteuil alors que ton corps te crie : « Sauve-toi ! »

Léa s'était armée de la fraise (et pas d'une Tagada !).

Léa – Pourquoi le fait que Thomas ne te parle plus te met-il dans cet état ?

Justine – C'est mon binôme et j'ai besoin de lui pour travailler mon concours.

Léa – C'est tout ?

Justine – À peu près.

Léa – On va donc s'intéresser à ce « à peu près ». Que peux-tu dire de plus sur ta relation avec Thomas ?

Justine – Je l'aime bien. Il est sympa.

Léa avait répété façon écho moqueur :

Léa – Je l'aime bien. Il est sympa.

Justine – Enfin, c'est plus compliqué que ça.

Léa – Nous y voilà !

Je vous fais grâce du reste de la conversation durant laquelle j'avais avoué que je ressentais une attirance folle pour Thomas,

SUPER IMPORTANT!!!!

À dire à Ingrid dès qu'elle me fait des remarques quand elle me voit engloutir une tablette de chocolat !

Le chocolat (surtout le noir) est une source riche de magnésium, d'acides aminés, et rien que ça, ça donne le moral. Il contient une dose importante de flavonoïdes qui limitent l'apparition du mauvais cholestérol et améliorent la coagulation sanguine. Le cacao a aussi des propriétés anti-inflammatoires grâce à ses polyphénols. De plus, il a une action hydratante, régénératrice et réparatrice sur la peau comme sur les cheveux

Que de vertus thérapeutiques !

Bref, c'est plus sain qu'une assiette de haricots verts !!!

Vive la cacao-thérapie

Justine

C'est malin maintenant j'ai faim...

que sa présence m'était devenue nécessaire et que je rêvais souvent de lui. La situation aurait été simple si je m'étais arrêtée là. Mais non, j'avais ajouté que j'aimais toujours Thibault et que j'espérais son retour.

Ma meilleure amie a écouté avec sa bienveillance habituelle puis elle m'a chuchoté :

Léa – Ma Justine chérie, tu veux trois choses : un Thomas avec lequel travailler ton concours, un Thomas avec lequel t'amuser, un Thibault que tu continues à aimer. Tu ne peux pas avoir les trois.

Justine – Alors je fais quoi ?

Léa – Un choix d'adulte.

Justine – Mais c'est horrible, je suis trop jeune pour être adulte.

Léa – Trempe tes fraises Tagada dans le Nutella, ça t'aidera.

J'ai suivi son conseil et j'ai décidé la mort dans l'âme (et la bouche pleine) de renoncer à Thomas comme objet de fantasme et d'attendre dans la plus grande chasteté le retour de mon Ulysse américain.

Le lendemain, à la bibliothèque, j'ai cherché mon binôme et je me suis excusée pour mon comportement lors de la soirée. Je lui ai proposé qu'on continue de travailler ensemble sans qu'aucune ambiguïté persiste, il a semblé hésiter puis il a accepté.

Voilà comment j'étais devenue adulte un jeudi matin de décembre.

Nous étions le 31 et je ne m'en remettais toujours pas.

Thibault – Et ton binôme est classé combien ?

Justine – Dix-septième. Tu te rends compte ? Mieux que la plupart des redoublants, il a une capacité de travail hors norme. En plus, il est d'une intelligence !

Thibault – Et plutôt beau garçon.

Justine – Comment tu le sais ?

Thibault – Je l'ai vu avec la webcam, le jour du spectacle de Léa.

Si Thibault pouvait éviter de parler de ce soir-là, ça m'éviterait de rougir face caméra.

Justine – Ah oui, c'est vrai.

Thibault – Donc, si je récapitule : il est beau, intelligent et travailleur.

Justine – N'exagérons pas non plus.

C'était la première fois que Thibault se permettait une remarque à propos de Thomas et ça m'a fait drôle.

Thibault – Rassure-moi, tu ne fais que travailler avec lui ?

Justine – Ben oui.

Thibault – Tu es sûre ?

Justine – Oui, je suis sûre.

Thibault – Alors je te crois.

Justine – Tu es jaloux ?

Thibault – Horriblement.

J'ai souri à mon prince.

Thibault – On dirait que ça te fait plaisir.

Justine – Terriblement.

Après cette utilisation abusive de mots en « ment », on s'est regardés un long « moment » en silence.

Thibault – Tu me promets que tu vas te remettre à bosser et retrouver ta niaque ?

Justine – Je vais essayer.

Thibault – Et Léa, elle te pousse à réagir au moins ?

Justine – Léa a d'autres problèmes à gérer.

Thibault – Tu parles de la fac ?

Justine – Pas seulement.

Thibault – Tu me racontes ?

Justine – Oui, mais ça reste entre nous.

Thibault – Tu veux dire entre mon écran et le tien ?

J'ai éclaté de rire.

Justine – Oui, entre nos deux écrans !

Thibault – Alors qu'est-ce qu'elle a, notre sorcière bien-aimée ?

Justine – C'est compliqué avec Nicolas.

Thibault – Ah bon, pourquoi ?

J'ai raconté à Thibault les soirées quasi quotidiennes de mon cousin avec son copain Victor, la beuh qui tournait tout le temps, les heures de coucher tardives et bien sûr son manque de sérieux pour l'école.

Thibault – Tu es certaine que Léa ne s'inquiète pas pour rien ? Nicolas donne toujours l'impression de glander mais en réalité, il s'en sort. La preuve, il a eu son bac du premier coup. Mieux que moi !

Justine – Non, ce n'est pas la même chose qu'au lycée. Là, j'ai la sensation que Nicolas est en roue libre.

Thibault – Tu as des exemples concrets ? Il sèche des cours ?

Justine – Ça va plus loin. Il n'a pas rendu ses deux devoirs de techniques de communication qui comptent pour le contrôle continu. Il a loupé la moitié des cours en labo d'anglais, ce qui implique qu'il ne pourra pas valider la matière et il a été viré d'un cours de culture d'entreprise donné par le directeur. Et ça, c'est ce qu'il a osé confier à Jim. J'imagine qu'il y a pire encore.

Thibault – Léa a essayé de le raisonner ?

Justine – Au début, Léa ne lui a rien dit puis quand elle a appris par Jim l'étendue des dégâts, elle a tenté de le mettre en garde. Il l'a envoyée méchamment balader en lui signifiant qu'elle n'était pas sa mère et qu'il gérait sa vie comme il l'entendait.

Thibault – Et ?

Justine – Elle n'est plus intervenue, mais alors plus du tout. Du coup, Nicolas est en freestyle. Il ne bosse pas et on ne le voit presque plus le soir à la maison.

Thibault – Et Jim, il cautionne la situation ?

Justine – Difficile de le savoir. Tu sais qu'il défend toujours son copain. En plus, il travaille dans son club de sport le samedi toute la journée plus trois soirs par semaine, et le reste du temps il va à la fac.

Thibault – Et ça se passe bien pour lui ?

Justine – Il regrette parfois le *Paradisio* parce que le nouveau club est un peu une usine et les gens ne sont pas très sympas. Pour la fac, il bosse beaucoup. Il s'est pris de passion pour les relations internationales, c'est sa matière fétiche. Je suis certaine qu'il deviendra un grand avocat qui défendra des causes honorables et justes.

Thibault – C'est sûr ! Jim est le meilleur de nous tous. Sinon, il sort toujours avec Maya ?

Justine – Non, c'est fini. En revanche, il a rencontré une certaine Naïma, une belle brune aux yeux verts, paraît-il.

Thibault n'a pas commenté ma dernière information. Il est resté le regard dans le vague.

Justine – Ça ne va pas ?

Thibault – Si, mais j'ai de la peine pour Nicolas et Léa. Je ne voudrais pas qu'ils se séparent. Ils vont bien ensemble et puis...

Justine – Et puis ?

Thibault – J'ai peur que ça te donne des idées. S'ils se quittent, on sera le dernier couple survivant de la maison bleue et tu auras peut-être envie de changer toi aussi. Surtout que je suis loin et...

Justine – Et ?

Thibault – Et Thomas très près.

Justine – Tu es bête !

Thibault – On est toujours bête quand on est amoureux. Mon cœur a fait bang bang.

Justine – Je me moque de Thomas. Je n'aime que toi.

Thibault – Moi aussi, je n'aime que toi. Tu me manques, Justine. Tu sais ce qu'on ferait tous les deux si j'étais là ?

On a frappé à la porte de ma chambre. Mais pourquoi ai-je accepté de vivre en coloc ? Je voudrais être seule au monde pour que Thibault me dise tout de suite ce qu'on ferait si on était tous les deux. J'ai crié un « Entrez » qui avait valeur de « Disparaissez ». Ingrid a passé la tête dans l'entrebâillement.

Ingrid – Je te dérange ?

J'ai répondu d'un air peu aimable :

Justine – Je suis sur Skype avec Thibault, ça peut attendre ?

Ingrid – Oui, bien sûr.

Elle n'a pas attendu. Elle a crié depuis le pas de la porte :

Ingrid – Hi Thibault !

Je n'ai pas tourné l'écran vers elle. Elle a donc juste entendu mon prince lui répondre :

Thibault – Hi Ingrid ! How are you ?

Ingrid – Fine ! I am a bit feverish today but I'm OK.

C'est bon, on sait qu'elle a eu dix-sept en anglais au bac. Si elle pouvait aller faire sa belle ailleurs, ça m'arrangerait. Ingrid s'est approchée de mon lit pour continuer la conversation :

Ingrid – What about you ?

Thibault – Wonderful ! Key West is like heaven on earth !

Ingrid – You're so lucky to live there !

Oui eh bien moi, j'aimerais être lucky aussi. C'est-à-dire une fille seule dans sa chambre avec son amoureux qui lui chuchote des trucs tendres à l'oreille. C'est possible ?

Ingrid – It's just like a dream.

Ah non. Ce n'est pas possible.

Ingrid était maintenant assise sur mon lit et parlait à Thibault comme si je n'existais pas.

Ingrid – I would so much like to know this place.

Thibault – No problem. Hop on a plane and come.

Ingrid – Really?

Thibault – Sure!

Devant une telle proposition, Ingrid a retrouvé illico sa langue maternelle.

Ingrid – Tu crois qu'on pourrait te rejoindre là-bas?

Cette fille est folle. On a tous nos examens à passer et c'est à l'autre bout du monde.

Thibault – Ce serait génial! Je pourrais vous loger. Je suis certain que Peter serait d'accord.

Ça me fait toujours drôle quand il prononce ce prénom. C'est fou que le peintre de Key West se prénomme comme l'ex de Léa. D'ailleurs ça agace tellement Nicolas qu'il l'appelle John.

Ingrid – On pourrait venir fin janvier après les résultats des partiels.

Thibault – Vraiment? Tu serais d'accord, Justine?

Justine – Vous délirez tous les deux.

Thibault – Mais pourquoi? C'est une idée géniale. Je me demande pourquoi on n'y a pas pensé plus tôt. Tu vas bien te reposer au moins une semaine après tes résultats? Alors pourquoi ne pas venir ici? Je viens vous chercher tous les cinq à Miami en voiture, je vous loge, je vous prépare les repas, je vous fais visiter la ville de long en large. On sera ensemble comme avant... Le club des CIK+I en Floride! Allez s'il te plaît, jure-moi que tu vas réfléchir à cette proposition.

La peste est intervenue.

Ingrid – Ne t'inquiète pas Thibault, je réussirai à la convaincre. En février, on sera tous là !

Thibault – Je compte sur toi.

Ingrid – It's a deal !

Pour information, j'insère ici le programme de cours d'Ingrid, afin que le lecteur puisse apprécier à sa juste valeur l'incongruité de la proposition...

École de communication

*

Programme de première année

1. CONSOLIDATION DE LA CULTURE GÉNÉRALE
   Actualités, faits sociaux et culture numérique.
   Cultures et sociétés.
   Histoire des idées.

2. DÉCOUVERTE DU MARKETING
   Initiation aux fondamentaux et aux théories du marketing.
   Compréhension de la vie et du développement des marques.

3. INITIATION À LA COMMUNICATION ET AUX MÉDIAS
   Initiation aux théories de la communication.
   Initiation à la vie des médias et aux outils de communication.

4. ENVIRONNEMENT DE L'ENTREPRISE

Économie de l'entreprise, les acteurs et les marchés.

Droit de l'entreprise.

Initiation aux outils de la gestion en entreprise.

5. PERFECTIONNEMENT DE L'ANGLAIS

Initiation au Business English.

Entraînement à l'anglais parlé.

6. TECHNOLOGIES DE L'INFORMATION ET MAÎTRISE DES OUTILS NUMÉRIQUES

Méthodologie de recherche sur Internet.

Assimilation des principaux logiciels.

➘ Six séminaires thématiques personnels (cours à la carte mais obligatoires).

➘ Trois blogs thématiques. Les étudiants doivent créer trois blogs et les actualiser. Thème : détecter les tendances et l'actualité des marques.

➘ Deux semaines de projet : mise en place d'un projet créatif autour d'un thème au choix.

➘ English summer.

Pour ceux qui douteraient encore, je fournis aussi l'état dans lequel se trouve le projet de vingt pages qu'Ingrid doit rendre entièrement rédigé dans moins d'un mois.

<u>Notes pour le projet</u>

<u>Titre :</u> beurre de karité ou Comment adoucir la vie des femmes
<u>Sous-titre :</u> monter un projet humanitaire au Burkina Faso
<u>Genèse du projet :</u> à écrire

<u>Plan</u>

I) Axe économique : faire travailler ~~10~~ dix femmes seules (répudiées, veuves, célibataires) au sein d'une petite coopérative. Elles ~~vont~~ fabriqueront un savon ~~magique~~ multifonctionnel (lessive, toilette, crème adoucissante).
II) Axe ~~planète~~ environnemental : respecter et encourager les ~~plantations~~ cultures locales et biologiques.
III) Axe ~~pédagogique~~ éducatif : ?

<u>Les moyens mis en place</u>

I) Trouver des ~~aides~~ partenariats en France : marques de ~~produits de beauté~~ cosmétiques.
II) Avoir des articles? Financement Elle, Marie-Claire
III)

Faisabilité du projet : ?

Analyse des points faibles : ?

Conclusion : ?

Je tiens aussi à la disposition de ceux qui ne sont toujours pas persuadés que ce voyage est une folie le programme de Léa, Jim et Nicolas.

Vous comprenez pourquoi Ingrid m'agace à jouer le rôle de la fille cool capable de soulever les montagnes. Elle ne tient absolument pas compte des contraintes matérielles.

En dehors du fait que c'est une année de concours pour moi et que chaque jour compte, s'est-elle demandé une seconde comment nous financerions un tel voyage ? Même si on ne paye rien sur place, il faut acheter nos billets d'avion. Air France ne va pas nous les offrir ! Alors je ne suis peut-être pas une fille cool comme elle, mais moi au moins je vis dans la réalité. Et pour reprendre une des expressions favorites d'Ingrid : « Je ne bâtis pas des chapeaux en Espagne. »

Ingrid – Bon, je vous laisse les amoureux. Prépare le champagne, Thibault, on arrive bientôt !

Sur cette dernière phrase, Ingrid s'est levée et est sortie de ma chambre.

Thibault – Ne refuse pas, Justine, laisse-moi rêver un peu, d'accord ?

Je n'ai rien répondu.

Trop facile de me laisser la tâche ingrate de dire non alors que ce projet est irréalisable. J'ai préféré changer de sujet.

Justine – Parle-moi de ta vie à Key West. Tu es heureux ?

Thibault – En dehors du fait que tu me manques, je dirais oui. Tu vas peut-être trouver ça idiot mais je crois que c'est la première fois de ma vie que je me rencontre vraiment. Jusqu'à maintenant, j'étais le fils de l'ambassadeur, aujourd'hui j'essaie d'être moi. C'est parfois très effrayant.

Justine – Pourquoi ?

ACCUEIL FASHIONISTA **INSPIRATIONS** FOOD BONS PLANS CONTACT

Key West - Part one

Histoire de préparer notre séjour, j'ai décidé de faire ici régulièrement un post sur Key West. Aujourd'hui un peu d'histoire… Il n'y a pas que le soleil, les palmiers et la plongée !

L'île a d'abord été peuplée par la tribu des Indiens Calusa à l'époque précolombienne. En 1521, le conquistador Juan Ponce de Léon est le premier Européen à y accoster.

Bientôt la Floride devient une colonie espagnole. Key West est d'abord appelée Cayo Hueso puis Bone Island, c'est-à-dire l'île aux os !

Le voyage de mes rêves !

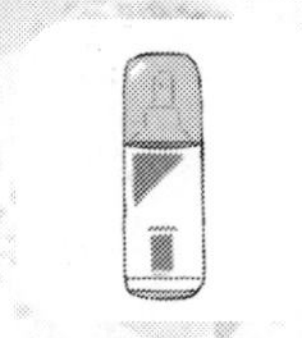

La peau sube-sube

Nicolas :
Pour nous motiver, dis-nous où aller boire un verre en écoutant de la bonne musique au lieu de nous faire l'historique de l'île aux squelettes…

Léa :
Un petit mot sur la maison d'Hemingway plutôt ?

Thibault – Parce que je ne me connais pas et que je suis souvent surpris par le type que je découvre.

Justine – Un type comment ?

Thibault – Un type différent de celui qu'il a été. Il y a des choses que je croyais aimer ou détester et je me rends compte que je m'arrangeais juste pour correspondre à ce qu'on attendait de moi.

Justine – Et donc ?

Thibault – J'apprends à écouter l'étranger qui vit à l'intérieur de moi. Peter m'aide beaucoup. C'est un homme sans concession qui se moque du regard qu'on porte sur lui. Il ne perd pas son temps avec ceux qui jouent un rôle. Et je peux t'assurer qu'il n'est pas tendre avec moi. Toutes les fois où je ne suis pas authentique, où je me plie pour lui plaire, je sens sa colère. Il est très exactement le contraire de mon père. Si j'osais, je dirais qu'il est l'antidote de mon père.

Justine – Tu as de la chance.

Thibault – De quoi ?

Justine – D'avoir osé partir. D'oser changer et d'accepter de ne pas te reconnaître.

Thibault – Tu me reconnais, toi ?

Justine – Oui.

Thibault – Et tu continueras à m'aimer si je suis différent ?

J'allais acquiescer pour rassurer mon prince mais il s'est immédiatement repris :

Thibault – Ma question est idiote. Comment pourrais-tu le savoir ? On verra plus tard, quand je serai devenu celui que je suis vraiment.

Thibault m'a souri.

J'ai eu une bouffée d'amour pour lui. Je me suis approchée de l'écran et je l'ai embrassé longtemps. Quand je l'ai regardé à nouveau, mon prince avait les yeux fermés.

Cette scène aurait pu être la scène la plus jolie de toute notre histoire si mon cousin n'était pas entré au pas de charge dans ma chambre à ce moment-là.

Nicolas – Qu'est-ce que tu fous Justine, à lécher ton écran ?

S'approchant de mon ordi, il a vu Thibault qui était aussi gêné que moi par cette irruption brutale dans notre intimité.

Nicolas – Oh putain, vous faites des trucs dégueulasses sur Skype, j'y crois pas.

J'ai hurlé :

Justine – Tu ne pourrais pas frapper avant d'entrer ?

Nicolas (mort de rire) – T'as raison, j'aurais dû. Il y a des spectacles auxquels on n'a vraiment pas envie d'assister.

Justine – Tu dégages. Je commence à en avoir assez de tes manières.

Nicolas (de plus en plus mort de rire) – Vu ce à quoi je viens d'assister, tu n'as pas de leçon d'élégance à me donner.

Thibault est intervenu.

Thibault – C'est bon Nico, laisse ta cousine tranquille.

Jim et Ingrid sont entrés à leur tour.

Jim – Qu'est-ce qui se passe ici ? Pourquoi tu cries, Justine ?

Mon cousin hilare leur a demandé :

Nicolas – Vous avez plus de dix-huit ans ?

Ingrid – Oui, pourquoi ?

Nicolas – Pour rien. Mais à l'avenir, je vous déconseille de rentrer à l'improviste dans la chambre de Justine quand elle est sur Skype avec Thibault.

Jim m'a regardée comme si on venait de lui annoncer que j'avais des activités douteuses et rémunérées avec des inconnus sur le Net. Ingrid a ricané bêtement. Thibault a tenté de rétablir la vérité.

Thibault – On s'embrassait virtuellement, c'est tout.

Il y a eu un moment de malaise puis Ingrid, qui avait commencé sa campagne « Tous en janvier à Key West », a annoncé triomphalement à mon prince :

Ingrid – Les garçons ne sont pas contre l'idée de te rejoindre. Il faut juste trouver les subventions.

Thibault – Vraiment, vous seriez d'accord ?

Nicolas – Oui, pourquoi pas. Enfin, si Justine et toi vous vous tenez correctement.

– Salut tout le monde ! Il y a un meeting dans notre chambre ?

Ah Léa, ma douce amie, la fille la plus raisonnable et la plus posée de la galaxie, viens vite prêcher la bonne parole. Ramène-les à la raison.

Ingrid – On part tous à Key West fin janvier !

Léa – Quoi ?

Ingrid – Thibault nous invite une semaine après les résultats des partiels. Il s'est déjà occupé de tout sur place. Il ne nous reste plus qu'à trouver l'argent pour les billets d'avion. En s'y prenant maintenant et en faisant une escale, on ne les payera pas trop cher.

Cette fille serait capable de vendre des congélateurs à des Inuits. Heureusement, Léa ne sera pas dupe une seconde.

Léa – Quelle idée géniale !!!

OK. C'est un complot.

Devant l'enthousiasme de Léa, Thibault a poussé un cri façon supporter du PSG au moment où son équipe marque un but sur coup franc. Effectivement, il a beaucoup changé, le fils de l'ambassadeur, il a appris à exprimer bruyamment ses émotions !

Comme je levais les yeux au ciel, Léa m'a demandé :

Léa – Un problème ?

Justine – Oui, de taille ! J'ai un concours à passer, je te rappelle.

Léa – Mais si on part une semaine en janvier après tes résultats, c'est raisonnable. Il faut bien que tu récupères.

Thibault – C'est ce que je lui ai dit.

J'ai tendu Thibault à Léa. Enfin, plus exactement, j'ai tendu mon ordi à Léa. Et je suis allée dans la cuisine me calmer. Ils commençaient à m'énerver. Personne n'avait conscience de l'enjeu que représentait pour moi cette première année. Je ne pouvais pas me permettre de perdre du temps.

En fait, la seule personne qui me comprenait vraiment, c'était Thomas. Mais, si je l'avoue, on va encore me taxer de fille instable.

Je me servais un verre de Coca quand Léa, qui avait toujours Thibault « sur les bras », et les autres ont débarqué. J'ai fait semblant de ranger des trucs dans le frigo pour ne pas leur parler.

Peine perdue. Thibault m'a chuchoté :

Thibault – Regarde-moi Justine.

Je me suis tournée vers lui. Mon prince, qui était maintenant posé sur la table de la cuisine, me fixait avec intensité. Mes colocs agglutinés derrière l'écran aussi d'ailleurs.

Thibault – J'ai eu tort d'insister pour que tu viennes à Key West fin janvier. Ce n'était pas le moment de te demander ça, tu as ton concours dans dix jours et tu es sur les dents. On en reparle plus tard. Pour l'instant, je voudrais juste que tu me souries et que tu me promettes d'aller t'amuser ce soir avec les autres.

Justine – Je n'ai pas envie de sortir, je dois bosser.

Thibault – Je sais, mais c'est important que tu fasses un break. En restant seule, tu vas broyer du noir et ça ne servira à rien.

J'ai soupiré.

Thibault avait raison, je devais aller à cette soirée de réveillon organisée par Hérold à *L'entracte*. Mais je n'arrivais pas à m'imaginer un verre de champagne à la main, trinquant à l'avenir avec en fond sonore *Get happy*.

Mon prince a dû lire dans mes yeux l'énorme culpabilité qui me rongeait parce qu'il m'a chuchoté :

Thibault – Tu mérites de profiter un peu de la vie, Justine, juste quelques heures pour fêter la nouvelle année. Après tu t'y remets. Alors enfile une jolie robe et va danser. Tu me le promets ?

Devant tant d'attention et d'amour, j'allais craquer et lui promettre tout ce qu'il voulait mais les visages soucieux de mes colocs agglutinés derrière l'écran m'ont stoppée net. J'ai éclaté de rire.

Thibault a cru que je me moquais de lui.

Thibault – Je peux savoir ce qu'il t'arrive ?

J'ai tourné l'ordi pour montrer à mon prince les têtes encastrées de mes colocs qui assistaient à notre discussion. Il a souri.

Thibault – C'est vrai qu'il y a de quoi se marrer.

Nicolas – Merci, foutez-vous de nous. On se préoccupe du moral de la demoiselle, on reste présents, pour entendre quoi ? Qu'on a des gueules de clown. Sympa.

Devant l'air chafouin de Nicolas, mon fou rire a repris, déclenchant en un temps record un fou rire général.

On avait beau avoir grandi, passé notre bac, vivre seuls sans nos parents à la maison rose (ou ailleurs), on était toujours les mêmes amis un peu frappadingues, proches et solidaires. Et cette certitude valait toutes les richesses du monde.

Léa a sorti des boissons, Thibault a fait de même de son côté et on a tendu nos verres pour trinquer (contre l'écran) à cette année nouvelle qui allait commencer.

Thibault – À la nouvelle année !

Ingrid – Oui ! À cette nouvelle année et qu'on se retrouve fin janvier là où vous savez.

J'ai souri à la peste.

Justine – Tu ne lâches jamais, toi.

Ingrid – Non, pas avant d'avoir obtenu ce que je veux.

C'est quoi ce troisième œil qu'elle s'est dessiné entre les sourcils ? Elle va nous la jouer Bollywood ce soir, ou quoi ? Comme je la fixais avec mon regard de myope, Ingrid m'a demandé :

Ingrid – Qu'est-ce qu'il y a ? Pourquoi tu me dévisages comme ça ?

Justine – Pour rien. Enfin si... Tu t'es dessiné un truc sur le front ? Ah ben sur le menton aussi.

Ingrid – Quel truc ?

Justine – Ben ça...

Alors que je pointais du doigt ses deux décalcos, Léa a poussé un cri. Ingrid a pris peur.

Ingrid – Qu'est-ce que j'ai ?

Léa – Tout va bien.

C'est drôle comme certains mots prononcés dans un certain contexte peuvent signifier le contraire exact de leur sens habituel. Il était clair que le « Tout va bien » de Léa sous-entendait : « C'est la cata, respire, il va te falloir du courage pour supporter la réalité. »

On s'est approchés pour voir ce qui avait provoqué le cri de stupeur de ma meilleure amie. Et on a tous compris en même temps. Là, j'avoue, c'est LE drame.

Thibault, qui était toujours posé sur la table de la cuisine, s'est inquiété :

Thibault – Qu'est-ce qu'il se passe ???

Aucun de nous n'a osé répondre.

Ingrid est sortie de la cuisine en courant, à la recherche d'un miroir. Jim s'est tourné vers Léa.

Jim – C'est ce que je crois ?

Léa – Aucun doute.

Nicolas – Oh putain... Elle ne va jamais le supporter.

Justine – Mais elle ne l'a pas eue avant ?

Léa – Il faut croire que non.

Le hurlement d'Ingrid qui a retenti depuis la salle de bains nous a glacé le sang.

Thibault – Est-ce que quelqu'un peut m'expliquer ce qui se passe ? Je vous assure qu'à huit mille kilomètres, la scène est flippante. C'est vraiment grave ?

Léa – Non, pas si grave.

Justine – Enfin pour Ingrid, si !

Thibault – Quoi ???

Léa – Lili et Gédéon ont eu la varicelle il y a deux semaines et il semblerait qu'Ingrid l'ait attrapée. Pour l'instant, elle n'a que deux boutons, mais...

Léa n'avait pas achevé sa phrase qu'Ingrid est revenue, totalement effondrée, dans la cuisine.

Ingrid – J'en ai trois sur le ventre, sept sur les jambes, quatre sur les bras.

Jim l'a enlacée pour la consoler. Elle a éclaté en sanglots.

Nico, qui voulait aussi l'apaiser je suppose, lui a dit gentiment :

Nicolas – Ça va, pleure pas. C'est que des boutons. Si tu mets un pantalon, des manches longues et un col roulé, on ne verra que ceux qui sont sur ta figure.

Cette remarque est digne de figurer en pole position dans le top ten des choses angoissantes à dire à une fille.

Les pleurs d'Ingrid ont donc redoublé d'intensité.

Nicolas – Et puis...

Léa n'a pas laissé à mon cousin la possibilité de continuer.

Léa – C'est bon Nico, Justine et moi allons nous occuper d'Ingrid.

Et, prenant notre amie par la main, on l'a entraînée dans notre chambre. On s'est assises toutes les trois sur mon lit.

Léa – Je suis vraiment désolée que les petits t'aient collé la varicelle. C'est un peu ma faute.

Ingrid – Tu n'y es pour rien.

Léa – Si je ne gardais pas Lili et Gédéon à la maison, tu n'aurais pas été contaminée.

Ingrid – Oui, mais j'ai joué avec eux sans me méfier. J'ai eu la varicelle quand j'étais en CE2. Je me souviens que toutes mes copines m'avaient trouvée chanceuse parce que je n'avais eu que trois boutons alors qu'elles étaient couvertes de pustules.

Justine – Peut-être qu'elle n'était pas assez forte et que tu n'as pas suffisamment fabriqué d'anticorps.

Ingrid – Tu crois ?

Justine – C'est possible.

Ingrid – Et je vais être couverte de pustules à mon âge ?

Là, je n'ai rien répondu. Mon silence a déclenché une nouvelle crise de larmes. Je ne suis pas attachée à mon image comme Ingrid mais je comprenais son angoisse. Si je devais aller à la fac le visage couvert de vésicules rosâtres, je serais catastrophée.

Léa a tenté de la consoler.

Léa – C'est une affaire de quelques jours seulement. Il faut que tu sois patiente, Ingrid.

Ingrid – Je ne le supporterai pas.

Léa – Il faudra bien pourtant.

Ingrid – Je vais appeler mon père pour qu'il vienne me chercher. Comme ça, je pourrai me terrer chez mes parents jusqu'à ce que je retrouve figure humaine.

Léa – Je te rappelle que, pendant les quatre malheureux jours que tu as passés chez eux à Noël, tu as cru que tu allais mourir étouffée.

Ingrid – C'est vrai. Mais là, c'est différent. Je veux me cacher.

Justine – Tu es aussi bien avec nous.

Léa – Justine a raison. Tu ne reprends pas les cours avant jeudi. En admettant que tu sois absente les deux premiers jours, ça te laisse une semaine. Tu as le temps de faire mûrir tes boutons, de les voir sécher et de les cacher avec une bonne BB crème, non ?

Ingrid – Je ne sais pas.

Le portable de Léa a sonné. Elle a regardé le nom qui s'affichait et j'ai senti qu'elle était ennuyée. Allons bon, quel est le problème encore ?

Léa – Coucou Hérold ! Non, tu ne me déranges pas, mais est-ce que ça t'ennuie si je te rappelle dans dix minutes ? On a un petit souci à la maison rose mais ne t'inquiète pas, on sera bientôt là.

Bientôt où ?

Oh mais oui... Ils ont promis à Hérold d'être à *L'entracte* à 17 heures afin de l'aider à préparer la salle pour la soirée du réveillon. Il est déjà plus de 18 heures.

Ma meilleure amie m'a regardée, elle avait l'air dépassée. Inutile qu'elle m'énumère ses problèmes, je pouvais le faire toute seule.

LES PROBLÈMES DE LÉA EN CETTE SOIRÉE DU RÉVEILLON DU JOUR DE L'AN :

1) Ingrid et ses boutons.

2) Justine et son concours blanc raté.

3) Les copains de Nicolas qui fumeraient et boiraient plus qu'il ne faudrait ce soir. Les problèmes que cela provoquera dans le couple Léa-Nicolas.

4) Hérold qui compte sur l'aide de tous pour la réussite de la fête.

Si j'ajoutais à cette liste la dispute de Léa avec sa mère le soir de Noël à propos de Fred et le silence glacial entre elles deux depuis, je pouvais parfaitement imaginer l'état d'esprit de ma meilleure amie. J'aurais aimé faire réapparaître Super Justine, la copine qui prend les choses en main mais là, je n'avais pas l'énergie de me battre.

Alors que je venais de renoncer à sauver la situation, une petite voix en moi s'est indignée :

– Tu arrêtes de penser à tes minuscules problèmes et à tes angoisses, Justine. Oui, tu as raté tes concours blancs et dans dix jours il va falloir recommencer mais là, tu as face à toi des personnes que tu aimes et qui ont besoin d'aide. Alors, tu relèves la tête et tu vois ce que tu peux faire. C'est compris ?

Oui, je comprenais. La partie la plus vaillante de moi avait raison. Il fallait tordre le cou aux idées tristes. Ne pas se laisser glisser sur la pente du chagrin et de la déprime.

Je me suis levée comme si j'avais des cactus sous les fesses et j'ai dit à mes deux amies :

Justine – Les filles, la nouvelle année commence ce soir à minuit et il va falloir lui faire honneur. C'est vrai qu'on rencontre actuellement quelques soucis mais ce n'est pas une raison. On ne mourra pas pour de mauvaises notes à un concours, trois boutons de varicelle ou un Nicolas qui se la joue rebelle.

Ingrid – Seize boutons, et c'est pas fini.

Léa – Nicolas ne se la joue pas seulement rebelle, c'est beaucoup plus grave, je crois qu'il ne m'aime plus.

Durant un quart de seconde, j'ai eu envie d'ajouter : « Et moi, ce ne sont pas seulement des mauvaises notes à un concours, c'est ma vie entière que je vais rater bientôt », pourtant je me suis tue. Super Justine était de retour et sa mission était de fournir les solutions.

Justine – Bien, nous allons prendre les problèmes les uns après les autres et les régler comme il se doit. En ce qui concerne les boutons d'Ingrid, je propose... Je propose...

Le problème, c'est que je n'avais rien à proposer, mais j'avais commencé ma phrase, je devais la terminer.

Dans la vie, quand le sol se dérobe, il faut continuer à avancer même si tu crèves de peur. Il arrive parfois qu'une passerelle inattendue se déroule sous tes pieds. C'est ça croire en la magie de l'existence et forcer son destin.

Justine – Je propose...

La porte de la chambre s'est ouverte avec fracas.

Jim, Nicolas et Thibault (qui était toujours derrière son écran) sont apparus, le visage couvert d'énormes boutons rouges et une pancarte autour du cou « Je vais cartonner à mon concours dans dix jours ».

On a toutes hurlé en même temps.

Les trois filles – Mais c'est quoi, ça ?

Les trois garçons – Ça s'appelle le partage.

Les trois filles – Quoi ?

Les trois garçons – Hérold nous attend pour préparer la salle du réveillon, il est en panique, nous devons y aller. Nous ne partirons pas sans vous. On vous aime trop ! Alors nous nous sommes dessiné des boutons, appelez ça la varicelle solidaire. En ce qui concerne la pancarte du concours réussi, c'est de la programmation positive solidaire. Si vous le voulez bien, vous allez agir de même : boutons, pancartes, manteaux et on y go !

Il m'a fallu quelques secondes pour réaliser que la vie déroulait devant moi non pas un chemin, mais une autoroute.

Quelle soirée incroyable pour cette drôle de fin d'année ! L'existence avait décidément plus d'imagination que les meilleurs des scénaristes.

J'ai souri.

Et tandis que Thibault me demandait avec son élégance légendaire :

Thibault – Si mademoiselle veut bien être ma cavalière et me porter jusqu'au Wi-Fi de *L'entracte*, je serai son homme ce soir.

Et que Jim chuchotait à Ingrid :

Jim – Si la princesse à pois rouges veut se donner la peine de me suivre, je saurai la faire danser et rire.

Nicolas, lui, a murmuré à Léa :

Nicolas – Viens ma douce, je ferai ce soir ce que tu souhaiteras, du moment que tu ne me quittes pas.

Binôme en danger !

Léa – Tu es à la bibli ou tu es là-haut ?

Justine – Je suis là-haut.

Léa – Tu es seule ?

Justine – Oui. Je ne comprends pas. Thomas n'était pas en cours ce matin et je n'ai aucune nouvelle alors qu'on devait bosser ensemble.

Léa – Tu l'as appelé ?

Justine – Oui. Il répond pas. Je lui ai laissé des messages. Rien.

Léa – Il avait sans doute envie de réviser seul.

Justine – Il aurait prévenu. Il est hyper réglo.

Léa – Vous vous êtes disputés ?

Justine – Non.

Léa – Tu lui as peut-être dit un truc qui ne lui a pas plu sans t'en rendre compte.

Justine – On ne fait que bosser depuis des semaines.

Léa – Une attitude qui l'aurait énervé ?

Justine – Thomas est cash.
Si quelque chose lui déplaît, il le dit.

Léa – Il a un numéro de fixe ?

Justine – Je ne le connais pas.

Léa – Tu sais où il habite ?

Justine – Ben oui, je suis déjà allée là-bas.

Léa – Ah bon ?

Justine – Oui, une fois vite fait.

Léa – Tu ne t'en es pas vantée.

Justine – Je n'ai rien à me reprocher.
Le problème n'est pas là.

Léa – Je suis d'accord.
Tu veux que j'aille frapper à sa porte ?

Justine – Tu ferais ça pour moi ?

Léa – Qu'est-ce que je ne ferais pas pour toi...

Justine – Et les petits ?

Mon portable a sonné, le prénom de Léa s'est affiché, j'ai décroché.

Léa – Je sais que tu n'aimes pas qu'on te téléphone quand tu révises mais je pense que tu perds plus de temps à taper tes SMS qu'à me parler.

Justine – C'est vrai. Tu ne gardes pas Lili et Gédéon ce soir ?

Léa – Non, leur mère est rentrée. Tu veux que j'aille voir chez Thomas, alors ?

Justine – J'aimerais bien. Je ne sais pas pourquoi mais j'ai l'impression qu'il y a un problème.

Léa – Quand est-ce que tu l'as eu au téléphone ?

Justine – Hier soir. On a fait des QCM jusqu'à 20 heures.

Léa – Et t'es sûre qu'il n'avait pas un rendez-vous aujourd'hui ?

Justine – À trois jours du concours, tu rigoles ou quoi ? C'est tout juste s'il prend le temps de manger. Il se bourre de vitamine C, de café et de clopes pour rester éveillé. Il étudie 20 heures par jour.

Léa – Il est fou, il va se ruiner la santé.

Justine – On va plutôt dire qu'il est déterminé.

Léa – Tu m'expliques comment aller chez lui ?

Justine – Oui. Merci ma Léa, je suis vraiment inquiète et ça me pollue pour réviser.

J'ai donné l'adresse de Thomas à ma meilleure amie et je me suis remise au travail. J'avais encore un poly de biologie cellulaire à apprendre par cœur mais je ne mémorisais plus rien depuis midi.

Je travaillais depuis des semaines enfermée dans cette chambre et je n'en pouvais plus. La dernière fois que j'avais fait autre chose que lire des cours d'histologie ou d'embryologie, c'était pendant la soirée du jour de l'an. Avant, je ne m'en souvenais même plus tellement c'était loin...

Ma vie depuis la mi-octobre était consacrée à mes études, ce qui me rendait complètement obsessionnelle. Quelqu'un prononçait un mot présent dans un de mes cours et je me récitais la fiche. L'existence entière était devenue un cas clinique.

J'avais perdu ma joie de vivre et ma fantaisie. Même la perspective de rejoindre Thibault à Key West dans moins de quinze jours ne me mettait pas de baume au cœur. Pourtant, notre escapade en Floride s'annonçait formidable. La mère de Lili et Gédéon qui, je vous le rappelle, est hôtesse de l'air, nous avait obtenu, sur sa compagnie, des billets à prix cassé. Peter, le peintre qui employait Thibault, avait accepté de nous loger. Bref, cette semaine au soleil était quasi un cadeau dont je n'arrivais pas à me réjouir. Ni de ça ni de rien d'ailleurs.

Justine, lis ce que j'ai trouvé sur la mémoire et les excitants. Vous devriez en tenir compte, Thomas et toi !

Pour que le cerveau marche à plein régime, il suffit de faire 4 vrais repas par jour...

Peut-on doper la mémoire ?

La preuve de l'efficacité de substances médicamenteuses sur la mémoire n'a jamais été démontrée. Certains produits disponibles en pharmacie ne sont généralement que des produits excitant le système nerveux (comme la caféine) en accroissant le taux d'adrénaline dans le sang. En augmentant artificiellement son énergie, la personne pense être plus efficace.
En réalité, elle se trouve dans un état d'excitation nerveuse qui ne conditionne pas particulièrement un meilleur apprentissage !

J'en venais à me poser de sérieuses questions sur mes choix et j'avais décidé, sans le dire à personne, que si mon classement au premier semestre était aussi mauvais qu'à celui de mon concours blanc, j'arrêterais mes études de médecine. Inutile de m'acharner et de perdre du temps, j'avais mieux à faire, j'avais envie de m'amuser moi aussi. Lorsque je regardais vivre mes amis à la maison rose, j'avais la sensation qu'on m'avait confisqué mon insouciance et ma jeunesse. Mes colocs préparaient leurs exams ce qui ne les empêchait pas de sortir, de regarder des séries, de faire des parties de Candy Crush ou des pokers à *L'entracte*. Pendant ce temps, je croupissais comme une morte-vivante, dans ma chambre, à avaler des tonnes de polycopiés indigestes.

Léa était partie depuis plus d'une heure quand mon portable a sonné. J'ai espéré que ce soit Thomas, mais non, c'était mon cousin.

Justine – Allô ?

Nicolas – Justine, c'est Nico. La chambre de Thomas est bien celle qui est juste en face quand on monte par l'escalier de service ?

Justine – Comment tu sais ça, toi ? Tu es où ?

Nicolas – Je suis avec Léa à taper à une porte comme un con et je suis en train de me demander si c'est la bonne. J'espère que vous avez des raisons de croire qu'il y a un problème parce que c'est vraiment n'importe quoi.

Je n'ai pas tenu compte de l'agacement de mon cousin.

Justine – Il y a un paillasson en forme de moustache ?

Nicolas – Oui.

Justine – Alors c'est bien là. Personne ne répond ?

Nicolas – Non.

Justine – Mais il est où ?

Mon cousin n'a pas répondu à ma question, il m'a juste dit :

Nicolas – Attends, je te passe Léa, elle veut te parler.

Léa venait-elle d'avoir une mauvaise intuition ? Mon cœur a eu des extrasystoles.

Extrasystoles : La contraction cardiaque normale provient d'une dépolarisation membranaire (inversion de la polarité électrique de la membrane cellulaire) cyclique d'un groupe de cellules situées sur la partie haute de l'oreillette droite, le nœud sinusal. Cette dépolarisation se propage à l'ensemble du cœur et entraîne, au niveau des cellules musculaires, une contraction de ces dernières. Elle est suivie par une période réfractaire, bref moment où les cellules ne sont plus stimulables. Le rythme cardiaque est ainsi piloté par ce nœud.

Examens à prescrire :

• L'ECG permet de visualiser l'extrasystole. De par son aspect, on peut en déduire sa localisation.

• L'électrocardiogramme d'effort permet d'évaluer l'influence de la stimulation adrénergique sur l'extrasystolie.

Le holter-rythmique permet de quantifier l'extrasystolie, d'en préciser les caractéristiques et leur répétition.

Léa – Dis-moi Justine, est-ce que tu sais si quelqu'un a un double des clefs de Thomas ?

Justine – Pour quoi faire ?

Léa – Pour voir si tout est OK chez lui.

Justine – Tu crois qu'il est à l'intérieur, qu'il a eu un malaise et qu'il faut appeler les pompiers ?

L'**infarctus du myocarde** (**IDM** étant une abréviation courante) est une nécrose d'une partie du muscle cardiaque secondaire due à un défaut d'oxygénation (ischémie). Il se produit quand une ou plusieurs artères coronaires se bouchent, les cellules du myocarde irriguées par cette (ou ces) artère(s) ne sont alors plus oxygénées, ce qui provoque leur souffrance (douleur ressentie) et peut aboutir à leur mort (cicatrice de l'infarctus qui persistera habituellement). La zone « infarcie » ne se contractera plus correctement.

Léa – Non. S'il révise depuis des semaines sans respecter un minimum de sommeil, il s'est peut-être endormi, tout simplement.

Justine – Si c'était le cas, il se réveillerait en vous entendant frapper. Pour les clefs, il ne connaît personne ici. Il ne sort jamais, il n'a pas vraiment d'amis. Il est vaguement copain avec des étudiants à la fac, mais c'est tout.

Léa – Et tu sais où ses parents habitent ?

Justine – À la campagne, à une centaine de kilomètres d'ici, je ne me souviens plus du nom du village. Il l'a mentionné une fois mais je ne l'ai pas retenu. Qu'est-ce qu'on fait ?

Léa – Je te rappelle. Jim vient d'arriver. On va essayer de trouver une solution. Ne t'inquiète pas.

Et elle a raccroché.

Inutile de vous dire que je n'ai pas pu continuer à réviser après cet appel. S'il était arrivé quelque chose à Thomas, je ne me le pardonnerais pas. Je l'avais laissé travailler seul dans sa chambre sans jamais me soucier de sa santé ou de son confort.

En revanche, lui était toujours là pour moi. Il arrivait le premier le matin à la fac pour être certain qu'on aurait de bonnes places dans l'amphi, il récupérait les polys pour nous deux, il prenait le temps de m'expliquer mes erreurs quand on s'interrogeait mutuellement, il me soutenait quand je perdais courage.

Bref, j'étais son boulet, il était ma bouée. À le voir toujours si vaillant, je n'imaginais pas un instant qu'il puisse s'effondrer. Et je me détestais de n'avoir pas su le voir. Au fond, j'étais toujours la petite Justine égocentrée et pleurnicheuse qui attendait tout des autres et ne s'intéressait qu'à elle-même.

Mon portable a bipé, j'avais reçu un nouveau SMS. J'ai pensé très fort : « Faites que ce soit Thomas, qu'il m'explique qu'il s'était endormi mais que tout va bien et qu'il arrive à la maison rose pour travailler avec moi. »

C'était Nicolas.

« Hérold nous envoie un copain
pour ouvrir la porte.
Il sera là dans dix minutes.
On te tél après. »

Je n'ai pas attendu davantage, j'ai fourré mon polycopié de bio dans mon sac et j'ai décidé de rejoindre les autres. Durant le trajet, j'ai composé le numéro de mon binôme en boucle : sonnerie, message, boîte vocale. À devenir folle.

Lorsque je suis arrivée, Alex, le copain d'Hérold, essayait de forcer la porte. N'imaginez pas un grand gaillard baraqué la faisant tomber d'un coup d'épaule, non. Le « serrurier » était un type d'une cinquantaine d'années, plutôt chétif, qui avait pour tout outil une radio. Pas une radio comme celle dont mon père se sert pour écouter France Inter, non une radiographie du thorax.

La **radiographie du thorax** est une technique d'imagerie médicale à base de rayons X permettant de diagnostiquer des pathologies atteignant ou retentissant sur le thorax et ses composantes : atteintes médiastinales, infections pulmonaires, pneumothorax, décompensation cardiaque, etc.

Pour obtenir une image de face, le patient se tient debout, la partie antérieure du tronc accolée à la plaque de capture et l'émetteur dans son dos.

Léa, la première, s'est aperçue de ma présence.

Léa – Qu'est-ce que tu fais là, Justine ?

Justine – Je n'arrivais pas à travailler.

Nicolas et Jim, fascinés par les méthodes du gentleman cambrioleur, ne se sont même pas retournés.

Baissant un peu la voix, j'ai demandé à ma meilleure amie :

Justine – Il compte ouvrir la porte avec une radio ?

Léa – Oui. Il a l'air assez confiant.

Effectivement, cinq minutes plus tard, Alex y parvenait sans difficulté.

Alex – Bien, mon travail s'arrête là. Ce que je viens de faire, je l'ai fait pour Hérold, mais si le type qui habite là porte plainte, vous aurez des soucis.

Léa – N'ayez aucune inquiétude, c'est la chambre d'un ami et nous voulons juste vérifier qu'il va bien. Nous vous remercions pour...

Je n'ai pas attendu la fin de la phrase pour pénétrer dans la chambre. Si Thomas avait eu un malaise, je devais l'aider au plus vite.

La **position latérale de sécurité** (ou **PLS**) est un geste de premiers secours à pratiquer systématiquement lorsque l'on est en présence d'une personne inconsciente, qui respire normalement et qui est décubitus dorsal (couchée sur le dos).

Cette technique sert à maintenir la liberté des voies aériennes supérieures, c'est-à-dire le passage de l'air jusqu'aux poumons. En effet, le risque majeur est que la personne s'étouffe par la fermeture de l'épiglotte (clapet qui empêche normalement les aliments de pénétrer dans les poumons) et le contenu de l'estomac (qui se vide lentement, puisque le muscle qui le ferme n'a plus de tonus). Pour ce faire, on place la victime sur le côté, en chien de fusil, en maintenant sa tête alignée dans l'axe du dos, la bouche ouverte. On parle parfois de *décubitus latéral* pour signifier que le corps est horizontal et tourné sur le côté.

Est-ce que la partie de moi qui ne sait que réciter ses cours de fac au lieu de vivre sa vie pourrait se taire ?

La chambre était vide.

Le canapé-lit était ouvert et la couette roulée en boule. Des livres, des polycopiés, des fiches, jonchaient le sol. Une tasse de café ébréchée était posée sur un paquet de gâteaux à moitié vide.

Jim, qui m'avait suivie de près, m'a chuchoté :

Jim – La bonne nouvelle, c'est qu'il ne lui est rien arrivé.

Justine – En tous les cas, pas ici.

Jim – Arrête de penser au pire.

Justine – Mais à trois jours du concours, s'il n'est ni à la fac ni dans sa chambre, où est-il ?

Nicolas – Au pieu avec une meuf. Il en a eu marre de bosser et il est parti se détendre un peu.

Parfois, je hais mon cousin et ses remarques de blaireau. Ma meilleure amie n'a pas tenu compte de l'hypothèse de Nicolas.

Léa – Bon, on regarde discrètement dans la pièce pour voir si on trouve un indice qui nous permettrait de savoir où est Thomas.

Nicolas – Pas question ! Vous êtes de grandes malades, toutes les deux. On ne va pas jouer à l'inspecteur Tommy comme Théo.

Justine – Tobie !

Nicolas – Quoi Tobie ?

Justine – L'alias de Théo est l'inspecteur Tobie, pas Tommy.

Nicolas – Peu importe. Il faut se calmer maintenant. Vous nous avez entraînés dans votre délire de « monsieur a eu un malaise tout seul dans sa petite chambre », du coup, on a forcé la porte d'un type qui n'avait rien demandé. Moi, j'arrête là, je ne vais pas mettre une chambre à sac pour deux hystéros qui se font des films. Salut !

J'ai regardé Jim. Il a semblé gêné.

Jim – Désolé les filles, mais je suis d'accord avec Nico. D'accord, Thomas ne répond pas à Justine mais il n'y a pas de quoi paniquer à ce point. Maintenant qu'on a vérifié qu'il n'était pas malade chez lui, on doit attendre qu'il se manifeste. Prévenez-moi dès que vous avez des nouvelles et si vous avez besoin de moi, vous savez où me trouver.

Sur cette dernière phrase, il est sorti de la chambre avec Nicolas. C'est à ce moment qu'Ingrid a fait son entrée.

Ingrid – Je suis venue du plus vite que j'ai pu. Alors, vous l'avez retrouvé ?

Personne ne lui a répondu.

Ingrid – Vous allez où, les garçons ?

Nicolas – Demande aux filles.

Ingrid s'est tournée vers nous, une main sur la hanche et la moue excédée façon peste dans les séries américaines.

Ingrid – Quelqu'un m'explique ?

Léa – Nous ne savons toujours pas où est Thomas. Ils pensent que nous nous sommes inquiétées pour rien.

Ingrid – C'est vrai qu'en forçant la porte vous avez un peu mis la morue avant les bœufs...

Léa – Peut-être. Mais Justine est convaincue que son binôme a un problème.

Ingrid – Et toi, tu en penses quoi ?

Léa – J'aurais tendance à prendre en compte l'intuition de Justine.

Ingrid – Qu'est-ce qu'on fait ?

Léa – Je pensais regarder dans la chambre pour trouver un indice qui nous renseignerait.

Ingrid – C'est gênant de pénétrer dans son intimité, non ?

Léa – Oui, c'est vrai.

Léa a réfléchi quelques secondes.

Léa – Allez, on s'en va...

Les garçons, qui étaient restés sur le seuil de la porte, ont semblé satisfaits par ce dénouement.

Ma meilleure amie s'est approchée de moi.

Léa – Viens ma Justine, on n'a plus rien à faire ici. Il va te rappeler, c'est sûr.

Justine – D'accord.

J'ai ramassé mon sac que j'avais posé sur son lit. J'ai tiré la couette, tapoté l'oreiller sur lequel il y avait encore l'empreinte de son visage. C'est à cet instant que j'ai vu la photo. Je ne sais pas si c'était la tension accumulée de ces derniers jours, le fait que je n'avais rien mangé depuis le matin ou ce que je venais de découvrir, mais j'ai soudain eu très chaud et tout a tourné autour de moi.

Expression bien de chez nous :

Mettre la charrue avant les bœufs

Cette expression, qui date du XVIe siècle, s'inspire du monde agraire. Elle rappelle qu'une charrue est faite pour être tirée par les bœufs et non pas poussée par ces derniers.
« Mettre la charrue avant – ou devant – les bœufs » signifie au sens figuré : faire les choses avec empressement, désordre et illogisme. Pour exprimer cette idée, les Anglo-Saxons ont remplacé le bovin par un cheval avec l'expression *To put the cart before the horse*. Les Espagnols, eux, préfèrent une autre image, *Empezar la casa por el tojado*, c'est-à-dire commencer la maison par le toit.

Malaise vagal : Le **malaise vagal** ou **malaise vasovagal** (ou **choc vagal**) est un malaise pouvant être dû à une activité excessive du système nerveux parasympathique ou à une baisse d'activité du système nerveux sympathique.

Ce malaise est la traduction d'un ralentissement du rythme cardiaque associé à une chute de pression artérielle, aboutissant à une hypoperfusion cérébrale. Il peut s'exprimer par une perte de connaissance brève partielle (lipothymie) ou totale (syncope).

Jim – Levez-lui les jambes. Plus haut. Justine ! Justine, tu m'entends ?

Nicolas – Putain, mais qu'est-ce qu'elle a ?

J'ai ouvert les yeux.

J'étais par terre dans la chambre de Thomas et les autres me regardaient, affolés, comme si ma dernière heure était arrivée. J'ai essayé de me redresser.

Léa – Attends un peu avant de bouger, tu es toute blanche. Nico, tu me donnes le paquet de gâteaux ?

Nicolas – Tu trouves que c'est le moment de goûter ?

Léa a mitraillé mon cousin du regard. Il s'est immédiatement défendu.

Nicolas – C'est bon, j'essayais de détendre l'atmosphère. Mais pourquoi tout est un drame avec vous ?

Je me suis relevée.

Justine – Ça va, je me sens mieux. On y va ? Je voudrais rentrer.

Léa – C'est d'accord. Mais doucement.

J'ai ramassé mon sac pour la seconde fois et j'ai jeté un œil discret à la photo qui dépassait de l'oreiller afin de vérifier que je n'avais pas rêvé.

Aucun doute. C'était bien une photo de moi assise à la bibliothèque en train de travailler. Thomas avait dû la prendre sans que je m'en rende compte. Depuis la soirée kamishibaï et ma mise au point sur notre relation, il n'avait jamais rien laissé transparaître de ses sentiments pour moi. Il était toujours resté en retrait comme s'il y avait juste eu un malentendu sans importance entre nous. Je n'avais pas imaginé une seconde qu'il nourrissait encore un quelconque sentiment à mon égard.

Sur le chemin du retour, je l'ai rappelé en boucle. Sans succès.

Il était 20 heures et je sentais au fond de moi qu'à l'heure où je marchais dans la rue, entourée de mes amis, un événement se déroulait qui allait changer à jamais le cours de son existence.

Ne me demandez pas pourquoi je le savais. Je le savais, c'est tout. Il est parfois inutile de chercher des raisons rationnelles à l'irrationnel. La vie emprunte, quand elle le désire, des chemins inconnus.

Je marchais comme coupée en deux. Mes pieds sur le bitume et mon âme entièrement tournée vers celui dont je sentais le chagrin infini.

Je n'avais plus besoin de réseau pour me connecter à lui.

Léa – Envoie-lui toute ton énergie alors.

J'ai souri à ma sorcière bien-aimée.

Je rectifie ce que je viens de dire : ce ne sont pas des chemins inconnus que la vie emprunte parfois pour nous éveiller, c'est une autoroute à quatre voies et sans limitation de vitesse !

Mon portable a sonné. J'ai regardé le nom qui s'affichait comme si j'étais hypnotisée.

Nicolas – Putain, qu'est-ce que tu fous, Justine ? Tu vois pas que c'est lui ?

Justine – Si...

Je me suis un peu éloignée et j'ai décroché.

Justine – Thomas...

Il n'a pu prononcer aucun mot. J'ai parlé pour lui.

Justine – Je suis là, tout près de toi. Dis-moi ce que je peux faire pour soulager ta peine et je le ferai.

J'ai entendu ses sanglots. Et là encore une fois, je n'ai pas eu besoin qu'il parle pour comprendre. Le malheur a sa musique et lorsqu'on l'a écoutée une fois, on la reconnaît quand elle se joue. C'était la même que celle de Léa, dix ans plus tôt.

Il m'a fallu attendre mercredi matin, veille du concours, pour entendre de nouveau Thomas. Il m'a appelée vers 11 heures. Inutile de préciser que je travaillais encore et toujours dans ma chambre.

Thomas – Justine, c'est moi.

Justine – Je suis contente que tu m'appelles.

Thomas – Merci pour tes SMS, ils m'ont fait du bien. Je n'ai pas pu te répondre. Tout est allé si vite.

Justine – J'imagine. Tu es où, là ?

Thomas – Chez mes parents, je prends le train dans vingt minutes.

Justine – Tu veux que je vienne te chercher à la gare ?

Thomas – Tu es certaine de ne pas avoir mieux à faire ?

Justine – Je réviserai sur le quai en t'attendant.

Thomas – J'arrive à 12 h 37.

Justine – J'y serai.

Thomas – Merci.

Sa voix s'est brisée, je n'ai rien su répondre et nous avons raccroché. J'ai mis une alarme à 12 h 10 sur mon portable et je me suis remise au travail. Enfin, j'ai essayé.

J'avais la sensation d'avoir allumé plusieurs fichiers audio en même temps et toutes les informations se mélangeaient.

Exemple de fichiers ouverts en même temps : Qu'est-ce que je vais dire à Thomas quand il descendra de la microscopie photonique ? Je n'ai pas rappelé maman hier, elle m'a laissé au moins six messages. Elle va être complètement en contraste de phase. Il faut que je mange avant la tomographie à électrons. Quelle heure est-il à Key West ? J'ai bien senti que ce qui arrive à Thomas a affecté Léa. Ça lui rappelle trop la préparation des échantillons et des coupes. Où ai-je rangé ma doudoune ? Oh non, je l'ai laissée en immunohistologie/confocale...

J'ai pris ma corde à sauter et j'ai sauté. Ça peut vous paraître étrange mais c'est la prof d'histologie qui nous l'a conseillé. Même si, sur le moment, j'ai ri avec les autres quand elle nous a vanté les bienfaits de la corde à sauter, je dois avouer que c'est vraiment efficace. Ça nécessite peu d'espace, peu de temps, ça redonne du tonus après des heures assise à son bureau et ça évite les ruminations du genre : « Je vais louper mon année, je n'y arriverai jamais, je suis nulle... » Du coup, c'est devenu une private joke à la maison rose. Dès que quelqu'un s'énerve ou déprime, les autres lui proposent ma corde à sauter.

Mon portable a sonné. Léa. Tiens, à cette heure-ci Léa est en cours normalement. J'ai décroché en continuant à sauter.

Justine – Allô ?

Léa – Pourquoi es-tu essoufflée comme ça ?

Justine – Je saute.

Léa – Tu ne veux pas te calmer un peu.

Justine – Je ne peux pas !

Léa – Bon, si tu as besoin de quoi que ce soit, préviens-moi, je suis rentrée.

Justine – Déjà ?

Léa – Oui, le cours sur *Le Tartuffe* n'était pas passionnant, je préfère réviser à la maison.

J'ai fait semblant de la croire mais je connaissais la raison qui avait poussé Léa à sécher son cours sur le théâtre du XVIIe siècle, et la qualité de l'enseignement dispensé n'en était pas la cause. Elle ne cesse de répéter depuis la rentrée que son prof est brillant et qu'il est capable, je la cite, « de donner une interprétation moderne des pièces classiques sans jamais dénaturer l'œuvre ».

Non, ce qui avait amené ma meilleure amie à renoncer à ce TD qui lui plaisait tant, c'était ma petite personne ! Entre mon concours et ce qui venait d'arriver à Thomas, elle était inquiète pour moi et, même si elle s'en défendait, elle veillait sur moi en permanence.

Léa – J'ai acheté de quoi nous concocter un déjeuner merveilleux : ailes de poulet à l'indienne, riz basmati, mousse au chocolat. Je prépare la table et je mets au micro-ondes dès que tu descends. Tu peux manger en moins de dix minutes « fourchette en main », c'est correct, non ?

Justine – Plus que ça ! Tu es la meilleure BFF du monde mais je ne sais pas si je serai là à l'heure du déj...

Léa – Pourquoi, tu vas où ?

Justine – Chercher Thomas à la gare.

Léa – Il t'a appelée ?

Justine – Oui, tout à l'heure.

Léa – Mais tu aurais pu commencer par ça ! Comment va-t-il ?

Justine – Je n'ai pas eu le temps de le lui demander.

Léa – Pourquoi vous ne viendriez pas déjeuner ici tous les deux ? Il ne faut pas qu'il reste seul.

Justine – Je vais le lui proposer.

Léa – Il pourrait s'installer ici le temps du concours.

Justine – Ça m'étonnerait qu'il accepte !

Léa – Je compte sur ton pouvoir de persuasion.

La dernière réplique de Léa m'a vraiment surprise. C'était un peu comme si elle m'engageait à me jeter dans les bras de Thomas.

Léa – J'ai dit pouvoir de persuasion, pas pouvoir de séduction.

J'ai rougi jusqu'à la racine des cheveux. Heureusement que j'étais au téléphone !

Léa – Quoi qu'il affirme, ne le laisse pas seul. Il a besoin des autres. Je sais de quoi je parle.

Ma meilleure amie n'a pas eu besoin de m'expliquer le sens de ses paroles. Je savais à quel point elle se sentait proche de Thomas et du malheur qui le frappait.

Léa – Tu promets ?

Justine – I promise.

Léa – Très bien. Et s'il te plaît, arrête de sauter, je n'en peux plus !

J'ai éclaté de rire. Il est vrai que je n'avais pas cessé depuis le début de notre conversation.

À midi, j'ai pris mes affaires et j'ai foncé à la gare. J'étais fébrile et je ne saurais dire si c'était la proximité du concours, ma crainte de ne pas trouver les mots avec Thomas ou ma joie de le revoir après ces jours d'absence.

Les fichiers audio s'étaient de nouveau ouverts dans ma tête, je ne vous fais pas écouter parce que c'était encore plus confus que d'habitude.

Quand la voix SNCF a annoncé que le train arrivait, j'ai eu du mal à me lever tellement j'étais fatiguée par tout ce brouhaha. À moins que ce ne soit par mes heures de corde à sauter.

Je me suis avancée sur le quai et je l'ai vu qui descendait du premier wagon. Je lui ai fait un signe de la main. Il n'a pas répondu. L'émotion sans doute. J'ai marché vers lui en souriant. C'est seulement quand je me suis approchée que j'ai réalisé que ce n'était pas Thomas. Il m'a regardée avec une kyrielle de points d'interrogation dans les yeux. J'ai continué à marcher l'air de rien.

C'est fou le nombre de situations ridicules auxquelles on s'expose lorsqu'on ne met pas ses lunettes.

J'étais en train de lister toutes les fois où j'avais été ridicule à cause de ma myopie, notamment le jour où je m'étais amusée à shooter dans les feuilles mortes et où j'avais marché dans une énorme crotte de chien, lorsque j'ai senti une main s'agripper à mon épaule. J'ai poussé un cri strident.

Thomas – Eh, du calme Justine, c'est moi !

Il se tenait là, tout près, sans que je l'aie senti s'approcher. Il m'a souri. Les fichiers audio se sont de nouveau ouverts, si bien que, lorsque j'ai voulu lui parler, je n'ai réussi à prononcer qu'un son étrange à mi-chemin entre un gargarisme pour laryngite aiguë et le couinement d'un chiot qui s'est pris la queue dans une porte.

Depuis lundi, j'avais rêvé mille retrouvailles avec Thomas. J'en avais même imaginé une sur le quai de cette gare mais aucune ne ressemblait à cela.

Mais pourquoi je suis moi ?

Thomas – Merci d'être venue me chercher.

Je n'ai rien répondu. Vu les bruits bizarres que j'étais capable de produire dans les moments de stress, c'était plus sage.

On a marché en silence, côte à côte sur le quai, et je ne crois pas me tromper en affirmant que Thomas s'est senti soulagé que je ne le questionne pas.

En temps normal, il a du mal à parler de lui mais là, ça devait être impossible. Il a fini par rompre le silence.

Thomas – Tu as fini le programme de révision qu'on s'était fixé ?

Justine – Il me reste trois chapitres de biologie cellulaire.

Thomas – Alors il faut vite rentrer travailler.

Justine – Léa nous a préparé à déjeuner.

Thomas – C'est gentil mais j'ai envie d'être chez moi.

Il fallait que je trouve une façon délicate de lui faire comprendre mon désir de rester avec lui.

Justine – Je peux venir dans ta chambre ?

Oui, je le reconnais, ce n'était pas la formulation la plus « délicate » qui soit, néanmoins elle a été efficace.

Thomas – Si tu veux.

Mon portable a sonné. Léa devait s'inquiéter. J'ai décroché pour la rassurer. La voix de ma mère hurlant dans le combiné a retenti dans la gare. J'exagère à peine si j'affirme qu'elle a couvert celle de Mme SNCF qui annonçait le départ du prochain train pour Paris.

La mère – Juuuuuuuustiiiiiiiiine, je peux savoir pourquoi je suis obligée de te rappeler vingt fois avant que tu daignes me répondre ? Je te signale, ma fille, que cela faisait partie de nos conventions : tu DOIS nous donner de tes nouvelles régulièrement quelles que soient les circonstances.

J'ai tenté la diversion.

Justine – Mum chérie, est-ce que je peux te rappeler ce soir, je suis en cours, là ?

Mme SNCF a répété très fort : « Le train à destination de Paris va fermer ses portes dans deux minutes. Les personnes accompagnant les voyageurs sont invitées à descendre. »

La mère – Tu te moques de moi ? Qu'est-ce que tu fais à la gare ?

Il est certain qu'un bon mensonge se prépare et que je n'avais pas eu le temps d'anticiper.

Même si je savais que ce que j'allais faire n'était pas correct et que je le payerais cher, j'ai répondu :

Justine – Maman, je ne peux pas t'expliquer ce qui se passe mais ne t'inquiète pas, je vais bien. Je te rappelle ce soir sans faute.

Et j'ai raccroché. Pour être certaine qu'elle ne puisse plus me joindre, j'ai éteint mon portable. Je n'avais plus qu'une priorité dans l'heure à venir : m'occuper de Thomas.

Lorsque nous sommes arrivés devant sa porte et qu'il l'a ouverte, j'ai repensé à Alex trafiquant la serrure avec sa radio des poumons, à ma crainte de trouver mon binôme inanimé et à la couette à rayures couverte de miettes de Pim's.

Justine – Thomas, je dois te parler.

Thomas – Je t'écoute.

Justine – Lundi, je n'arrivais pas à te joindre, j'ai eu peur qu'il te soit arrivé quelque chose. Comme je ne savais pas à qui demander tes clefs, on a forcé ta porte.

Thomas – Qui ça, on ?

Justine – Mes amis et Alex, un copain d'Hérold. J'étais certaine que tu avais besoin d'aide, tu comprends ?

Thomas m'a regardée et je ne saurais décrire les émotions qui ont défilé dans le fond d'écran de ses yeux. J'ai eu peur un instant qu'il ne se fâche et me demande de partir. Mais non, il a remis son masque du type qui se maîtrise « en toute situation » et m'a invitée de nouveau à rentrer. Je ne me suis pas fait prier.

Mon binôme a posé son sac sur le bureau, a ramassé les livres qui étaient par terre. Quand il a refermé son canapé-lit, ma photo est tombée. J'ai cherché un mouchoir dans ma poche afin de lui laisser le temps de la dissimuler.

Thomas – On reprend le cours sur la prolifération et la mort cellulaire ?

Effectivement, c'était un des trois chapitres que je devais encore réviser mais je ne m'attendais pas à ce qu'on se mette au travail si vite. J'avais imaginé qu'on parlerait d'abord de ce qui venait de lui arriver.

Justine – OK.

Thomas – Alors on y va. Pour la prolifération des cellules in vivo, quels sont les trois types de renouvellement ?

Justine – 1) cellules spécialisées qui ne se renouvellent pas : neurone, cellule post-mitotique terminale.

2) cellules spécialisées qui se divisent rarement : hépatocytes bloqués en GO jusqu'à trois ans.

3) cellules spécialisées qui sont renouvelées grâce à des cellules souches : kératinocytes de la peau.

Thomas – Parfait. Combien d'items pour les facteurs de croissance ?

Justine – Cinq.

Thomas – Tu me donnes les deux premiers ?

Justine – 1) en culture, nécessité de sérum pour la prolifération.

2) contient des facteurs de croissance qui sont des protéines identifiées.

Thomas – Excellent. Pour un cours que tu n'as pas assez révisé, tu le connais bien.

Justine – Le début seulement, après ça se gâte.

Thomas – Combien d'items pour le comportement des cellules normales in vitro ?

Justine – Six.

Thomas – Et pour les cellules cancéreuses ?

La voix de Thomas s'est brisée sur cette dernière question.

Je suis restée les yeux baissés de peur de croiser son regard. Après un long moment de silence, les mots sont sortis serrés de l'enclos de ses dents.

Thomas – Il était malade depuis trois ans. Mais à la maison, personne n'abordait le sujet. Il allait à l'hôpital seul, il en revenait seul. Il n'a jamais voulu qu'on l'accompagne. On s'est pliés à sa volonté. Quand l'an dernier, je lui ai dit mon intention de faire médecine, il a hoché la tête puis il m'a murmuré : « Il faudra que tu te débrouilles seul, mon fils, parce que je ne serai plus là. »

Thomas s'est tu. Je l'ai entendu renifler discrètement. Je me suis approchée de lui sans le regarder. Il n'a pas cherché à m'éviter, alors je me suis approchée plus près encore jusqu'à ce que sa bouche soit près de mon oreille et qu'il ait juste besoin de chuchoter son chagrin.

Thomas – Dimanche soir, quand ma sœur m'a demandé de venir au plus vite, je n'étais pas certain d'avoir le temps de lui dire au revoir. Quand je suis arrivé, il était depuis plusieurs heures dans un état proche du coma. Pourtant, quand j'ai passé la porte, il a ouvert les yeux. Il m'a fixé un long moment comme si tout ce qu'il n'aurait jamais le temps de me dire était contenu dans son regard… Comme si toutes mes questions à venir sur la vie y trouveraient leurs réponses. Ensuite, il a fixé les autres à tour de rôle et son regard s'est perdu au loin. C'était fini.

Les larmes de Thomas se sont écrasées sur ma joue et ont coulé en diagonale le long de mon cou. Elles se sont mêlées aux miennes. J'ai ouvert mes bras, il s'y est blotti. J'ai cherché comment apaiser sa peine. Ma bouche a baisé son front, ses yeux et soudain, comme si la situation nous échappait totalement, nous nous sommes embrassés.

Dans ma tête, les fichiers « Thibault », « Key West », « vacances dans moins de quinze jours », « retrouvailles », « infidélité » ont tenté de s'ouvrir mais il y a eu un court-circuit. L'écran est devenu totalement noir comme à la fin des films d'amour, avant que la mention The End apparaisse.

Sauf que là, ce n'était pas la fin.

L'avenir nous le dira...

ou pas !

Léa – Oh hé tu fais quoi Justine, à rêvasser devant ta valise vide ? Je te rappelle que nous sommes le 19 janvier et que nous partons à Key West.

Justine – Je ne sais pas quoi mettre dedans.

– Pourtant côté fringues, avec toi, ça devrait être vite réglé.

J'ai regardé Ingrid qui était entrée sans frapper dans notre chambre et je lui ai dit d'un air mauvais :

Justine – Ah bon et pourquoi ?

La peste a souri.

Ingrid – Pourquoi ? Est-ce qu'il t'arrive, parfois, de porter autre chose qu'un jean et un tee-shirt ?

Justine – Absolument.

Ingrid – Ah bon, et quoi ?

J'aurais bien aimé lui fournir une réponse intelligente qui lui aurait « cloué le teck » (pour reprendre une expression de notre princesse des mots tordus) mais je n'ai pas trouvé. Il est indéniable qu'été comme hiver, je suis toujours habillée de la même façon et que remplir ma valise ne devrait pas me poser de problème. Mais bon, ce n'est pas une raison.

Alors que, deux secondes auparavant, mon désœuvrement agaçait Léa, elle est venue à mon secours.

Léa – Il fait si froid ici ! On a du mal à s'imaginer qu'on va se retrouver avec une température de 30 degrés dans moins de 24 heures. Si je m'étais écoutée, j'aurais bourré ma valise de pulls et d'écharpes. Je comprends que tu aies du mal à te décider, ma Justine.

Ingrid – En ce qui me concerne, ma valise, je l'ai faite en un clic !

Léa – Ah oui ? Comment ça ?

Ingrid – J'ai un dressing virtuel comme Victoria Beckham.

Léa a éclaté de rire.

Léa – C'est quoi ce truc, encore ?

Ingrid – Une appli géniale. Tu entres dans le programme les photos de tes fringues avec leurs caractéristiques : couleurs, matières, look, saison. Tu prépares virtuellement des tenues : mon petit short turquoise en daim avec un débardeur blanc, ma jupe parme Woodstock avec le pull en maille de la même couleur. Tu ajoutes les accessoires : chaussures, ceintures, sacs, bijoux... Et voilà ! Le jour où tu pars en vacances, tu indiques la saison, la température, le nombre de jours et hop, tu as la liste de tout ce qui doit se trouver dans ta valise ! C'est pas trop top ?

Léa – Pas mal.

Justine – Bof...

Devant mon manque d'enthousiasme, Ingrid s'est contentée de lever un sourcil. Derrière ce sourcil levé, il y avait le mépris de la fille super tendance pour la plouc en jean.

Ingrid – Pour ma semaine à Key West, j'ai préparé trois tenues par jour : une pour la plage, une pour la balade en ville, une pour le soir en boîte. J'ai tout étiqueté jour par jour. Même le make-up.

Je ne sais pas ce qu'un psychiatre poserait comme diagnostic mais je trouve ce désir de tout contrôler inquiétant.

J'ai eu envie d'énerver un peu la peste.

Justine – Et si tu perds ta valise, qu'est-ce que tu as prévu ?

Durant un dixième de seconde, il y a eu toute l'angoisse du monde dans le regard d'Ingrid. Un peu comme si on venait de lui annoncer qu'une attaque nucléaire allait détruire les deux tiers de la planète dans moins d'une heure, ou que les stocks mondiaux de mascara waterproof étaient épuisés. Un truc vraiment grave, quoi... J'en ai presque regretté ma remarque ! Léa a joué les saint-bernard.

Léa – Tu feras comme moi à Londres, tu t'achèteras deux ou trois tenues sur place.

C'est fou le nombre d'émotions différentes qui peuvent se lire sur un visage en un temps record. Alors qu'une seconde auparavant, Ingrid jouait sur le registre tragico-pathétique, elle est passée en un clin d'œil au registre joie-extrême-épanouissement-maximal.

Ingrid – Oh oui, faire du shopping sur Lincoln Road ! Je m'y vois déjà. Dites, les filles, elles pèsent combien vos valises ?

Léa – Pas très lourd. Pour une semaine, on n'a pas besoin de grand-chose. Pourquoi ?

Ingrid – Parce que ma valise pèse déjà vingt-cinq kilos et que je n'ai pas encore mis mes accessoires.

Alors il faut ajouter une trentaine de kilos pour les sacs, les pochettes et les minaudières. Sans oublier un supplément pour les chaussures.

Encore une expression bien de chez nous :

Clouer le bec

« Clouer le bec de quelqu'un » veut dire qu'on lui impose le silence. En dépit des apparences, le verbe « clouer » n'a pas de lien avec le mot « clou ». Sa racine est « cloer » qui signifiait « clore ». Il s'agit là de « fermer » le bec d'autrui. Ce bec désigne la bouche et, par conséquent, la parole.

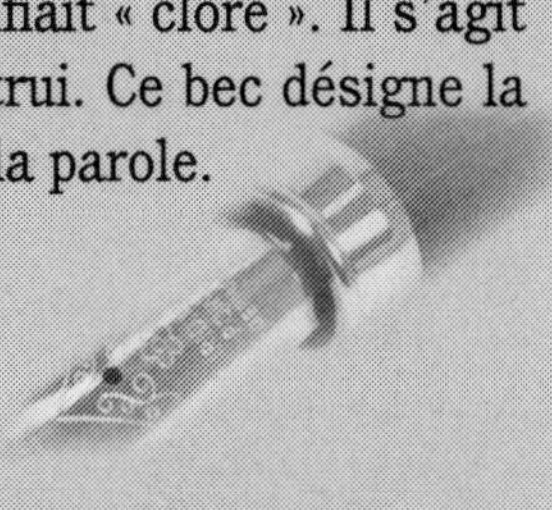

Léa – Ta valise pèse vingt-cinq kilos ? Tu exagères, Ingrid !

Ingrid – Non, je t'assure, regarde. J'ai mis le strict minimum... Minimum, j'ai un doute, voyons la définition.

Emprunté du latin *minimum*, neutre de *minimus* « le plus petit » → voir *minime*.

1. (*Mathématiques*) Plus petit degré auquel une grandeur puisse être réduite.

2. Se dit aussi, dans le langage ordinaire, et par opposition à *maximum*, de la plus petite somme dans l'ordre des sommes dont il s'agit.

3. Se dit encore de la moindre des peines que la loi inflige pour un crime, un délit.

4. S'emploie, dans le langage courant, pour désigner le point le plus bas où une chose puisse être mise.

Doit-on comprendre qu'Ingrid a rempli sa valise au point le plus bas ? Je n'ose imaginer ce que ça donnerait au maximum ! Un déménagement en semi-remorque de 36 tonnes peut-être.

Ingrid – Alors, vous êtes d'accord pour que je glisse des affaires à moi dans vos valises ?

Léa – Tu es certaine de vouloir tout emporter ? Tu sais, les deux premiers jours on va rester à Miami chez un ami de Peter et ça ne sera pas très pratique si on est trop chargés.

Ingrid – C'est sûr, il vaut mieux voyager léger.

Je rêve ou Ingrid a été convaincue par l'argument « qualité de vie » aux dépens de « je veux être la plus belle du royaume » ?

Ingrid – Mais je ne voudrais pas être une souillon là-bas.

No comment !

CCUEIL | **FASHIONISTA** | INSPIRATIONS | FOOD | BONS PLANS | CONTACT

Mode fraîche et belle même après l'atterrissage !

Que dois-je glisser dans mon Vanity case pour sortir belle et fraîche de l'avion après un long courrier ?

❋ Des lingettes démaquillantes pour débarrasser ma peau des impuretés avant le décollage. Poudre, blush et fond de teint sont à bannir !

❋ Un petit tube de crème hydratante pour contrer l'air chaud, sec et agressif des cabines.

❋ Un baume à lèvres pour hydrater ma jolie bouche.

❋ Deux doses de sérum physiologique anti-yeux de lapin.

❋ Des lingettes déodorantes pour ne jamais douter de moi.

❋ Un kit composé d'un mini dentifrice et d'une brosse à dents pliable pour une haleine de princesse.

Paraître intelligente à la plage même en bikini

Petite recette du soir pour garder la ligne

Justine :
C'est moins glamour, mais n'oublie pas les chaussettes de contention ☺

Léa :
Et *Pour qui sonne le glas*, d'Ernest !

– Justine, il t'a répondu quoi, Thibault, pour mon Mac ? Il faut un transfo ou pas ?

Léa a regardé mon cousin qui venait à son tour d'entrer dans notre chambre sans frapper et lui a dit en articulant comme une instit qui tente d'éduquer un élève impossible :

Léa – Toc toc toc ! Désolé de vous déranger les filles, j'ai une question pour Justine, je peux ?

Nicolas a fixé Léa un quart de seconde, le temps de comprendre le contenu pédagogique de sa remarque, et il a enchaîné :

Nicolas – Toc toc et tout le bordel, alors il a répondu quoi, Thibault ?

Justine – J'ai oublié de le lui demander.

Nicolas – Oh putain, je te l'ai répété au moins quatre fois hier.

Justine – Eh bien, je n'y ai plus pensé.

Nicolas – Pour vous pécho sur Skype, tu trouves le temps mais pour poser une malheureuse question dont dépend l'avenir de mon ordi aux States, il n'y a plus personne...

Justine – On ne s'embrasse pas sur Skype.

Ingrid a ricané bêtement, genre je ne commente pas même si je n'en pense pas moins.

Qu'est-ce qu'ils m'énervent tous à se mêler de ma vie. En plus, ils ne savent rien de mes histoires. Ils sont persuadés que je suis heureuse à l'idée de rejoindre Thibault en Floride. Ils ignorent que j'hésite encore entre partir avec eux à Key West poursuivre mon histoire d'amour avec mon prince ou bien rester là avec celui qui fait battre mon cœur depuis des mois. Ils n'imaginent pas ce qui s'est passé dans mon existence depuis ce fameux jour où je suis allée chercher Thomas à la gare.

Flash-back.

Pour les puristes de la langue française, on ne dit pas flash-back, on parle d'analepse quand il s'agit d'un roman, toutefois le sens est le même : on repart dans un passé proche ou lointain. Là, il faut remonter douze jours plus tôt mais il est arrivé tellement de choses dans ce laps de temps que j'ai la sensation qu'il s'est écoulé une éternité.

Flash-back donc...

Lorsque j'avais descendu l'escalier de l'immeuble de Thomas ce soir-là, je savais que ce qui s'était passé allait modifier le cours de ma vie. Je pressentais que ce baiser fougueux (suivi de dizaines de baisers fougueux, voire un peu plus car affinités) n'était pas juste un baiser, qu'il inaugurait une histoire qui n'était pas près de s'arrêter. Pourtant, lorsque mon binôme m'avait appelée alors que j'étais sur le chemin du retour, je lui avais tenu le discours contraire.

Justine – On n'en parle plus, d'accord ?

Thomas – Comme tu veux.

Justine – C'était juste un léger dérapage.

Thomas – Tu appelles ça comme ça, toi ?

Justine – Écoute Thomas, la situation est vraiment compliquée. Tu viens de vivre un truc terrible, le concours est dans trois jours, je pars le 19 rejoindre Thibault, on ne va pas ajouter un problème supplémentaire.

Thomas – On ne l'ajoute pas, il est déjà là. Et depuis plusieurs mois...

J'avais soupiré longuement.

Justine – Je sais.

Thomas – On peut continuer à faire semblant jusqu'aux concours, si tu veux. Après, il faudra qu'on parle. Je ne supporterai pas cette situation longtemps. Tu devras faire un choix. D'accord ?

Un répit, voilà tout ce que je demandais.

Justine – OK.

Thomas – Alors à demain. 9 heures à la bibli ?

Justine – 9 heures à la bibli. Tu es certain de ne pas vouloir venir dormir ce soir sur le canapé du salon ?

Thomas – Certain.

Justine – Si tu as le cafard, tu m'appelles ?

Thomas – Promis.

Justine – Thomas, je voulais te dire que...

J'avais stoppé ma phrase en plein vol. Ce n'était pas le moment de lui avouer combien j'avais eu peur pour lui et combien il m'avait manqué.

Thomas – Oui ? Qu'est-ce que tu voulais me dire ?

Comme je n'avais rien ajouté, il avait murmuré :

Thomas – Moi aussi...

J'avais raccroché sur cette dernière réplique, le cœur battant.

À peine étais-je rentrée que Léa, folle d'inquiétude, m'avait demandé en tentant de se maîtriser :

Léa – Enfin Justine, est-ce que tu penses parfois à donner des nouvelles aux gens qui t'entourent ?

Justine – Mais on s'est parlé tout à l'heure, je t'ai prévenue que j'allais chercher Thomas à la gare.

Léa – Il était midi, il est 22 heures. Depuis, rien... Je vous ai attendus pour déjeuner. Après j'ai pensé que vous étiez allés grignoter un truc et que vous viendriez travailler ensuite. J'ai essayé de t'appeler, tu étais toujours sur messagerie. Tu imagines l'inquiétude dans laquelle j'étais ?

Justine – N'exagère pas non plus, Léa. Il ne pouvait rien m'arriver.

Ma meilleure amie (mais l'était-elle encore à ce moment précis ?) m'avait regardée avec une colère noire dans les yeux.

Léa – Tu as raison, il ne pouvait rien arriver à une fille qui travaille sans arrêt, ne s'alimente pas correctement depuis un mois, dort mal, saute à la corde comme une forcenée, perd connaissance régulièrement, va chercher son binôme endeuillé puis disparaît près de dix heures en laissant son portable éteint à deux jours du concours. Je suis sincèrement désolée de m'être inquiétée pour rien.

Et elle était partie dans la cuisine en prenant soin de claquer la porte derrière elle. Nicolas et Jim, qui regardaient tranquillement un film dans le salon, m'avaient adressé un signe amical, façon Dupond et Dupont.

A priori, ils ne s'étaient pas inquiétés, eux. Remarque, depuis le braquage de la chambre de Thomas, ils nous avaient prévenues qu'ils ne se laisseraient plus embarquer dans nos histoires de folles.

Peut-être n'avaient-ils pas tort ? Peut-être devions-nous, Léa et moi, apprendre à réagir de façon plus nuancée. Ne pas imaginer le pire dès que la situation nous échappait. Les gens ne sont pas forcément morts quand ils ne répondent pas au téléphone. Ils peuvent être occupés !

Oui, mais c'est tellement effrayant d'envisager l'avenir sans ceux qu'on aime. Parfois, quand je me sens engluée dans le présent, je m'imagine plus tard. Et j'exporte toute ma tribu dans le futur.

Prolepse : au lieu de partir dans le passé, on se projette dans le futur. C'est donc le contraire d'une analepse ! C'est Léa qui m'a appris ce vocabulaire technique d'analyse du roman.

Prolepse, ou Ma vie selon moi quand je serai adulte.

Justine – Léa, vous restez dîner, non ?

Léa – Ce n'est pas raisonnable, Rose a classe demain.

Justine – Eh bien, elle dormira dans la chambre de Noé et je les amène à l'école à 8 h 30.

Léa – Et son cartable ?

Justine – Nicolas le déposera avant d'aller travailler.

Rose s'est jetée sur sa mère.

Rose – Allez maman, dis oui ! On sera super sages avec Noé, on dormira tout de suite et, demain, on se lèvera sans se plaindre.

Léa – Hum ! On vous connaît, tous les deux.

Évidemment dans le futur, Léa et moi, nous habiterons l'une près de l'autre et nos enfants auront le même âge. Ils seront inséparables comme nous deux.

Je me demande si ce ne serait pas mieux qu'on ait deux filles, ainsi elles seraient des « mini-nous ». Amies à la vie, à la mort. On les habillerait de la même façon, elles seraient dans la même classe, de vraies jumelles.

Oui, ce serait mieux. Allez, je recommence notre avenir avec deux filles.

Justine – Léa, vous restez dîner, non ?

Léa – Ce n'est pas raisonnable, Rose a classe demain.

Justine – Eh bien, elle dormira dans la chambre de Lola et je les amène à l'école à 8 h 30.

Léa – Et son cartable ? Elles sont en CP maintenant, on ne peut plus faire n'importe quoi. C'est du sérieux !

Justine – Nicolas me le déposera avant d'aller travailler.

Rose s'est jetée sur sa mère.

Rose – Allez maman, dis oui !!! On sera super sages avec Lola, et demain, on se lèvera sans se plaindre.

Léa – Hum ! On vous connaît toutes les deux.

Justine – C'est vrai, vous êtes ingérables quand vous êtes ensemble, il faudra nous promettre de vous endormir très vite.

Nicolas – Putain, mais laissez-les kiffer un peu, arrêtez de vouloir en faire des petites filles obéissantes. C'est grave lourd...

Nicolas ne pourra pas continuer à parler de cette manière. Il aura mûri, non ? Il aura un job, il sera père de famille, on peut imaginer qu'il aura cessé de fumer ses bédos et de s'exprimer comme un rappeur. Bon, je ne réécris pas la scène mais vous avez compris l'idée.

Théo – Et moi, Justine, je peux rester dormir ici aussi ? Tu m'amèneras à l'école avec les filles demain ?

Justine – D'accord, mon Théo.

Comment ça d'accord, mon Théo ?

Si je suis la mère d'une petite fille de six ans, mon frère ne peut pas avoir toujours sept ans et demi. Mais j'ai quel âge, moi, dans cette prolepse ? Admettons que j'aie eu Lola à vingt-sept ans, j'aurais donc trente-trois ans.

Quelle horreur, je suis une vieille !

Et Théo alors ? Oh non, c'est impossible, mon petit frère ne peut pas avoir vingt-trois ans et pourquoi pas quarante, soixante ou quatre-vingts pendant qu'on y est ?

Je supprime le personnage de Théo dans cette scène, je le reprendrai plus tard, il faut que je m'habitue à l'idée d'un petit frère qui a vieilli.

Lola – Alors tata Léa, c'est d'accord, Rose peut rester dormir ?

Léa – OK les filles.

Thomas – Si ça t'arrange, Justine, je les dépose demain matin à l'école.

Justine – Ah bon ? Mais on est jeudi demain, tu n'opères pas ?

Thomas – Non, la pose de prothèse de hanche a été annulée.

Ah, génial ! Thomas est devenu chirurgien donc ça signifie que...

Gros blanc de la fille qui réalise ce qu'elle a imaginé pour son futur. Y a-t-il une possibilité pour l'imprimeur d'effacer les dernières lignes sans que ça se voie ? Non ?

J'aimerais effectuer une correction. Voilà ce que je propose :

Lola – Alors tata Léa, c'est d'accord, Rose peut rester dormir ?

Léa – OK les filles.

Thibault – Si ça t'arrange, Justine, je les dépose demain matin à l'école.

Justine – Ah bon ? Mais on est jeudi demain, tu ne coordonnes pas les travaux pour la construction du nouveau pont Mirabeau ?

Thibault – Si, seulement mon rendez-vous de 9 heures avec le maître d'œuvre a été décalé, ce qui me laisse un peu de temps pour m'occuper des filles.

Là, évidemment, ça dégénérera entre Thibault et Thomas.

Thomas – Moi, je suis libre aussi à cette heure-ci et dans la mesure où Lola est MA fille, j'aimerais autant m'en charger.

Thibault – Ah oui, Lola est ta fille, et depuis quand ?

Thomas – Depuis que Justine et moi, nous nous sommes mariés à la fin de nos études et que nous avons eu cette petite merveille ensemble.

Thibault – Tu rêves mon vieux. Tu oublies qu'après mon année aux States, Justine et moi nous ne nous sommes plus quittés. Tu n'étais qu'une erreur de casting, une consolation quand j'étais loin d'elle. D'ailleurs, tu as totalement disparu de la circulation après. Sans vouloir être désagréable, si tu n'avais pas perdu ton père avant le concours, vous seriez restés bons amis, c'est tout.

Thomas – Alors qu'avec toi ça a été la grande histoire d'amour, c'est ça ?

Thibault – Absolument. Dès mon retour des États-Unis, je me suis installé à la maison rose et tout a été formidable. J'ai fait ma prépa, intégré les Ponts et Chaussées pendant que Justine continuait ses études de médecine. On a vécu des années formidables... Dès que j'ai commencé à gagner un peu d'argent, on a pris un appart ensemble parce qu'on avait envie d'un peu plus d'intimité. Nico et Léa se sont installés dans l'immeuble en face. On s'est mariés le même jour et les filles sont tombées enceintes à deux mois d'écart.

Thomas – Tu peux te raconter l'histoire que tu veux pour te rassurer, ce n'est pas la réalité.

Thibault – Ah oui ? Et c'est quoi la réalité ?

Thomas – Certes, Justine a été amoureuse de toi l'année de son bac, tu as été sa première fois et, pour les filles, le premier garçon de leur vie, ça compte. Elle a donc cru que tu étais son grand amour mais c'était une erreur. D'ailleurs, si elle avait été si folle de toi, serait-elle retombée si vite dans les bras de Jim ? Votre histoire avait pris l'eau avant même que tu montes dans l'avion.

Thibault – Tu dis n'importe quoi.

Thomas – Ah oui ? Je crois que tu as besoin qu'on t'explique comment les choses se sont réellement passées pour que tu arrêtes de te raconter des mythos. Lorsque tu es revenu des États-Unis, Justine et moi étions ensemble depuis plusieurs mois. Un vrai coup de foudre. Je me souviendrai toute ma vie de notre premier déjeuner au zoo, elle avait tenu à me présenter son amie Patou la girafe.

Thibault – Faux ! Vous vous êtes rencontrés à la fac. Vous n'avez pas pu déjeuner au zoo la première fois.

Thomas – Tu te trompes, mon vieux. Le coup de foudre a eu lieu alors que tu étais encore en France, avant les résultats du bac, pendant la journée d'information sur les études de médecine.

À cet instant, Thibault me regardera les yeux pleins de reproches et je ne pourrai pas soutenir son regard. Thomas, trop content de taper là où ça fait mal, continuera de porter des coups.

Thomas – Eh oui, un vrai coup de foudre comme dans les romans d'amour. D'ailleurs, il n'y a pas eu qu'un déjeuner au zoo avant ton départ. Le lendemain des résultats, on a passé une heure ensemble. L'heure la plus torride de ma vie.

Si Thomas dit ça dans le futur, il faudra que j'intervienne, parce que je jure sur la tête de ma fille – qui n'est pas encore née et dont je ne sais pas qui est le père – qu'il ne s'est rien passé ce jour-là. Soit, il y avait une vraie tension entre nous mais le premier baiser c'était après la gare.

Thomas – Lorsqu'on s'est retrouvés en septembre à la fac, ça a été électrique. Seulement Justine avait décidé de te rester fidèle. Un vieux fond de culpabilité, je suppose. Tu étais à New York sans job, sans appart, elle a commencé à respirer quand tu as trouvé ta planque chez le vieux à Key West. C'est à ce moment-là que notre histoire a pu démarrer. Et même si tu l'avais coincée avec ton projet de vacances après le concours, elle était déjà folle de moi. Elle n'avait aucune envie de partir. Enfin, peu importe. Ce qui compte, c'est qu'elle a réalisé qu'elle m'aimait follement, que j'étais l'homme de sa nouvelle vie. On a été et on est toujours un couple hyper soudé. Alors tes souvenirs d'ado dans ton rez-de-jardin avec la belle-famille au-dessus, ça me fait doucement rire. Tu crois connaître Justine, tu te souviens juste d'une ado un peu maladroite, tu ne connais pas la femme qu'elle est devenue.

Thibault – Si, je la connais puisqu'elle est ma femme.

Thomas – Non, c'est la mienne.

Thibault – C'est moi qu'elle aime.

Thomas – Non, c'est moi...

Et, se retournant vers moi, ils me demanderont :

Thibault et Thomas – Alors Justine, lequel de nous deux aimes-tu vraiment ?

Avec un peu de chance, Jim interviendra.

Jim – Et si ce n'était ni l'un ni l'autre ? Si son grand amour, c'était moi ?

Bon, j'abandonne la prolepse, l'avenir est encore plus compliqué que le présent.

Retour donc à aujourd'hui, jour du départ à Key West avec la préparation de ma valise à la maison rose.

Léa – Justine, maintenant qu'ils sont sortis de la chambre, je peux te poser une question ?

Justine – Si tu veux...

Léa – J'imagine que tu sais ce que je vais te demander.

Justine – Non, pas du tout.

Bien sûr que je le savais.

Depuis mon retour de la gare et le clash avec Léa parce que je n'avais pas donné de mes nouvelles, j'avais soigneusement évité le sujet Thomas. Ma sorcière bien-aimée avait respecté mon silence, elle m'avait couvée comme une mère poule durant les trois jours du concours mais il était temps que je parle.

Justine – Je suis mal, Léa.

Léa – I know.

Justine – Si je n'arrive pas à préparer ma valise, c'est parce que je ne suis plus très certaine de vouloir rejoindre Thibault à Key West.

Léa a accusé le coup sans ciller. J'ai ajouté doucement comme si je craignais de m'entendre prononcer ces mots :

Justine – J'ai peur d'être amoureuse de Thomas.

Ma meilleure amie a laissé passer un petit moment.

Léa – Peut-être... Mais peut-être pas...

Justine – Tu crois que c'est une erreur ?

Léa – Quoi ? D'aimer Thomas ou de croire que tu l'aimes ?

Justine – Tu crois que je ne l'aime pas ?

Léa – Ce que je crois, c'est que tu n'es pas capable de réfléchir en ce moment. Trop de mouvements, d'émotions, trop de fatigue. Il vaudrait mieux éviter de prendre des décisions radicales.

Justine – Alors il faut que je parte avec vous ?

Léa – Pas forcément. Tu es assez intelligente pour trouver comment te sortir de cette situation sans tout faire exploser.

Je n'aime pas quand les réponses de Léa sont floues. J'ai besoin qu'elle me donne LA solution.

Léa – Certainement pas. C'est TA vie !

On a frappé à la porte de la chambre.

Tiens, une personne soucieuse de notre intimité, ça ne court pas les rues. Jim m'a souri.

Jim – Eh bien Justine, pour une étudiante qui a fini son concours et qui part rejoindre son amoureux dans un des spots les plus beaux du monde, tu fais une drôle de tête. Il y a un problème ?

Oui, un problème qui mesure 1 mètre 77, possède un regard déterminé qui m'hypnotise, un sourire à désarmer les casques bleus de l'ONU et des mains qui ne lâchent pas les miennes. Un problème qui m'attend dans sa chambre là-haut sous les toits. Un problème avec lequel j'ai envie de manger des Pim's orange jusqu'à la fin de ma vie.

Je crois que tout est dit, non ?

Justine – Ne t'inquiète pas, Jim, ça va. Juste un coup de fatigue.

– Et pour le voyage en avion, vous me trouvez comment avec ce jean skinny et ce pull vert céladon oversize ? Il paraît que c'est LA couleur du printemps.

Ingrid, qui bien sûr était entrée sans crier gare, marchait façon mannequin dépressif sur un podium imaginaire.

Ingrid – I'm cute or not ? Ça fait la fille cool qui ne se soucie pas de son look mais qui est hyper tendance, non ?

Le logo de Skype s'est mis à faire des bonds sur mon ordi et le jingle a retenti.

Durant un dixième de seconde, j'ai eu la tentation de rabattre l'écran, puis j'ai cliqué pour décrocher. La voix de Thibault m'est parvenue bien avant son image.

Thibault – Hi Justine !

Justine – Salut Thibault...

Le regard inquiet de mon interlocuteur s'est affiché en 16 pouces.

Thibault – Ça va ? Tu te prépares ?

Justine – Ouais.

Thibault – Alors, heureuse de partir ?

Mon cœur s'est décroché dans ma poitrine. Qu'est-ce que je pouvais répondre à cette question ?

Heureusement, à la maison rose, on peut toujours compter sur un peu de diversion. Et quand je dis « un peu de diversion », c'est une litote !

Ingrid – Hi american lover !

Thibault – Hi beauty...

Ingrid – C'est vrai ? Tu trouves que je suis belle ?

Bien sûr, la plus belle du royaume, même. Si elle pouvait s'écarter du miroir – euh, pardon, de l'écran – ce serait bien.

Jim – Salut Thibault.

Thibault – Hello Jim ! On se voit dans quelques heures ?

Jim – Si l'avion ne se crashe pas, oui !

Thibault – Ne parle pas de malheur. Je suis tellement content de vous retrouver.

Jim – Nous aussi, mec.

Thibault – Tous ensemble, comme avant.

Sauf que ce n'est pas avant. C'est maintenant.

Nicolas – Ah putain Thibault, tu tombes bien, elle t'a demandé, Justine, pour la prise du Mac ?

Thibault – Non, c'est quoi le problème ?

Nicolas – Est-ce que c'est vrai que les Mac commutent en 220 tout seuls ?

Thibault – Yes.

Nicolas – Top ! Et j'aurai le Wi-Fi chez toi ?

Thibault – Bien sûr.

Léa, qui n'était pas intervenue depuis l'apparition de Thibault, a dit avec douceur :

Léa – Salut Thibault, ça ne te dérange pas si je t'enlève Ingrid, Jim et Nicolas ? On a des trucs à préparer avant le départ.

Nicolas – Ah bon ? Qu'est-ce qu'on doit faire, encore ?

Ma meilleure amie ne s'est pas donné la peine de répondre. Il était clair qu'elle souhaitait que je sois seule avec Thibault.

Léa – Tu gardes la meilleure d'entre nous...

Thibault – Avec toi, belle Léa. See you soon !

Lorsque je me suis retrouvée avec Thibault, il y a eu un long silence. On s'est souri d'un air gêné.

Thibault – Laisse-nous une chance, Justine.

J'ai essayé d'avaler ma salive mais ma trachée était totalement obstruée.

Thibault – Tu m'entends ?

Un « oui » façon couinement de souris prise dans un piège est sorti de ma gorge. Nos yeux se sont cherchés puis ils se sont trouvés. Mieux que trouvés, ils se sont retrouvés comme avant. Alors que c'était maintenant. Il y a eu un beau moment d'éternité.

Justine – Thibault, il faut que tu saches que...

Thibault – Je ne veux rien savoir. Viens, c'est tout.

Justine – Et si je n'étais...

Thibault – Viens... Lorsque tu seras là et qu'il n'y aura pas d'écran entre toi et moi, tu sauras.

J'ai éclaté en sanglots.

Thibault – Ne pleure pas, princesse. C'est moi qui ai décidé de partir, j'ai pris des risques, je les assume. Je vois bien que, depuis une quinzaine de jours, tu n'es plus la même. Je n'ai rien dit parce que tu passais ton concours mais, cette nuit, je me suis réveillé en sursaut avec la peur affreuse que tu ne prennes pas l'avion. Je te le demande, quoi qu'il se soit passé, laisse-nous une chance.

La voix de Thibault était chaude. Son regard doux comme du miel de printemps. J'ai eu une flambée d'amour. Mes sentiments pour lui sont revenus intacts me perforer le cœur.

C'est possible d'aimer deux garçons à la fois ?

Oui, je sais, vous allez me rappeler la folie de l'an dernier quand j'hésitais entre Jim et Thibault mais je vous jure que cela n'a rien à voir. Je ne les aimais pas de la même façon. Jim était un pull bien chaud qui a pris la forme de votre corps, Thibault une veste qui vous rend belle parce qu'elle est neuve.

Bon, oubliez ces comparaisons nullissimes qui ne rendent pas compte de la situation d'alors. Je voulais juste vous faire comprendre que ce n'était pas le même amour.

Mais là, oui…

Ils sont aussi sexy l'un que l'autre, ils me plaisent autant (pas pour les mêmes raisons), la seule différence c'est que l'un vit près de moi et l'autre à des milliers de kilomètres.

Est-ce que ça signifie que mon amour est géo-dépendant ?

Dans ce cas, à peine arrivée à Key West je serai folle de Thibault et j'oublierai Thomas ?

Thibault – C'est d'accord, tu sèches tes larmes et tu nous laisses la possibilité de nous retrouver ?

Au moment où j'allais lui répondre, Skype s'est déconnecté.

Dans un scénario, vous penseriez que l'auteur doit prendre sa retraite, que son idée de déconnexion au moment où l'héroïne doit dire ou non son amour est lamentable.

Eh bien, la vie manque parfois autant d'imagination que le plus mauvais des scénaristes, ou pas… Parce que, pour être honnête, cette déconnexion m'a tirée d'une situation inconfortable.

Rassurer Thibault en lui promettant que je le rejoignais, c'était m'enfermer dans une décision que je n'avais pas prise. Lui annoncer que je renonçais à partir n'était guère plus satisfaisant.

La seule réponse honnête était : « Je n'ai pas encore la réponse » sauf que c'est impossible à avouer à un garçon énamouré qui vous regarde avec autant de passion dans les yeux.

Mon portable a sonné. Thomas.

Ils ont décidé de se relayer ou quoi ? Je crois que je vais craquer…

Je sais que j'ai l'air d'un bourreau des cœurs mais je vous assure que je ne le fais pas exprès et que ma vie est une cata ambulante.

J'ai tout éteint : ordi, portable, lampe et comme on n'avait pas encore ouvert les volets, je me suis retrouvée dans le noir. Je me suis allongée sur mon lit et j'ai essayé de ne plus penser.

Vous avez déjà essayé de ne plus penser ? C'est horrible. Les idées angoissantes que vous tentez de repousser vous assaillent et envahissent votre cerveau. Résultat, au bout d'une minute de « je ne pense plus », j'étais dans un état d'anxiété maximale.

C'est le moment que Léa a choisi pour revenir. Quand elle m'a vu prostrée sur ma couette, elle s'est contentée d'ouvrir les volets et de mettre un peu de musique. Pas n'importe laquelle, notre hymne de quand on était petites et que l'une de nous deux était triste : *Hakuna Matata*, la chanson du *Roi lion*. Les paroles ont résonné dans la chambre.

Elle a fredonné avec Timon : « Hakuna Matata mais quelle phrase magnifique », alors je lui ai répondu comme Pumbaa : « Hakuna Matata, quel chant fantastique ». Puis toutes les deux ensemble, on a chanté :

Ces mots signifient,
Que tu vivras ta vie,
Sans aucun souci,
Philosophie,
Hakuna Matata.

Quand la musique a cessé, on s'est regardées et on a éclaté de rire.

Léa – Heureusement que, dans la vie, il y a des valeurs sûres.

Justine – Léa, réponds-moi franchement. Est-ce que tu crois que je suis une mauvaise personne ?

Léa – Non.

Justine – Est-ce que tu crois qu'on peut aimer deux garçons à la fois avec la même intensité ?

Léa – Absolument.

Justine – Tu réponds bien vite pour une fille amoureuse du même type depuis des mois.

Léa est devenue rouge ketchup.

Justine – Quoi ? Toi aussi ?

Ma meilleure amie s'est mordu la lèvre.

Justine (tout bas) – Nicolas et Peter ?

Elle a fait non de la tête.

Justine (encore plus bas) – Nicolas et Adam ?

Même chose.

Justine (quasi inaudible) – Nicolas et un garçon de ta fac que je ne connais pas ?

Cette fois-ci, elle a acquiescé.

Je suis restée médusée. Et dire que je n'avais rien vu. Pourtant, à y réfléchir, ce n'était pas très étonnant. Depuis plusieurs semaines, Nicolas sortait presque chaque soir avec les copains de son école d'informatique, il rentrait à des heures impossibles et même Jim n'avait pas réussi à le ramener à la raison.

Le fait qu'il ne se soit pas présenté à un de ses partiels pour cause de « gueule de bois » avait provoqué une scène terrible entre Léa et lui. Ce n'était pas leur première dispute cependant ça avait été la plus violente. Depuis, même s'ils se parlaient normalement, on sentait qu'il y avait une certaine distance entre eux. Je pensais que les vacances allaient les réconcilier mais ce n'était plus si évident que ça.

Léa m'a murmuré d'un air angoissé :

Léa – Il est sexy, sympa et fait du théâtre.

Justine – Oh non pitié. Pas un clone de Peter !

Léa – Rien à voir. Il est super doué, lui. Il ira loin, j'en suis certaine. Il m'impressionne. Tu crois que je suis une mauvaise personne ?

J'ai souri.

Justine – Non.

Pas une pour rattraper l'autre ! Deux cœurs d'artichaut doublés d'une féroce culpabilité.

Devant la mine déconfite de ma meilleure amie, j'ai décidé de prendre les choses en main.

Justine – Avoir le cœur qui bat, c'est la preuve qu'on est vivantes, non ?

Léa – Oui bien sûr, mais a-t-il le droit de battre pour deux garçons à la fois ?

Évidemment, posée de cette manière, la question plombe le débat. Mon désir d'être Super Justine sauveuse de BFF s'est éteint d'un coup.

On a continué à remplir nos valises en silence. Inutile de vous dire le peu d'entrain dont on a fait preuve.

Vers 15 heures, alors que le départ pour l'aéroport approchait à grands pas, Léa, que je n'entendais plus depuis un long moment, s'est décidée à sortir ses tarots. Elle a allumé ses encens Fleurs de printemps et s'est concentrée durant vingt bonnes minutes. Je suis restée immobile comme si mon corps était relié à un détonateur de bombe. Lorsqu'elle a enfin levé la tête dans ma direction, je lui ai demandé :

Justine – Alors, qu'est-ce qu'on fait ? Je reste avec Thomas ou je choisis Thibault ? Tu pars avec Nicolas ou tu le quittes pour ton bel inconnu ? On fait un choix entre nos deux amoureux ou on accepte de les aimer tous les deux et advienne que pourra ? On part à Key West ou pas ?

Léa m'a souri.

Léa – Viens là ma Justine, que je te répète ce que les cartes m'ont révélé.

Ma meilleure amie m'a expliqué en détail notre « avenir astral ». J'ai écouté avec attention puis, la serrant dans mes bras, je lui ai dit :

Justine – Tu en es sûre ?

Léa – Oui. Maintenant tu le sais, avec les cartes tout est question d'interprétation.

Oui, avec les cartes,
tout est question d'interprétation...

Alors laquelle de ces trois interprétations
Léa a-t-elle choisi de raconter à Justine ?

1) La décision de Léa

Ingrid – Mais vous êtes sûrs que Maya a le double de la clé du verrou d'en haut ? Parce que je vous rappelle qu'on part à Key West une semaine...

Nicolas – Peu importe, elle revient après nous.

Léa – Imagine qu'elle rentre plus tôt ?

Nicolas – C'est pas notre problème !

Léa – Si, c'est notre problème. Elle est notre coloc et on doit s'assurer qu'elle pourra rentrer ici si elle le désire.

Nicolas – Elle n'avait qu'à aller chez le serrurier avant.

Léa – Tu n'es pas sympa.

Comme d'habitude, lorsqu'on agresse Nicolas, Jim a pris sa défense.

Jim – J'ai proposé trois fois à Maya de l'accompagner faire son double, elle n'avait jamais le temps.

Ingrid a réagi au quart de tour.

Ingrid – Elle n'avait peut-être pas envie de se retrouver seule avec toi.

Nicolas – Pourquoi ? Qu'est-ce que Jim lui a fait ?

Quelle mauvaise foi ! Doit-on rappeler aux garçons comment, après une semaine de relation torride, Jim a plaqué cette pauvre Maya ? Depuis, elle vit façon « ghost » dans notre appart, s'arrange pour rentrer tard le soir et déserter les lieux le week-end.

Ingrid ne s'est pas donné la peine de répondre, elle a juste levé les yeux au ciel. Nicolas n'a pas lâché.

Nicolas – Quel crime de lèse-majesté Jim a-t-il osé commettre avec cette princesse ?

Léa – C'est fou comme les garçons ont la mémoire courte.

Nicolas – Pourquoi ? De quoi devrait-on se souvenir ? Que Jim a eu une histoire avec Maya et qu'ensuite il est passé à autre chose ?

Léa – Oui, ça permettrait de comprendre pourquoi elle fuit Jim et n'a pas fait son double des clefs. Et puis je te rappelle que Jim n'est pas passé à « autre chose », il est passé à « quelqu'un d'autre ».

Nicolas – Les pauvres chéries... Elles sont si fragiles et démunies face aux horribles brutasses que nous sommes.

Léa – Qui te parle de fragilité ? Je te rappelle juste l'importance du respect de l'Autre, même quand on ne l'aime plus.

Ouh là, la conversation commençait à dériver méchamment sur un terrain personnel.

Nicolas – Pourquoi ? Qui n'aime plus qui ?

Léa – À ton avis ?

C'est bien ce que je disais... Ils semblent échanger sur le couple Jim-Maya mais ils parlent d'eux. Remarque, ils parlent aussi de Thibault et moi. À moins que ce ne soit de Thomas et moi. Oh là là, ce que la vie est compliquée...

Jim, qui, comme nous tous, devait se sentir mal à l'aise (je ne parle pas d'Ingrid qui avait sorti de son sac un miroir et une pince à épiler pour traquer un poil imaginaire), a tenté de pacifier l'ambiance.

Jim – Bon, je propose de laisser mon trousseau chez Suzette. Elle se fera une joie de le donner à Maya en cas de problème.

Justine – Excellente idée.

Peine perdue. Nicolas a continué sa conversation minée avec ma meilleure amie.

Nicolas – Je n'aime pas les devinettes. Alors, qui n'aime plus qui ? Va jusqu'au bout de ton raisonnement.

Léa a regardé mon cousin et a prononcé en détachant chaque mot :

Léa – Ne me cherche pas. Tu pourrais ne plus me trouver !

Certes, la phrase contient une contradiction mais le message est clair. On pourrait le traduire en langage nicolasien par « La ferme, tu es à deux doigts de te faire larguer ». Le destinataire a parfaitement compris la menace et a cessé net son interrogatoire.

Jim m'a proposé de monter avec lui chez Suzette, j'ai évidemment accepté. Tout plutôt que rester ici en pleine bataille.

Tandis qu'on montait l'escalier, Ingrid nous a rattrapés.

Ingrid – Attendez-moi.

Et baissant la voix, elle a ajouté :

Ingrid – Je n'ai pas envie de prendre une balle perdue.

Jim – Tu as raison, le coin est dangereux !

Ingrid – Remarque, ça pourrait être pire si Suzette dégaine ses gâteaux au miel. Sa pâtisserie est une catastrophe sanitaire. Des mesures nationales devraient être prises pour interdire des produits aussi gras et aussi sucrés.

Justine – Tu ne crois pas que tu exagères un peu ?

Ingrid – Non.

Jim – Elle n'a pas tout à fait tort !

Justine – Je le reconnais...

Suzette a eu un sourire ravi quand elle nous a ouvert la porte. Elle nous a à peine salués puis elle a hurlé en se tournant vers le salon :

Suzette – Tu as perdu, Roger, c'est moi qui avais raison !

J'ai regardé Jim avec des points d'interrogation dans les yeux. Qu'est-ce que notre voisine avait parié avec son mari ?

Justine – Tout va bien, Suzette ?

Suzette – Oui, très bien ! J'étais certaine que vous ne partiriez pas en Amérique sans nous dire au revoir. Mais lui n'y croyait pas. Il m'a dit : « Qu'est-ce que des jeunes en ont à faire de vieux comme nous ? » Moi, je savais que vous passeriez nous embrasser.

Le rouge m'est monté aux joues, je suis restée les yeux rivés sur les lacets de mes Converse. Nous étions montés uniquement pour laisser les clefs. Jim a dû se sentir aussi honteux que moi, parce qu'il s'est raclé la gorge façon laryngite aiguë. Seule notre Ingrid nationale a tenu le choc.

Ingrid – Eh bien, vous avez eu raison, Suzette ! Il n'était pas question pour nous de nous envoler pour Miami sans vous faire un bisou.

Oh le mensonge !

Dans la vie, est-il permis de mentir pareillement ?

Suzette – Tu ne t'imagines pas, ma fille, comme ce que tu viens de dire me réchauffe le cœur. Ça me rend heureuse pour la semaine entière.

Certains affirment que le mensonge est haïssable, pourtant qui soutiendrait qu'il eût été préférable de répondre à notre voisine : « Ah non, on ne passait pas vous saluer, Roger a parfaitement raison. Nous voulions juste vous déposer les clefs. » ?

Soit, nous aurions été honnêtes mais nous aurions brisé le cœur d'une vieille dame aimante.

Alors, les défenseurs de la vérité à tout prix, où aurait été le bénéfice ?

Suzette – Je vous ai préparé des gâteaux au miel pour l'avion. C'est léger, ça se mange sans faim.

Je retire ce que j'ai dit précédemment. On aurait dû oser la vérité ! Nous aurions échappé à la catastrophe sanitaire. Sacrifier la bonne humeur de deux voisins pour les artères de cinq jeunes, c'est moral.

Une fois de plus, Ingrid a été royale (enfin super menteuse !).

Ingrid – Impossible, Suzette, depuis les attentats il est interdit d'apporter de la nourriture à bord. Question de sécurité.

Devant cet argument choc, la vieille dame a cédé, puis, très vite, elle s'est reprise :

Suzette – D'ici l'embarquement, vous aurez le temps de les manger, non ?

Jim, qui devait se sentir coupable pour tous les mensonges précédents, a répondu d'un air convaincu :

Jim – Mais bien sûr, nous aurons le temps de manger vos délicieuses pâtisseries...

Et voilà comment nous sommes redescendus cinq minutes plus tard avec les clefs pour Maya toujours en main (il nous avait été impossible de les confier à Suzette, elle aurait compris la véritable raison de notre visite), et avec une tonne de gâteaux dans un sac. Opération grave réussie !

Hérold était garé devant la maison rose et il a klaxonné lorsqu'il nous a aperçus.

Nicolas chargeait les valises dans le coffre et Léa, qui lui tournait ostensiblement le dos, lisait un message sur son portable. À voir le sourire sur ses lèvres, j'ai soupçonné l'identité de l'expéditeur... Devant son air coupable lorsqu'elle a rangé son téléphone dans la poche de son manteau, mes doutes se sont confirmés.

On s'est engouffrés dans la voiture.

Ingrid – Hello Hérold !

Justine – Coucou Hérold !

Jim – Hi mec !

Hérold – Salut bande de veinards ! Quand je pense que dans quelques heures, vous serez sous les palmiers en tee-shirt, ça me rend malade.

Jim – Je te rappelle qu'on t'a proposé cent fois de venir avec nous.

Hérold – Oui je sais, mais qui aurait tenu le bar pendant mon absence ? Déjà que, pour vous accompagner à l'aéroport, il a fallu que je négocie avec un copain.

Léa a ouvert la portière de mon côté et m'a demandé :

Léa – Tu t'assieds sur mes genoux, Justine ? Je vais t'écraser sinon...

Justine – OK !

Nicolas, qui avait fini de ranger les valises tant bien que mal, a fermé le coffre avec une telle délicatesse que j'ai cru que ma tête allait exploser. Ingrid a dû avoir la même impression parce qu'elle s'est écriée :

Ingrid – Il est malade !

Hérold a éclaté de rire.

Hérold – C'est vrai qu'il y est allé un peu fort.

J'ai senti le portable de Léa vibrer dans sa poche. Je me suis légèrement décalée pour qu'elle puisse décrocher.

Nicolas s'est installé à l'avant. Ma meilleure amie n'a pas bougé. Son téléphone a continué à vibrer puis il s'est arrêté. Près de deux minutes se sont écoulées avant qu'il vibre un coup bref. Un message avait été laissé.

Léa a arrêté de respirer.

Je n'avais pas besoin qu'elle me dise ce qu'elle ressentait, je n'avais qu'à lire en moi : « Qu'est-ce que je dois faire ? Descendre de la voiture et rejoindre ce presque inconnu qui me bouleverse ou rester là et vivre cette relation durable que j'ai construite mais dont je doute ? »

Le chemin jusqu'à l'aéroport m'a paru interminable. Il régnait dans la voiture une ambiance étrange : un mélange d'anxiété et d'excitation. Inutile que je vous rapporte ce qui s'est dit, cela ne présente aucun intérêt. Parfois les gens parlent uniquement pour meubler le silence. Les mots sont alors vides de sens et ceux qui les écoutent ne perçoivent que des sons inarticulés. On s'est retrouvés devant le hall des départs et on a salué Hérold qui s'éloignait.

Si le voisin écrivain était dans le hall, il devait tenir la scène la plus triste de sa série.

Notes du voisin s'il nous observe :

• *Le patron de* L'entracte *vient de repartir, il a senti le malaise mais a préféré jouer la carte du type qui n'a rien vu pour éviter de déclencher des règlements de compte à deux heures du décollage.*

Il a quand même chuchoté discrètement à l'oreille de Nicolas : « Fais gaffe mec, Léa semble bouleversée, tu devrais vite la prendre dans tes bras. Les femmes ont besoin de signes quand elles se sentent perdues. Cette fille est formidable, il ne faudrait pas que tu la regrettes. » Nicolas a haussé les épaules et a murmuré : « Elle n'a qu'à se calmer. Je ne supporte plus qu'elle se prenne pour ma mère. »

• Jim pense à Ambre. Il n'a pas eu de ses nouvelles depuis le mois d'octobre et n'a pas cherché à la revoir. Il a vécu des histoires avec d'autres filles et pas seulement avec Maya ! Mais, au moment du départ, c'est Ambre qui lui manque.

• Léa serre fort son portable dans sa poche. Je l'ai rarement vue aussi tendue. Justine la regarde avec inquiétude. Elle n'a pas l'air dans son assiette non plus. Je n'arrive pas à savoir si c'est parce que sa meilleure amie va mal ou parce qu'elle rêve de son binôme. Spleen ☹.

• Ingrid est la seule qui semble contente de partir ou alors elle cache bien ses émotions. Il ne serait pas étonnant qu'elle pense à Jean-Baptiste. Après tout, la dernière fois qu'elle a pris l'avion, c'était avec lui pour partir au Burkina. En tout cas, heureusement qu'elle est là. Elle veille sur le groupe et le dirige pour l'enregistrement des bagages.

• Sensation que la situation peut basculer à tout moment. Intéressante cette scène d'aéroport qui ne ressemble en rien à celle de cet été. Même lieu/situations très différentes.

Ingrid – Sortez vos passeports et vos billets, c'est bientôt à nous !

On a tous obéi.

Enfin, presque. Nicolas a longuement fouillé dans la poche de son manteau, puis dans son sac à dos.

Nicolas – Putain, où je l'ai foutu ? Je l'ai pris, j'en suis sûr...

Jim s'est approché et a posé la question dont nous connaissions déjà la réponse.

Jim – C'est ton passeport que tu cherches ?

Nicolas – Ouais. Fait chier...

Jim – Bon, on se calme. On vérifie tous les endroits où tu as pu le mettre.

Notes de l'écrivain s'il nous observe :

Je parie que Nicolas a oublié son passeport ou son billet parce qu'ils viennent d'explorer son sac à dos, sa valise et de fouiller les poches de son manteau avec une agitation folle. Enfin un peu de relief pour cette scène tristounette. Que va-t-il se passer si Nicolas a égaré ses papiers ? Vont-ils appeler Hérold qui est en route ? Les papiers sont-ils tombés dans la voiture ? Nicolas les a-t-il oubliés à la maison ? Aura-t-il le temps d'aller les chercher avant le décollage ? Vont-ils partir sans lui ? Léa restera-t-elle avec lui ?

J'adore cette fin étrange et imprévisible.

Nicolas – Vous pouvez arrêter de chercher, je l'ai !

Ingrid – Il était où ?

Nicolas – Dans la poche arrière de mon jean.

Nicolas a regardé Léa.

Nicolas – C'est bon, Léa. Respire !

Ma meilleure amie a souri. Jim s'est précipité sur mon cousin façon demi de mêlée.

Jim – Tu m'as fait une de ces peurs.

Ingrid – J'ai eu peur moi aussi ! Ça serait vraiment l'horreur si l'un de nous ne pouvait partir.

Ingrid a prononcé cette dernière réplique en nous fixant, Léa et moi. Nous ne lui avons rien répondu. Elle a immédiatement embrayé :

Ingrid – Allez, on enregistre les bagages.

Jim – Yes !!! En avant, les States nous attendent.

Il nous a fallu plus d'une heure pour enregistrer nos valises et passer la sécurité. Il faut avouer que vivre l'expérience du portique à détecteur de métaux avec Ingrid est une super épreuve pour les nerfs !

LISTE DES ACCESSOIRES QU'INGRID DOIT ENLEVER (ET REMETTRE APRÈS) POUR PASSER LE PORTIQUE SANS LE FAIRE SONNER (AVEC TOUS LES VOYAGEURS QUI S'IMPATIENTENT DERRIÈRE) :

1) ses boots avec boucle,
2) ses bracelets ethniques,
3) sa ceinture à clous,
4) son collier quadruple rang,
5) ses lunettes qui font office de serre-tête,
6) son mini perfecto avec des étoiles métalliques.

Il nous restait vingt minutes avant d'embarquer et Nicolas nous a proposé d'aller boire un verre. On a tous voté pour.

Notes de l'écrivain s'il nous observe :

Ils se sont un peu détendus. Comme si le passage de la douane leur avait permis d'entrer dans un espace éloigné de leurs angoisses.

Justine a éteint son portable après avoir écrit un long message. On dirait qu'elle a envie d'avoir la paix et de profiter de ses vacances à Key West.

Nicolas raconte des blagues, Léa acquiesce gentiment mais on la sent un peu ailleurs, comme du temps de Peter.

Jim sourit.

Ingrid a repéré un bel Américain, elle essaie de savoir s'il est dans le même avion qu'eux. J'ai l'impression de revoir le club des CIK tel que je l'ai connu quand je me suis installé à la maison bleue !

Ça donne vraiment envie de sauter dans le premier avion pour écrire un tome intitulé *Des vacances comme j'en rêvais !*

Justine – Eh, c'est l'heure d'embarquer !

Nicolas – Ingrid, tu viens au lieu de chiner l'Amerloque. Tu auras dix heures jusqu'à Miami pour lui sortir le grand jeu.

Ingrid – J'aurais dû mettre une petite robe. Il ne peut pas vraiment évaluer ma silhouette avec cette tenue.

On a éclaté de rire et on s'est dirigés vers le comptoir où nous attendaient deux hôtesses. Il a fallu de nouveau montrer nos passeports et, évidemment, Nicolas a fait semblant de ne pas retrouver le sien.

Nicolas – Putain, je vous jure que, cette fois-ci, je l'ai vraiment perdu.

Je me suis retournée pour voir si Léa riait.

Elle n'était plus là. Mon cœur s'est mis à battre plus fort.

Au fond de moi, je savais déjà. J'ai regardé vers la porte vitrée qui séparait les voyageurs en partance de ceux qui les accompagnaient et je l'ai vue. Elle était de l'autre côté et attendait que je la découvre avant de courir vers son nouveau destin.

Malgré ma myopie, j'ai lu sur ses lèvres le mot qu'elle prononçait : « Désolée... », je lui ai souri et elle a disparu dans la foule.

2) Le choix de Justine

Alors que nous venions de quitter Suzette pour regagner l'appartement, mon portable a sonné : Thomas. Il ne fallait surtout pas que je réponde. J'avais décidé de partir à Key West et entendre sa voix constituait un danger potentiel. J'ai laissé sonner. Une fois... Deux fois... Trois fois. Trop difficile ! J'ai décroché en chuchotant à mon binôme :

Justine – Attends deux secondes.

Puis j'ai dit aux autres :

Justine – Allez-y sans moi, je vous rejoins tout de suite.

Et je suis descendue à toute allure.

Pour éviter de croiser Nicolas et Léa, j'ai fait le tour de la maison rose et je me suis assise près du local poubelle.

Justine – Allô Thomas ?

Thomas – Oui...

Justine – Ça va ?

Il n'a pas répondu à ma question.

On est restés un long moment sans parler. Parfois le silence entre deux êtres est assourdissant.

Thomas – Tu es à l'aéroport ?

Justine – Pas encore. Hérold passe nous prendre dans cinq minutes. Et toi, tu fais quoi ?

Thomas – Je mange des gâteaux à l'orange.

Justine – Voilà une activité réjouissante.

Thomas – Disons que c'est une valeur sûre dans la vie.

J'ai entendu klaxonner. Certainement Hérold.

Justine – Thomas, je vais être obligée de raccrocher.

Thomas – Je comprends.

Justine – Tu m'en veux ?

Thomas – De quoi pourrais-je t'en vouloir ?

Sa question, qui semblait une invitation à ne pas culpabiliser, était en réalité une arme de guerre. Elle contenait sans les donner toutes les raisons qu'il avait d'être en colère contre moi :

1) « Après ce qu'il s'est passé entre nous et qui laissait entendre que tu m'aimais, tu pars rejoindre un autre type. »

2) « Tu me laisses seul alors que je viens de perdre mon père. »

3) « Tu ne donnes aucune chance à notre amour. »

4) « Je te soupçonne de t'être servie de moi pour travailler le concours et de me jeter comme une vieille chaussette maintenant qu'il s'agit d'aller t'amuser sous les palmiers… »

Liste non exhaustive. Je suis certaine que Thomas a encore en stock un tas de raisons super valables.

Justine – Je suis sincèrement désolée, Thomas, j'aurais voulu que les choses se passent autrement. Je t'embrasse.

Thomas – Sur la bouche ?

Justine – Thomas…

Thomas – Oublie ce que je viens de dire.

Justine – À plus tard.

J'avais raccroché le cœur en vrac. Il m'avait fallu cinq longues minutes pour recouvrer mes esprits et rejoindre les autres.

Les valises étaient encore sur le trottoir et Nicolas embrassait Léa comme au bon vieux temps sous les applaudissements d'Hérold, Jim et Ingrid. A priori, j'avais raté un épisode.

Justine – Que se passe-t-il ?

Ingrid, qui est toujours bon public pour les scènes qui ressemblent à de la mauvaise téléréalité, m'a répondu émue :

Ingrid – Nicolas vient d'offrir à Léa une chaîne avec un cœur en argent.

Justine – Comme ça dans la rue ?

Ingrid – Oui ! Il comptait la lui offrir à Key West mais il n'a pas pu attendre.

Puis, baissant la voix, la peste qui est plus perspicace qu'il n'y paraît a ajouté :

Ingrid – Il n'a pas pu attendre ou il a compris que ça sentait le roussi et qu'il valait mieux donner rapidement un signe de son engagement. Ce cadeau n'est pas terrible, il aurait mieux fait de me demander conseil.

Léa s'est approchée pour nous faire admirer THE bijou. Ingrid a poussé des oh et des ah. Ma meilleure amie m'a chuchoté :

Léa – Je suis touchée par son geste mais ce cœur en métal ne change rien. Je ne peux rien lui promettre.

J'ai pensé au départ de Thibault cet été, à notre cavalcade dans l'aéroport, à cette bague offerte entre deux présentoirs de magazines, à la demande de mon prince de l'attendre jusqu'à son retour. J'avais promis, des étoiles plein les yeux.

J'avais promis, mais la vie en avait décidé autrement.

Enfin, si je suis honnête, ce n'était pas la vie qui en avait décidé autrement, c'était moi... La vie propose et nous choisissons. Le problème est qu'on ne sait jamais à l'avance ce qui causera de gros dégâts ou au contraire nous ouvrira des horizons de joie. On essaie d'évaluer les gains, les pertes, parfois même on ne calcule rien et on se fie à son intuition. Dans tous les cas, rien n'est sûr...

En réalité, l'existence est un immense terrain de jeu sur lequel on s'entraîne à vivre.

Hérold – Bon, on y va ? Il est bien joli ce collier mais ce serait dommage que vous ratiez votre avion.

Nicolas m'a proposé de m'asseoir devant avec Hérold, il voulait garder Léa sur ses genoux durant le trajet. Je me suis exécutée. J'ai regardé droit devant, la route s'étalait comme un ruban. Dans le rétro, les mains de Nicolas qui ajustaient le bijou sur le décolleté de Léa avaient dangereusement dérapé. J'avais envie de pleurer.

Hérold – Ça va Justine ?

Justine – Oui ! Comment ça pourrait ne pas aller ? J'ai fini mon concours, je pars dans un endroit de rêve rejoindre le garçon que j'aime.

L'avantage, lorsqu'on parle avec quelqu'un qui conduit, c'est qu'on n'a pas à croiser son regard. Le mensonge est plus facile.

Mon portable a sonné.

Il ne fallait surtout pas que je décroche. Il ne fallait pas que je voie le prénom de Thomas apparaître. Sinon je n'y arriverais pas. J'ai quand même sorti mon téléphone pour m'assurer que c'était lui. Ce n'est pas tout de résister à un garçon que vous aimez, encore faut-il être assurée qu'il vous désire toujours malgré vos refus.

« EncoreMum » s'est affiché.

Mince, j'avais promis d'appeler ma mère avant de partir pour l'aéroport. Je devais lui répondre sinon elle allait criser...

Justine – Allô maman...

La mère – Alors si je ne t'appelle pas, tu ne m'appelles pas.

Justine – J'allais le faire, mamounette, je te le promets. Tout va bien ?

La mère – Comment veux-tu que ça aille bien avec les problèmes énormes que nous pose Théo !

Justine – Qu'est-ce qu'il a ?

La mère – Comment ça : « Qu'est-ce qu'il a ? », je t'ai raconté hier en détail ses activités de délinquant au supermarché.

Justine – Oh tu m'as fait peur maman, j'ai cru qu'il y avait un truc grave...

La mère – Tu es bien comme ton père, tu estimes que ce n'est pas un problème grave. Le jour où Théo sera en prison, vous réaliserez que j'avais raison, que moi seule j'avais pris la mesure de la situation. Seulement il sera trop tard.

Parfois, je me dis que ma mère a un potentiel fou de tragédienne et qu'elle aurait fait fureur sur les planches.

Savez-vous pourquoi, à ce moment de l'histoire, elle était agitée à ce point ? Parce que Théo et Oscar s'étaient amusés à intervertir des flacons dans des boîtes de coloration permanente pour cheveux au supermarché. Une vieille dame s'était donc retrouvée rousse flamboyante et une petite blonde peroxydée avait viré au noir corbeau. Évidemment, le directeur, paniqué à l'idée d'un scandale, avait repassé les bandes de surveillance et identifié les délinquants.

La semaine suivante, lorsque les mini-récidivistes étaient revenus commettre de nouveaux méfaits, ils avaient été cueillis comme s'ils étaient les petits frères de Mesrine.

Nicolas

Une histoire qui a de la classe, non ?!?
Jacques Mesrine est un criminel français, déclaré « ennemi public numéro un » au début des années 1970. Il est connu pour ses nombreux hold-up et ses évasions spectaculaires.
Il est arrêté une première fois en 1973, à Paris. Cette arrestation est célèbre puisque le truand ouvrit la porte aux policiers après des heures de négociations et leur offrit le champagne. Mesrine dit alors au commissaire qui l'arrêtait : « Tu ne trouves pas que c'est une arrestation qui a de la gueule ? ».

Aujourd'hui, 14h40 · J'aime · Commenter

Jim Gentleman !!!

Aujourd'hui, 14h46 · J'aime

Léa Va sur Wikipédia lire la liste de ses crimes, tu changeras d'avis :((

Aujourd'hui, 18h22 · 1 personne aime ça

Justine – Bon maman, je vais...

La mère – Tu connais les statistiques sur l'âge du premier délit chez les délinquants ?

Alors que je m'apprêtais à avouer à ma mère que je n'en pouvais plus, j'ai reçu un double appel. Sans que mon cerveau ait décidé quoi que ce soit, ma main a appuyé sur « raccrocher et prendre l'appel entrant ».

Thomas a prononcé d'une voix brisée :

Thomas – Justine, je ne sais pas si ça a du sens pour toi mais je t'aime vraiment. Ne renonce pas à ce voyage, c'est une chance de partir si loin et c'est l'occasion de voir où tu en es vraiment avec Thibault, mais promets-moi de ne pas m'oublier durant ces dix jours. Je ne te demande pas de m'appeler ni de m'écrire, juste de penser à moi. Un peu...

Et il a raccroché. Je suis restée comme momifiée, jusqu'à ce que Hérold se gare sur les places dépose-minute.

Hérold – Ça ne vous ennuie pas si je vous lâche là ? Je dois me dépêcher. Il y a deux ateliers cet aprèm à *L'entracte*, il faut que je prépare la salle.

Ingrid – Quels ateliers ?

Hérold – Origami et manga. Comme ce sont deux nouveaux intervenants qui assureront les cours, je voudrais être là pour les accueillir. Léa, je compte sur toi pour l'atelier kamishibaï fin janvier.

Léa – C'est déjà noté dans mon agenda !

Hérold – Alors, j'y vais...

Notre ami nous a aidés à sortir les bagages et, après nous avoir souhaité bon voyage, il est remonté dans sa voiture. Au moment où il allait démarrer, il a baissé sa vitre et m'a fait signe de m'approcher.

Hérold – Justine, dix jours, c'est vite passé et tu pourras toujours décider après, mais ne t'enferme pas dans une vie dont tu n'es pas le personnage principal.

Justine – Je ne comprends pas.

Hérold – Si. Bonnes vacances, ma belle !

Et il est parti.

Bien sûr, j'avais compris son message. Tellement bien d'ailleurs que lorsqu'il s'est arrêté vingt mètres plus loin parce qu'un taxi stationnait au milieu de la chaussée, j'ai pris ma valise et j'ai couru pour remonter dans sa voiture. Les autres ont crié, je ne me suis pas retournée. J'ai juste eu le temps de croiser le regard du voisin écrivain qui descendait du taxi en question. Il arrivait trop tard pour prendre des notes sur la dernière scène de son tome. Peu importe, je pouvais lui écrire sans aucun problème l'ultime réplique de cette histoire :

« Je ne veux pas partir à Key West, je ne veux pas rejoindre Thibault qui appartient à un passé révolu, je désire être lovée dans les bras de Thomas et vivre d'amour et de gâteaux à l'orange dans sa petite chambre sous les toits jusqu'à la fin de ma vie. »

3) Tous ensemble

Jim – Bon, je propose de laisser mon trousseau chez Suzette. Elle se fera une joie de le donner à Maya en cas de problème.

Justine – Excellente idée.

Peine perdue, Nicolas a continué sa conversation minée avec ma meilleure amie.

Nicolas – Je n'aime pas les devinettes. Alors, qui n'aime plus qui ? Va jusqu'au bout de ton raisonnement.

Léa a regardé mon cousin et a prononcé en détachant chaque mot :

Léa – Ne me cherche pas. Tu pourrais ne plus me trouver !

Ingrid a balancé sa pince à épiler par terre et a hurlé :

Ingrid – STOOOOP !!! Vous arrêtez immédiatement de vous disputer.

Nicolas – Ah bon, et pourquoi ?

Ingrid – Réfléchis...

Nicolas – Je ne vois pas.

Ingrid – Eh bien, parce que vous vous aimez et que tu es en train de tout gâcher.

Nicolas – Moi ?

Ingrid – Oui, toi. Mais expliquez-lui, vous autres, qu'il se comporte comme un crétin depuis des semaines.

Il y a eu un silence pesant. Nicolas nous a fixés, Jim et moi, puis il a dit d'un air goguenard :

Nicolas – Inutile de demander son avis à Justine, j'imagine déjà la réponse de la BFF : « Nicolas est mon cousin, je ne veux pas le critiquer mais, franchement, depuis qu'il traîne avec sa bande de geeks, c'est devenu un gros lourd. Il sort, il fume des bédos, il va une fois sur deux en cours et, le pire, c'est qu'il se permet de mépriser Léa quand elle essaie de le protéger de ses propres conneries. Si j'étais elle, je le quitterais vite fait et je me choisirais un gars comme il faut. Il ne mérite que ça, ce Néanderthalien ! »

Je suis restée bouche bée. Les mots que me prêtait Nicolas étaient très exactement ceux auxquels je pensais.

Nicolas – Je vais plutôt me tourner vers mon meilleur pote, il sera plus objectif. Alors Jim, tu penses quoi de mon comportement de ces dernières semaines ?

Jim a soupiré et il a pris son courage à deux mains.

Jim – Depuis que tu traînes avec ta bande de geeks, tu es devenu un gros lourd. Tu sors, tu fumes trop de bédos, tu bois plus que tu ne devrais, tu vas une fois sur deux en cours et, le pire, c'est que tu te permets de mépriser Léa quand elle essaie de te protéger de tes propres conneries. Si j'étais elle, je te quitterais vite fait même si je sais, moi, que tu l'aimes et que, si elle partait, tu ne t'en remettrais pas.

Janvier n'est pas la saison des mouches, pourtant je peux vous assurer que s'il y en avait eu une, même anémiée, on l'aurait entendue voler.

Nicolas s'est tourné vers Léa.

Nicolas – Un petit mot doux pour me sauver après ce massacre en règle ?

Léa – Désolée, mais non.

Mon cousin nous a regardés les uns après les autres, puis il a prononcé, la voix cassée par l'émotion :

Nicolas – Super l'amitié ! Je vous remercie. Pour notre voyage à Key West, oubliez-moi. Vous n'allez pas vous embarrasser d'un gros con.

Et claquant la porte d'entrée, il a disparu. Jim s'est précipité pour le rattraper. Léa l'en a empêché.

Léa – Attends, Jim. Ce qui vient de se passer est très violent pour Nicolas mais s'il ne réfléchit pas à ce qui lui a été dit par des gens qui l'aiment, les choses ne s'arrangeront pas.

Jim – Tu crois ?

Léa – J'en suis certaine. Et je ne parle pas de notre relation, je n'ai pas peur de le perdre, c'est presque déjà fait. Je pense à lui, à son avenir, à ses choix. Il est en train de tout détruire.

Jim – Raison de plus pour ne pas le laisser seul.

Léa – Fais-moi confiance. Il avait besoin qu'on lui signifie notre désaccord.

Jim – Aujourd'hui ? Au moment de partir ? Ce n'est pas évident.

Ingrid s'est mise à pleurer. Pas comme lorsqu'elle veut attirer l'attention sur elle, non, des vraies larmes qui charrient tout le chagrin hors de soi. Je l'ai prise dans mes bras.

Justine – Pourquoi tu pleures comme ça ?

Ingrid – Tout est ma faute, c'est moi qui vous ai demandé de balancer ses quatre vérités à Nicolas.

Léa – Ne te reproche rien Ingrid, tu as agi en véritable amie.

Euh, n'exagérons rien.

Elle s'est quand même sérieusement mêlée de ce qui ne la regardait pas. Ce n'est pas ça une vraie amie. Une vraie amie, c'est... C'est moi !

Jim – Alors, qu'est-ce qu'on fait ? Hérold arrive dans moins de dix minutes.

Léa – Chacun agit comme il l'entend. Nous sommes libres et indépendants. Que ceux qui veulent partir partent.

Il était aisé d'imaginer ce que chacun pensait à ce moment-là.

Jim : « Sans Nicolas, ce voyage n'a aucun sens. Je ne profiterai de rien parce que j'aurai la sensation que c'est à cause de moi qu'il y a renoncé. J'aurais dû me taire quand il m'a demandé mon avis. »

Ingrid : « Léa sera triste à mourir, Justine passera son temps à penser à Thomas, Jim culpabilisera à mort et Thibault sera terriblement déçu de nos retrouvailles ratées. Ces vacances seront un désastre. Moi, je préfère ne pas partir. »

Léa : « Si Nicolas reste, moi je pars. J'ai besoin de réfléchir. Si notre histoire doit s'arrêter là, ce qui me paraît plus que probable, je vais chercher une coloc ailleurs. Ce sera un coup dur pour les autres, mais peut-être faut-il en passer par là. »

Justine : « Je me demande si ce dernier coup de théâtre n'est pas la réponse à ma question. »

Le portable de Jim a sonné. Il s'est éloigné pour décrocher. Il a parlé un long moment puis il est revenu, a ouvert la valise de Nicolas et en a sorti un sac qu'il a tendu à Léa.

Jim – Tiens, Nico m'a demandé de te donner ça. Il voulait te l'offrir plus tard mais il a dit que tu ne lui en laisserais peut-être pas l'occasion.

Léa a soupiré et a ouvert le sac. Il y avait dedans un magnifique carnet avec une couverture en cuir ocre qui se fermait par deux pressions élégantes.

Un vrai carnet d'écrivain.

Jim – Il l'a fabriqué avec une peau qu'il a achetée chez un tanneur. Les feuilles viennent du Japon. Il les avait commandées sur Internet et fait livrer chez Hérold pour que tu ne les voies pas. Il t'a écrit un mot sur la première page.

Comme j'étais derrière ma meilleure amie, j'ai découvert en même temps qu'elle le message de Nicolas.

Pour Léa dont je suis si maladroitement
mais si violemment amoureux,
Pour mon écrivaine si talentueuse
dont je ne me sens pas digne, ce qui me pousse
souvent à être stupide et décevant,
Voilà pour toi, un carnet fait de mes mains
pour laisser tout l'espace à ton talent.

Léa a fermé son carnet et l'a serré un long moment contre son cœur.

Ensuite, elle a enfilé son grand manteau noir et est sortie de la maison comme une furie en criant :

Léa – Je reviens, je vais chercher Nicolas. Il ne faudrait pas qu'il loupe l'avion.

Alors que la porte d'entrée venait de claquer, Jim et Ingrid m'ont demandé :

Jim et Ingrid – On fait quoi, alors ?

J'ai respiré profondément et j'ai dit, libérée soudain des questions obsédantes de ces dernières semaines :

Justine – On fait confiance à la vie, on la laisse nous surprendre, on accepte qu'elle nous bringuebale ici ou là. On arrête de vouloir tout contrôler, on vit ce qu'elle nous offre et on verra bien ce qui se passe. Même si ça nous fait souffrir. La vie, ça n'arrive qu'aux vivants !!! Allez, en avant mauvaise troupe, attrapez vos bagages ! Le club des CIK+I reprend du service sous les palmiers...

Crédits

P. 159 : *Annie Mae*, John Lee Hooker (1995), paroles de John Lee Hooker/King of Boogie.

P. 254 : Contenu soumis à la licence CC-BY-SA 3.0 (http://creativecommons.org/licenses/by-sa/3.0/deed.fr) Source : Article Extrasystole de Wikipédia en français (http://fr.wikipedia.org/wiki/Extrasystole).

P. 254 : Contenu soumis à la licence CC-BY-SA 3.0 (http://creativecommons.org/licenses/by-sa/3.0/deed.fr) Source : Article Infarctus du myocarde de Wikipédia en français (http://fr.wikipedia.org/wiki/Infarctus_du_myocarde).

P. 256 : Contenu soumis à la licence CC-BY-SA 3.0 (http://creativecommons.org/licenses/by-sa/3.0/deed.fr) Source : Article Radiographie du thorax de Wikipédia en français (http://fr.wikipedia.org/wiki/Radiographie_du_thorax).

P. 257 : Contenu soumis à la licence CC-BY-SA 3.0 (http://creativecommons.org/licenses/by-sa/3.0/deed.fr) Source : Article Position latérale de sécurité de Wikipédia en français (http://fr.wikipedia.org/wiki/Position_latérale_de_sécurité).

P. 261 : Contenu soumis à la licence CC-BY-SA 3.0 (http://creativecommons.org/licenses/by-sa/3.0/deed.fr) Source : Article Malaise vagal de Wikipédia en français (http://fr.wikipedia.org/wiki/Malaise_vagal).

P. 296 : *Hakuna Matata* (1994), tiré du film *Le Roi Lion*, paroles d'Elton John et Tim Rice, adaptées par Luc Aulivier et Claude Rigal-Ansous/Wonderland Music Company Inc.

Skype® est une marque déposée de Microsoft Corporation.

L'auteur

Après avoir passé les quatorze premières années de sa vie à rêver au milieu des livres dans la librairie de son père et à passer ses vacances dans l'imprimerie de son grand-père, Sylvaine Jaoui a décidé une fois pour toutes que la vie était un roman. Elle s'est donc mise à inventer des tas d'histoires à dévorer entre deux tranches de carton.

L'illustratrice

Lorsqu'elle est née, la petite Colonel Moutarde a déclaré à sa maman qu'elle voulait être dessinateuse. C'est chose faite. Il lui faudra cependant quelques années avant d'être publiée, mais on ne décourage pas facilement un Capricorne.

Elle publie dorénavant chez de grands éditeurs de bandes dessinées (sa passion), en presse et en publicité.

Elle aime par-dessus tout mettre en images de chouettes histoires et ne boude pas pour autant les petits plaisirs de la vie comme de réveiller le chat qui fait la sieste, porter des bijoux gothiques pour effrayer ses enfants et s'acheter des tutus.

Blog, avant-première, forum...

Adopte la Livre Attitude !

www.livre-attitude.fr

À bientôt pour la suite...

Retrouvez toutes nos collections

sur le site www.rageot.fr

PAPIER À BASE DE FIBRES CERTIFIÉES

RAGEOT s'engage pour l'environnement en réduisant l'empreinte carbone de ses livres. Celle de cet exemplaire est de :
634 g éq. CO_2
Rendez-vous sur www.rageot-durable.fr

Achevé d'imprimer en France en juin 2015
chez Normandie Roto Impression sas
Couverture imprimée chez Boutaux (28)
Dépôt légal : octobre 2014
N° d'édition : 6411 - 03
N° d'impression : 1502758